Groß in Fahrt

Satz: Schaber Satz- und Datentechnik, Wels
Printed in Austria by Wiener Verlag, Himberg
ISBN 3-7017-1112-7

ALOIS BRANDSTETTER

Groß in Fahrt

Roman

Residenz Verlag

Ob du das Rechte triffst, entscheid ich nimmer.
Wer bessern will, macht oft das Gute schlimmer!

W. SHAKESPEARE, König Lear,
1. Aufzug, 4. Szene

Wohin soll ich mich wenden? Diese Frage aus dem Eingangslied der sogenannten »Deutschen Messe« von Franz Schubert stellte mein Bruder Franz Groß als Rotkreuzfahrer gern Passanten, wenn er weit draußen auf dem Land eine Adresse suchte. Und er war immer wieder auf solche Wegauskünfte angewiesen. Da hatte er es früher, vor seinem von mir als »Konversion« bezeichneten »Stellungswechsel«, als er als Herrenfahrer die hohen Herren der Landesregierung von einem Hohen Haus zum anderen Hohen Haus, vom Landtag in den Bundesrat, von der Landesregierung ins Parlament oder auch den Herrn Landeshauptmann von seiner Dienstvilla zum Festspielhaus nach Salzburg, von einer ersten Adresse zur anderen ersten Adresse fuhr, wesentlich leichter. Damals mußte er niemanden fragen, und er brauchte auch keine Landkarte und keinen Stadtplan. Jetzt brauchte er Karten und Pläne, auf denen das Land 1 zu 500 abgebildet und wiedergegeben und auf denen jeder Grenzstein und jede Lacke verzeichnet war, um sich zurechtzufinden. Und er war auf die »Mithilfe der Bevölkerung« angewiesen. Diese Bevölkerung hatte ihn freilich oft schon im Stich gelassen oder ihn in die Irre geführt. Man wird mir, dem pensionierten Griechischlehrer, verzeihen, wenn ich in diesem Zusammenhang von den »Irrfahrten des Franz« spreche.

Es unterhielt uns, seine Geschwister, wenn er von seinen Fahrten als Samariter bei unseren Familientreffen erzählte. So wurde er, wie er bei einem unserer letzten Symposien, wie ich unsere Zusammenkünfte eingedenk der Etymologie von *Symposion*, das ja im Verbum *synpinein* »miteinander trinken« wurzelt, vielleicht nicht ganz unpassend nenne, zum besten gab, einmal dringend zu einer Frau mit einem Allerweltsnamen – ich sage hier einmal, weil sich auch mein Bruder an den Datenschutz hielt und nie Namen nannte; Maria Berger – gerufen, die sich anschickte zu gebären, wenn sie nicht schon in den Wehen lag. So ist mein Bruder mit seinem Beifahrer, einem Zivildiener, in der gebotenen Eile los und aufs Land hinausgefahren. Und als er schon nahe am Ziel war, wandte er sich an einen auf dem Feld arbeitenden Bauern: Maria Berger. Wohin soll ich mich wenden? Anders als sonst oft, wo sich die Gefragten lange besinnen, den Namen der Person oder den Namen der Ortschaft oft wiederholen, wie um ihn abzuschmecken oder sich klarzuwerden, wie sie die Antwort strategisch anlegen sollen, möglicherweise auch den Frager taxieren, was er, bei Unkenntnis seines eigentlichen Ziels, sozusagen an Zwischenstationen kennen mag, auf die man sich bei der Auskunft beziehen könnte, anders also als in solchen umständlichen Fällen wies der Bauer meinem Bruder prompt den Weg und beschrieb auch das Haus der Maria Berger so genau, signifizierte es nach Farbe und Gestalt so exakt, daß die Rotkreuzer kaum noch danken konnten, so schnell sprangen sie ins Führerhaus ihres Krankentransporters. Bei dem unverwechselbaren Haus des Kleinlandwirts, der Keusche, angelangt, sahen sie eine ältere Frau im sogenannten Prägarten Unkraut jäten und waren sehr verblüfft, als sie, auf ihre Frage nach der Maria Berger, sagte, sie sei die Maria Berger. Was sie von ihr wollten? Mein Bruder merkte natürlich sofort, daß es sich hier ganz eindeutig um ein Mißverständnis, eine Fehlanzeige, handeln müsse. Denn diese alte Frau war schon längst des Entbindens entbunden. Sie mußte auch schallend lachen, »homerisch« lachen, als sie hörte, um was es eigentlich ging. Sie sei zwar alt, aber Gott sei Dank »pumperlgesund«, wie sie sagte, und so

kenne sie weder Wehen noch Wehwehchen oder andere Schmerzen.
Noch einmal sagte sie: Gott sei Dank. Gott sei Dank brauche sie noch keinen Arzt. Dann aber sagte sie: Einmal müssen wir alle sterben. Im Augenblick aber habe sie es hier mit dem Unkraut zu tun. Unkraut verdirbt nicht, sagte sie, ohne daß man wissen konnte, ob sie es nun direkt oder *metaphorisch*, wie die Griechen sagten, meinte. Sie war freilich freundlich genug, meinem Bruder die Adresse einer der drei anderen Maria Berger in der näheren Umgebung zu erklären, die als Gebärende oder »zu Entbindende«, wie sich die Römer mit einem passiven Gerundivum ausgedrückt haben würden, ihrer Meinung nach in Frage käme. Jetzt entschuldigt mich, sagte sie zum Abschied. Wir entschuldigen uns, sagte Franz in seinem und seines Zivildieners Namen.
Franz sagte, er könne jenem alten Bauern auf dem Feld, der ihn zu jener Maria Berger geschickt habe, gar nicht gram sein. Wird sie halt krank geworden sein, mag er sich von der ungefähr Gleichaltrigen gedacht haben. Wenn jemand ein gewisses Alter erreicht hat, ist eine solche Vermutung immer plausibel. Wäre nun Franz weniger zurückhaltend und mitteilsamer gewesen, hätte er also – Datenschutz hin oder her – den genaueren Grund seiner Ausfahrt angegeben, so wäre der Auskunftgeber sicher stutzig geworden und hätte ihn nicht zu der nunmehr Unfruchtbaren geschickt. Wenn aber jemand einen Rettungswagen sieht, so denkt er automatisch an einen Krankheitsfall. Die Psychologie nennt übrigens den Geburtsschmerz, also die Wehe, den einzigen *physiologischen* Schmerz, alle anderen Schmerzen aber *pathologisch*. So gesehen ist der Geburtsschmerz der einzige »gesunde« oder natürliche Schmerz, alle anderen Schmerzen sind »ungesund«. Unnatürlich sind sie aber leider nicht. Und es wird die Frauen im Augenblick des Leidens und der

Wehen auch nicht besonders trösten, daß dieser Schmerz gesund oder *physiologisch* ist. Das Ergebnis jener Schmerzen ist jedenfalls erfreulich, was sie sicherlich leichter erträglich macht, das Kind nämlich, das gesunde Kind. Eines gesunden Buben, eines gesunden Mädchens entbunden, das liest und hört man gern. In meiner Eigenschaft als Humanist und Gräzist habe ich mir über die sogenannte *Algodizee,* also die Lehre von der Rechtfertigung des Schmerzes (algos), einige Gedanken gemacht, und in meiner Eigenschaft als älterer Mann, der die *iucunda iuventus*, die »fröhliche Jugend«, wie es im Lied »Gaudeamus igitur« heißt, zurückgelassen und mit der *molesta senectus,* dem beschwerlichen Alter, Bekanntschaft gemacht. Der Fehler jenes Bauern also war es – philisterhaft gesprochen –, daß er angesichts des Rettungswagens naheliegenderweise *pathologisch* dachte und das Physiologische außer acht ließ! Wir sprechen auch gern von »dominierenden Assoziationen«. So war etwa früher, wenn einem der Briefträger ein Telegramm brachte, die *dominierende Assoziation* Todesfall! Wenn einem der Briefträger ein Telegramm aushändigte und überreichte, kondolierte er auch schon: Mein Beileid! Schon bevor er die Gebühr kassierte. Zuerst an das Pathologische zu denken, ist unter den Menschen geradezu eine Obsession. Und die Theodizee, die »Rechtfertigungslehre Gottes« fragt nicht ganz unbegründet: Warum läßt (der gute) Gott uns so böse leiden? Oder noch schlimmer: Warum läßt er die Unschuldigen (etwa die Kinder) leiden? So haben die Menschen halt immer das Leiden im Sinn – oder das Vermeiden von Leiden.

Es gab in den neuen Aufgaben meines vom Herrenfahrer zum Rettungsfahrer »konvertierten« Bruders Franz sicher weit mehr Belastendes und Bedrückendes als Heiteres und Fröhliches; bei unseren »Symposien« konnte freilich oft der Eindruck entstehen, es sei umgekehrt. Das lag sicher daran, daß uns Franz nicht mit Tragödien beschweren, sondern mit Komödien – oder wenigstens Tragikomödien – unterhalten und die Zeit vertreiben wollte. In dieses Genre gehörte etwa auch jene Geschichte, in der davon die Rede war, daß sie in einem Landgasthaus einen bei einer Schlägerei möglicherweise schwer Verletzten abholen mußten. Zum Erstaunen meines Bruders übergab der Wirt den »Rettern« aber nicht nur den »Verunfallten« oder, genauer gesagt, den aus der Schlägerei geschlagen und geschädigt Hervorgegangenen, Gehirnerschütterten, sondern er bat die Rotkreuzmannschaft auch, sie möchte auch den Verursacher und Übeltäter, den selbst unverletzten Verletzer seines Kontrahenten und des Gesetzes, den Gesetzesbrecher also, mitnehmen und bei der Polizei oder gleich im Gefangenenhaus auf dem Weg ins Krankenhaus abgeben oder abliefern. Der Wirt hatte offenbar unterlassen, selbst die Polizei zu verständigen, vielmehr war er wie ein Sheriff tätig geworden und hatte den Raufer, nachdem er ihn überwältigt und unschädlich gemacht hatte, vorübergehend in sein zum Kotter und zur Zelle umfunktioniertes Extrazimmer eingesperrt, »zur Ausnüchterung«, wie er sagte. Der Rettungsarzt aber sagte zum Wirt, er verwechsle wohl den weißen Wagen des Roten Kreuzes mit der grünen Minna. Für solche Dienste jedoch, wie sie der Wirt im Sinn habe, sei die Rettung nicht zuständig. Das sei Aufgabe der Exekutive. Er wollte also das Exekutive und das Karitative genau getrennt sehen. Wir helfen, wo wir können, sagte er. Aber *nur* dort, wo wir können. Unsere Zuständigkeit gilt den Kranken. Auch den Einwand des Wirtes, daß jener Rauf- und Trunkenbold im Extrazimmer gewütet und getobt habe und so gesehen an einer Art von Geisteskrankheit leide und »hirnverbrannt« sei, wie er sich ausdrückte, ließ der Arzt nicht gelten. Unser Fach sind die somatischen Leiden, sagte er, wenn Tobende und

Rasende, etwa Amokläufer und ähnliche Kandidaten, geholt werden müßten, rücke eine eigene Crew aus. Für diese Fälle aber sei ihr Auto gar nicht ausgerüstet und die Mannschaft nicht ausgebildet. Wir haben keine Zwangsjacke mit, sagte der Arzt, damit wir uns verstehen.

Es ist sicher keine Frage, daß jene Anekdoten, die uns Franz vor seiner Konversion erzählt hat, die amüsanteren waren. Diese Anekdoten enthielten also ursprünglich das eher Unrühmliche der Berühmtheiten, das weniger Schmeichelhafte, das freilich meist berührender ist als die Hervorbringungen der Hofberichterstattung. In den Anekdoten steckt »Hintergrundinformation«, weil darin sonst Verschwiegenes, vielleicht sogar Unterdrücktes laut wird und in Erscheinung tritt. So gibt es etwa von Diogenes einige Anekdoten, die geradezu zum Standardwissen der Eingeweihten gehören. Daß Diogenes öffentlich auf dem Marktplatz onaniert haben und dabei seinen Zusehern und Zuhörern gesagt haben soll: Ach, wäre doch der Hunger, also der physische Hunger des Magens, auch so leicht, durch ein Reiben des Bauches, zu besiegen!, das wissen natürlich nicht alle. Das stand auch nicht im Lehrplan von uns Griechischlehrern.

Was nun Bruder Franz vor seiner »Konversion«, die ich als Gräzist auch gern eine *Metanoia* nenne, eine Umkehr also und eine tiefgreifende Änderung der Lebensauffassung, erzählte, entsprach sehr genau dem Sachverhalt der *Anekdote*. Es ging um Berühmte, in seinem Fall um Landeshauptleute, und es ging um Nebensächlichkeiten. Heute gibt es ja auch wohl Politiker, die nicht durch eine visionäre Politik, sondern nur noch durch »gesellschaftliche« Auftritte berühmt sind, so wie es auch Schauspieler oder Regisseure geben mag, die mehr durch Anekdotisches als durch große Interpretationen und Aufführungen berühmt sind. Sie liefern folglich keine großen Aufführungen mehr, sondern führen

sich immer nur selbst auf, und oft führen sie sich auch schlecht oder doch ungut auf.
Ganz schlimm ist es freilich, wenn auch ihre Anekdoten selbst noch schlecht sind und wenig Esprit verraten, so daß man sich wünscht, diese *Anekdota* seien wirklich *anekdota,* also unveröffentlicht geblieben.
In den Anekdoten des Franz ging es aber nicht nur um seinen einen und einzigen Herrn, den Landeshauptmann, den *jeweiligen* Landeshauptmann, sondern auch um andere hohe Herren, die Franzens Kollegen transportierten. Franz hat demnach auch Berichtetes berichtet, Mitgeteiltes mitgeteilt, aus zweiter Hand geliefert. Und hätte er die Matura gehabt und ein bißchen Latein gekonnt, so hätte er sagen können: *Relata refero.* Ich überbringe Überbrachtes. Traditionsgut. Wer freilich sagt: *Relata refero,* will sich vor möglichen Einwänden gegen die Glaubwürdigkeit oder Wahrheit des Mitgeteilten im voraus schützen. Er sagt damit: Ich kann mich dafür nicht verbürgen. Ich muß mich auf meinen Gewährsmann verlassen. Einer der Gewährsmänner des Franz war übrigens der Fahrer des Bischofs von Lavant, über den er womöglich mehr erzählte als über sich selbst und den Herrn Landeshauptmann.
Kaum sind wir gesessen, hat der gute Franz auch schon zu erzählen angehoben. Manchmal hat er auch schon angefangen, während wir noch an der Garderobe mit dem Ausziehen der Mäntel und dem Aufhängen derselben beschäftigt gewesen sind. Ein Redhaus ist er schon, hat Bruder Karl einmal zu mir über Franz gesagt. Ich habe Karl recht gegeben. Aber wahr und richtig ist auch, daß wir, die Geschwister, um seine Redegabe und seine Redelust froh gewesen sind. Er hat uns unterhalten. Sonst wäre es bei unseren Symposien sehr einsilbig und still geworden, denn die meisten Familienmitglieder waren keineswegs mitteilsam,

sondern eher schweigsam. Vor allem die eingeheirateten Frauen, die lieben Schwägerinnen, hielten sich sehr zurück, als hätten sie als Eingeheiratete und als Frauen gleich doppelt Grund, sich nicht hervorzutun. Dabei ist sicher keiner von uns Brüdern, »vom harten Kern der Sippe« sozusagen, ein Machtmensch gewesen.

Daß wir keine Machtmenschen und Auftrumpfer gewesen sind, ist schließlich schon an unseren Professionen, auch an unseren Steckenpferden und Lieblingsbeschäftigungen ersichtlich und ablesbar gewesen. Franz, der Erzähler und Wortführer, hatte als Chauffeur einen ausgesprochen *dienenden* Beruf. Einen Politiker oder Kirchenmann fahren – das bedeutet *Subordination* und *Obödienz*, um es mit zwei Wörtern der lateinischen Theologie zu sagen. Ein solcher Arbeitnehmer muß sich allzeit bereithalten, er kennt sozusagen weder den Tag noch die Stunde, wann's losgeht. Und er muß im Dienst selbst viel dienen, Türen öffnen und schließen, darauf achten, daß kein Talar eingezwickt wird, daß keine Birette oder Mützen oder Infeln abgestreift werden und in den Schmutz fallen, daß das Gepäck im Kofferraum gut verstaut ist, daß der bischöfliche Krummstab nicht verbogen wird und so weiter und so fort.

Ja, der Inhalt der Erzählungen des guten Franz war das Dienen, der Stoff seiner Erzählungen war die Ordnung der Unterordnung. Franz war zum Erzähler freilich auch deswegen prädestiniert, das heißt »vorbestimmt«, weil er als Berufsfahrer weit herumgekommen ist, und das galt genauso oder noch mehr für seinen Kollegen Freier, den Fahrer des Bischofs. Wohl ist das Bistum des Herrn des Kollegen Freier, die Diözese Lavant, sehr klein, so klein, daß der Oberhirte eigentlich alle Pfarreien fast zu Fuß erreichen hätte können, aber es standen natürlich auch viele Fahrten darüber hinaus auf dem Programm. In seiner Amtszeit herrschte in Rom bekanntlich ein sehr reiselustiger Papst, dem spöttelnde Journalisten den Spitznamen »eiliger Vater« gaben, und wenn der Papst viel reist liegt es nahe, daß auch die Bischöfe viel reisen, daß sie sozusagen Schritt halten. Der Heilige Vater brachte die Oberhirten auf Trab, er brachte zumindest physisch Bewegung in die Kirche, ohne daß ich in Abrede stellen möchte, daß er auch geistlich mobilisierte und spirituell etwas bewegte. Wie dem auch sei, der Herr Freier mußte reisen, und wenn einer eine Reise tut, dann hat er etwas zu erzählen.

Bruder Karl sagte zwar gern, er sei »angestellt«, »in einer Wäscherei angestellt«, aber genau besehen war er kein »Angestellter«, sondern Arbeiter. Ja, wenn man es ganz genau nimmt, war er *Hilfs*arbeiter. Er war so gesehen alles andere als Befehlshaber, sondern der Befehlsempfänger schlechthin, und die Anweisungen, die er von dem Wäschereibesitzer, der in seinem Fall eine Wäschereibesitzerin war, bekommen hat, hießen Waschen und Putzen und Bügeln. Und wenn er auch ein fleißiger und »anstelliger« Mitarbeiter seiner Herrin gewesen ist, also viel gereinigt und »bereinigt« hat, wirklich und buchstäblich eine »saubere Arbeit« leistete und zur vollen Zufriedenheit seiner Arbeitgeberin werktätig war, so war seine Tätigkeit doch kaum ein Stoff für Mitteilungen und Erzählungen bei Familientreffen am Stephanitag oder am Oster- oder Pfingstmontag, den Terminen für unsere Zusammenkünfte. Sein »Lebensinhalt« war die Schmutzwäsche, kein Stoff, aus dem die Träume sind; der schmutzige Stoff war sozusagen kein guter Stoff für Erzählungen. Dabei kann ich gar nicht sagen, ich sei auf seine Lebenswelt nicht neugierig gewesen, ich hätte ganz gern etwas über die Chemie und die Umweltbombe erfahren, die sie in der Putzerei im Kampf um die Reinheit eingesetzt haben, jene scharfe Munition, mit der sie den Krieg um die

Sauberkeit führten, doch war ich mit diesem Interesse unter meinen Geschwistern allein, das schien sogar Karl selbst, den Reiniger, nicht zu beschäftigen und zu interessieren. Er nahm alles, wie es kam, er schüttete in die Kessel und Trommeln, was die Waschmittelindustrie anbot und der Arbeitgeber hinstellte. Daß er freilich viel unter Allergien gelitten und die »Dematologen« (sic!) beschäftigt hat, stand auf einem anderen Blatt. Wenn Karl sprach, dann über Krankheiten. Das ist nun sogar mir sehr bald zu viel geworden. Der Reiniger als Peiniger... Und als Gepeinigter. Es war mir sehr recht, wenn nach Karls Gesundheits-Zwischenspiel wieder Franz zu Wort und der Fahrer in Fahrt kam. Lieber hörte ich etwas über Politiker als über *Dematologen*.

Ich hatte ein besonderes Problem. Als der einzige Studierte in diesem Kreis kam ich mit meinen Interessen natürlich nicht zum Zug. Aber nicht genug damit, daß meine eigene Lebenswelt der Schule und des Humanismus hier kaum zur Debatte stand und meine Themen nicht »diskutiert« wurden, es wurde darüber hinaus dort, wo wenigstens nominell das Griechische und das Lateinische eine Rolle spielen, auf dem Gebiet der Medizin, gräßlich gegen alle Regeln etwa der Aussprache verstoßen. Es ist gar nicht zu sagen, wie *katastrophal*, um es griechisch auszudrücken, mein Bruder Karl das Wort Homöopathie malträtierte, den Namen für eine Heilmethode, auf die er große Stücke hielt und bei der Sanierung seiner Wehwehchen und wirklichen Leiden setzte. Ich habe mich oft gewundert, wie man gleich mehrfach, drei- oder viermal, innerhalb eines fünfsilbigen Wortes danebenhauen kann. Anfangs habe ich, ohne mich als Verbesserer oder *Korrektor* aufzuspielen, das falsch ausgesprochene Wort selbst – richtiggestellt – verwendet, manchmal auch mehrmals hintereinander sehr prononciert ausgesprochen, um so wenigstens indirekt pädagogisch oder propädeutisch zu wirken, den Bruder auf seinen Fehler nicht hinzuweisen, ihn aber vielleicht aufmerksam zu machen. Kam aber dann er oder eine Schwester zu Wort, so war ersichtlich, daß man oder frau keine Lehre angenommen hatte und auf dem Falschen insistierte. Heute muß ich natürlich über meinen damaligen Eifer als Weltverbesserer oder Sprachweltverbesserer selbst lachen.

Ja, ich habe mich heute nicht nur einfach mit dem Falschen abgefunden, sondern gebrauche und verwende es selbst wieder. Ich habe die Sprache meiner Geschwister angenommen oder bin wieder dahin zurückgekehrt. Aus dem Paulus ist wieder ein Saulus geworden, einer ist von der Orthodoxie, also der wahren Lehre, zur Heterodoxie oder zur Häresie, zur Irrlehre, zurückgekehrt! Natürlich sind diese in der Kirchengeschichte belasteten und früher einmal heiß umstrittenen Ausdrücke von zu großem moralischen Gewicht für mein *formales* Problem. Aber zugleich war mir eben auch zum Problem geworden, daß ich meine Geschwister höchstens in diesen Formalien korrigieren und verbessern hätte können. Wenn ich den Bruder Karl von seiner Gicht oder seinem Rheumatismus, den er oft scherzhaft, nun sich selbst über die Aussprache lustig machend, mit einer Verballhornung »Reismatthias« nannte, heilen hätte können, wäre ich froh gewesen.

Franz hat sich gegen alle sprachlichen Beschönigungen seines im Grunde langweilig und oft auch trist empfundenen Lebens als Chauffeur gewehrt. Er wollte nicht mehr scheinen als sein. Das war ja auch der Grund, daß er sich ungern einen *Chauffeur* nennen ließ, er ließ sich lieber einen »Fahrer schimpfen«. So hat er sich auch bei unseren Familienzusammenkünften oft über mich und meine Ausdrucksweise lustig gemacht.

Ich gestand ja ein, daß ich eine gewisse Freude an Umschreibungen, Fremdwörtern, namentlich griechischen, an Metaphern und überhaupt am ganzen Inventar des Rhetorischen und Poetischen empfinde und so wohl auch ziemlich genau dem Bild des sogenannten Philisters entspreche, jener heute nahezu ausgestorbenen Gestalt des pensionierten Lehrers und Akademikers, der den kostbaren Ausdruck gegenüber dem banalen bevorzugt und der das Alltägliche durch sprachliche Preziositäten erhöht und adelt. Doch es gibt Menschen, die eine derartige Rede »auf die Palme treibt«, das heißt wütend macht. Sie billigen zwar die gröbsten Häßlichkeiten im Verbalen, die schonungslose Offenheit, auch jeden erdenklichen unappetitlichen Fäkalismus, den ein »anständiger« Mensch nicht in den Mund nimmt, sie sind aber *pathologisch allergisch* gegen eine gehobene, getragene Sprache. Ich habe diese krankhafte Aversion gegen jene Sprechweise, die etwa die Protagonisten im Werk des großen Dichters Wilhelm Raabe so unnachahmlich beherrschen, ich habe diese Abneigung gegen solches Sprechen im eigenen Haus und bei meinen Söhnen erfahren, am eigenen Leib sozusagen schmerzlich erlitten. Ich konnte noch froh sein, wenn sich die Herren Söhne nur verständnislos gestellt und nicht zu begreifen vorgegeben haben. Wenn sie etwa so getan haben, als würden sie nicht verstehen, daß ich mit »Orkus« den Keller gemeint habe. Ich sagte meinetwegen zum Sohne: Verfüge dich bitte in den Orkus und bringe Bücher zum Alkoven. Dann tat der Nachwuchs also, als verstünde er nicht. Banausen! (»Ofenheizer« ...)
Es war ja stets in der Ausdrucksweise der Philister, der Lehrer und Hofmeister, eine gehörige Portion Humor. Sie waren im Grunde immer arme Schlucker, sie haben sich aber sprachlich gegen das Niedrige, Banale, Schäbige gewehrt. Es lag in ihrer Sprechweise eine Notwehr, eine Ent-

lastung. Die Hofmeister waren ihren adeligen Herren gesellschaftlich haushoch unterlegen, sprachlich aber übertrafen sie sie natürlich! Natürlich gab es andererseits auch eine ähnlich verhüllende, weniger »unschuldige« Sprechweise bei Gaunern, im Rotwelschen etwa, wenn dort für »stehlengehen« das harmlose »anschaffen« verwendet wird, »Mach's gut!« für »Laß dich nicht erwischen!« und was der Tarnungen mehr ist. Mag es da eine linguistische Entsprechung geben, eine ethische und moralische aber gab es zwischen den Gaunern und den Philistern nicht. Hier handelte es sich um Gegensätze, bei aller sprachlichen Nähe, auf der einen Seite die Milch der frommen Denkungsart, auf der anderen die Salzsäure der Bosheit und Verschlagenheit, hier eine buchstäblich ehrenwerte Gesellschaft und dort eine Rotte von Frevlern.

Wilhelm Raabe hatte wie kein anderer jenen Ton »drauf«, wie die Jugend heute sagt, jenen Ton, der die Musik der philisterhaften Rede macht. Dabei sind es in Raabes Büchern nicht nur die sogenannten »Alten Herren« der Studentenverbindungen und der Burschenschaften, die in dieser Weise merkwürdig und auch »würdig«, wenn auch immer ein wenig spaßhaft und schalkhaft und übermütig oder auch melancholisch daherreden, sondern es spricht auch bereits die Jugend in dieser Weise, oft freilich, in dem sie die Lehrer nachäfft und verulkt. In dem unvergleichlichen Roman »Pfisters Mühle« erinnert sich der jungvermählte Eberhard, »Ebert« Pfister, als er ein letztes Mal mit seiner jungen Frau für wenige Wochen die schon verkaufte Mühle seines Vaters besucht, wie ihn einst als Kind sein Vater einem jugendlichen Lehrer, einem Studiosus aus dem nahen Berlin, dem jungen Asche, dem Sohn eines sogenannten »Schönfärbers«, eines Textilchemikers, würde man heute sagen, anvertraut. Und Ebert Pfister referiert seiner Emmy die Rede des jungen Asche, als er Vater Pfister gegenüber, der nicht nur Müller, sondern vor allem Schankwirt war und eine jener Mühlen vor Berlin betrieb, deren Besitzer Gebrauch von der sogenannten »Schankgerechtsame« machten, in den Unterricht des jungen Müllerssohnes einwilligte. Und das liest sich wie folgt:

»Können das Ding probieren, Vater Pfister. Geben Sie Ihren Bengel her. Werden ja bald erfahren, wer die Langweilerei am ersten sattkriegt, Sie, ich oder dies glückselige, quatschlige, weißfleischige Geschöpf Gottes hier. Braten könnte ich es mir jeden Mittag; weshalb sollte ich ihm nicht gegen zivilisierte freie Beköstigung und ein Taschengeld an jedem Mittwoch und Sonnabend die Anfangsgründe des Lateinischen beizubringen versuchen? Die Sache paßt mir vollkommen. Mürbe wollen wir ihn schon kriegen. So nen jungen Römer zum Weichreiten unterm Sattel hab ich mir schon längst zu Weihnachten oder zum Geburtstage gewünscht. Sollen wir heute mit ihm anfangen, oder hat der Knabe auch eine Stimme bei dem Kontrakt und zieht er's vielleicht vor, am nächsten Sabbat zum erstenmal übergelegt zu werden?«

Wie famos mischt Raabe in solchen Sätzen die Welten und die Sprachwelten. Er gebraucht und bedient sich am Wortschatz gleich mehrerer Kulturen und »Regionen«, wenn er von Sonnabend und Sabbat spricht, und er spielt auf vieles an, was die Schüler, und nicht nur die Schüler, heute gar nicht mehr kennen. Er vergleicht das Unterrichten mit dem Weichreiten des Fleisches unter dem Sattel, das den Hunnen nachgesagt wird. Als Studiosus, der einen Schüler bekommt und so zum Lehrer wird, vergleicht er das Schülertraktieren und Dozieren mit der *Anthropophagie,* das heißt der Menschenfresserei. Und »natürlich«, das heißt eigentlich »unnatürlich« oder nach dem sogenannten *Ordo artificialis,* der

umständlichen und kunstvollen Redeweise, spricht er neben und auch mit dem Schüler – zu ihm wie von ihm – in der dritten Person. Natürlich fehlen die wohlvertrauten Paukerwörter nicht, wie der »Bengel«, und auch nicht die Fremdwörter. Ja, mancher Satz wirkt fast, als sei er aus dem Lateinischen übersetzt. Aus Rücksicht auf den Schüler vielleicht, dem ja erst die »Anfangsgründe« des Lateinischen beigebracht werden müssen, heißt es: Die Sache paßt mir vollkommen. Sonst würde er und möchte er wohl sagen: *Casus mihi convenit optime*. Merkwürdig genug, daß nicht nur der Praeceptor Studiosus Asche dergestalt parliert, sondern auch Vater Pfister selbst. Er, der Müller und Wirt, hat diese Redeweise wohl bei seinen Gästen aus der Hauptstadt Berlin, den Honoratioren und Notabeln und den »Gaudeanus« singenden Pennälern gelernt und angenommen. So sagt er etwa einmal nach einer Lateinstunde zu Asche: »Na, dann seien Sie bedankt, Herr Asche, und kommt heraus. Es ist wirklich ein recht amöner Abend und der Garten draußen voll bis zum Platzen...« Ach, was war das für eine Zeit, als die Müller noch von einem »amönen Abend« sprachen! Liegt es daran, daß es heute keine amönen Abende mehr gibt und keine kleinen Müller mehr gibt und keine rührend besorgten Väter mehr gibt und so vieles nicht mehr gibt, daß es keine solche Rede mehr geben kann...?
Mein Nachwuchs also, wie gesagt, stellte sich verständnislos und wollte mit mir auf dieser sprachlichen Ebene nicht kommunizieren. Der Herr Vater haben zu viel Raabe gelesen, sagte der Herr Sohn manchmal, immerhin meinen Ton parodierend. Sachlich hatte er damit natürlich recht, obwohl man nie zu viel Raabe lesen kann, man müßte ihn, vor allem in Österreich und im Süden Deutschlands, viel mehr lesen. Wie oft habe ich mit den deutschen Philologen in unserem Lehrkörper über die Merkwürdigkeiten ihres Lektüre-

kanons gestritten, vor allem über die eigenartigen Leerstellen. Man müßte Stifter ein wenig zurückdrängen und Raabe aufwerten. Inzwischen sind freilich der poetische Realismus und der bürgerliche Realismus überhaupt ziemlich zurückgedrängt, und man behandelt vorzugsweise die lebenden Autoren, obwohl mancher der sogenannten toten Autoren weit lebendiger ist als viele lebende Autoren. Kann es etwas Muntereres, Launigeres, Aufgeweckteres, Humorvolleres – nicht vordergründig Spaßhaftes, sondern hintergründig Heiteres – und süßer Trauriges geben als »Pfisters Mühle«? Wie gern hätte ich auch dem Bruder Karl geraten, er möge sein ereignisloses Leben, sein Leben mit den Laugen und Essenzen, mit den Augen Raabes oder ganz konkret mit den Augen des alten »Schönfärbers« Asche im Roman »Pfisters Mühle« betrachten, was all dem Sauren, Alkalischen und Basischen mit dem Lackmuspapier des Humors die Schärfe genommen hätte. Natürlich aber habe ich solche Ratschläge wegen evidenter Aussichtslosigkeit unterlassen.
Auch ich war im übrigen in meiner aktiven Zeit mehr Knecht als Herr gewesen, der Schulbehörde unterworfen, an den Diensteid gebunden, zur Schweigepflicht angehalten, wenn in Schulkonferenzen Interna besprochen und verhandelt worden sind. Und da ich einen obersten Herrn und Direktor hatte, die längste Zeit meines Aktivdienstes jedenfalls, der vieles für geheim erklärt und der Schweigepflicht unterworfen hat, habe ich viel geschwiegen. Dabei bin ich mir sicher, daß meine Geschwister auf mein Verschwiegenes gar nicht scharf gewesen wären. Es hätte sie herzlich wenig interessiert, wie es ja auch mir selbst oft nicht viel bedeutete, ob für die Erneuerung der Schulmöbel in Klasse 3b die Firma X oder der Tischler Y vorgeschlagen werden sollte. Und mehr als etwas vorschlagen und empfehlen, haben wir an der Basis eh nie dürfen. Überall dort, wo es um Finan-

zielles ging, wurde andernorts entschieden. Und auch kassiert, wie ein Kollege an der Schule, der Turnen unterrichtete und im übrigen überall Korruption witterte, Bestechung und Amtsmißbrauch, nicht müde wurde zu sagen: Wir könnten doppelt so viele Barren, Recke und Medizinbälle, Matten und Sprossenwände haben, sagte er immer, wenn das ganze Geld in die Anschaffung geflossen und nicht die Halbscheid abgeleitet und umgeleitet worden und in dunkle Kanäle geflossen wäre. Dieser skeptische Turner hatte auch gar kein Vertrauen in den Rechnungshof. Wenn er Rechnungshof höre, hat er gesagt, müsse er lachen. Denn am sogenannten Rechnungshof rechnen ja auch nur Menschen, und wo Menschen rechnen, rechnen sie sich immer auch selbst Vorteile aus. Und auch die Rechnerei des Rechnungshofes muß sich rechnen, sagte er und machte einen Klimmzug in Gestalt eines Wortspieles. Logisch ist der Fundamentalpessimismus dieses Leibeserziehers und Körpertüchtigers natürlich nicht gewesen. Denn wenn man die Schwarzmalerei zu Ende denkt, müßte man ja überhaupt gleich nach dem göttlichen Weltenrichter rufen, nach all den irdischen Höchstgerichten, die allerhöchste Instanz und das sogenannte Jüngste, das heißt Letzte Gericht anrufen. Im übrigen wußte ich, daß mindestens in meinem Bereich, der Schulbibliothek, für den ich jahrelang verantwortlich zeichnete, alle vorgesehenen Mittel auch wirklich in die Anschaffung von Büchern gegangen sind und kein einziger Schilling »privatisiert« worden ist.
Dabei hätte dieser Teil meines Schulalltags vielleicht sogar noch ein gewisses Interesse bei den Meinen wecken können, doch das, was mich eigentlich interessierte, meine Fächer, die klassischen Sprachen Griechisch und Latein, waren gänzlich abseits gewesen. Griechisch interessierte ja nicht einmal mehr den Unterrichtsminister, den *Kyrios* am Mi-

noritenplatz. Und der Altphilologenverband konnte lange und vergeblich »Kyrie eleison« rufen... Erlöst und befreit hat er nicht die Altphilologen von ihrer Existenzangst, sondern die Schüler von den humanistischen Bildungsgütern. Aber nicht nur das Griechische wurde aus den Lehrplänen und Curricula herausgelöst, sondern auch das Lateinische diminuiert und schließlich wirklich zu einem Minoritätenhobby deklassiert. Wenn man also schon mit Akademikern nicht mehr über das Lateinische reden konnte – und lateinisch reden sowieso nicht –, dann konnte es natürlich in meinem familiären Kreis bei meinen Verwandten mit ihrer Herkunft aus dem bäuerlichen und ländlichen Milieu, auf deutsch gesagt, gar kein Thema sein. Um nicht womöglich als Angeber dazustehen, habe ich meinen Beruf in meinem Herkunftsmilieu immer eher verleugnet.

Am wenigsten verleugnen und verstellen mußte ich mich aber beim Zuhören. Und so wurde Zuhören in diesem Kreis und später zunehmend auch in anderen Kreisen meine Lieblingsbeschäftigung. Ich weiß aus einer langen Lebenserfahrung, daß Zuhörwillige sehr gefragt und beliebt sind. Es gibt so viele meinem Bruder Franz ähnliche Menschen, die sich mitteilen wollen, die hungrig aufs Erzählen sind und denen Zuhörer, die Anteilnahme zeigen und Beifall zollen und im übrigen den Redefluß des Redners möglichst wenig unterbrechen, die liebste Gesellschaft sind. Ich habe auch bei Sitzungen und Konferenzen erlebt, daß einige wenige immer wieder das große Wort führen und andere notorisch stumm sind und die Rolle des Publikums übernommen haben. Die Redehungrigen und Redesüchtigen warten schon die ganze Woche ungeduldig auf den Sitzungstermin, und ist er endlich gekommen und haben die Damen und Herren Platz genommen, ist das Protokoll der letzten Sitzung angenommen und die Tagesordnung genehmigt oder um einige Punkte unter »Allfälliges« erweitert worden, dann scharrt der Redner, der Redselige, der Zwangsredner schon nervös in seinen Startlöchern. Wie ein übereifriger Streber und Primaner hat er schon längst den Arm erhoben, um als erster auf die Rednerliste gesetzt zu werden und nur ja keine Zeit zu verlieren. Und wird der Wortführer dann vom Schriftführer aufgerufen, so ist er glücklich und beginnt loszulegen. Dabei ist die Grundbefindlichkeit dieser Zwangsredner die *Unzufriedenheit.*

Der Rede- und Geltungstrieb dieser Menschen ist freilich letztlich unstillbar. Es verhält sich damit wohl ähnlich wie mit dem Erhaltungs- und Ernährungstrieb. Hunger und Durst können nur vorübergehend gestillt werden. Mancher hat geredet, bis er heiser war und in der Zunge einen Muskelkater bekommen hat, und kaum war er davon genesen, hat er auch schon wieder drauflosgeplaudert.

Wenn ich im Zusammenhang mit meinem Bruder Franz von unheilbarer Redemanie spreche, so tue ich ihm damit eigentlich unrecht. Denn gerade er ist ein Beispiel dafür, daß man Gewohnheiten, manche zumindest, ändern kann: Ein Fahrer in fester Stellung, dessen Leben in vorgeschriebenen Bahnen verläuft, biegt plötzlich ab und schert aus, schaltet zurück und um, bewegt sich in eine ganz andere, unvorhergesehene Richtung, weil er seines vormaligen Lebens überdrüssig geworden ist und darin keinen Sinn mehr findet. Ohne eine Abschiedsrede hat er von seinem vorigen Leben Abschied genommen und etwas Neues und anderes begonnen.

Bevor es aber soweit war, hat er uns manche Schnurre und manche Anekdote aus dem Leben der Chauffeure mitgeteilt. Aus seinen Erzählungen kannten wir den gesamten Fuhrpark von Staat und Kirche. Uns waren alle Persönlichkeiten und ihre Eigenarten geläufig, wir waren bei allen

Autotypen und Typen von Fahrern bewandert. Und oft fragte auch eins von den Geschwistern, was aus dem Fahrer X oder Y geworden sei und was dieser oder jener in der Zwischenzeit wieder aufgeführt habe, was es seit unserer letzten Zusammenkunft an Zwischenfällen oder Unfällen gegeben habe oder was sonst an Merkwürdigkeiten aufgelaufen sei. Es gab gerade unter den Herrschaftschauffeuren sehr ausgeprägte Individualisten. Und in diesem Zusammenhang war besonders auffällig, daß nicht alle Fahrer so beflissene Diener und zuvorkommende Helfer ihrer Herren waren wie unser lieber Bruder. Es gab auch manchen Herrischen unter den Knechten, der das Wort aus den Abschiedsreden Jesu, wie es bei Johannes im Kapitel 13, Vers 16 mitgeteilt wird, zu widerlegen schien: »Wahrlich, wahrlich ich sage euch: Der Knecht ist nicht größer denn sein Herr, noch der Apostel größer, denn der ihn gesandt hat!« Mancher Landeshauptmann hatte einen solchen Matti an der Seite, wie Bert Brecht ihn in »Herr Puntila und sein Knecht Matti« beschreibt, der seinem Herrn auf den Fahrten auch gehörig die Meinung hineinsagte und zu verstehen gegeben hat, was das einfache Volk von ihm und seiner Herrschaft hält. Im Fahrer näherte sich dem Hauptmann das einfache Volk, im Chauffeur begegnet dem Häuptling der einfache Mann der Straße. Oft war die Rede, so erinnere ich mich, von einem Fahrer, der offenbar vom Land und von den Bauern kam, und zum Gaudium seines Herrn die Terminologie der Roßknechte verwendete. Spannen wir ein, sagte er, wenn es losging, und hü, wenn er links, und hott, wenn er rechts einbog, und brr oder öha, wenn er anhielt. Wir brauchen Hafer, hat er gesagt, wenn er bei einer Tankstelle vorgefahren ist. Immer haben wir auch von Fahrern gehört, die mit ihren Herren Wirtshäuser besuchten, um dort entweder zu essen oder zu bechern. So hörten wir, daß es zehn Kilometer von einer Landeshauptstadt entfernt eine kleine Brauerei mit einem beliebten Brauwirtshaus gibt, an dem der Rektor jener kleinen Landesuniversität und sein Fahrer, wenn sie aus der Haupt- und Residenzstadt zurückkamen, wo meinetwegen die Rektorenkonferenz getagt gehabt hat oder wo der Rektor zum Rapport ins Ministerium zum Maior am Minoritenplatz müssen hat, einfach nicht vorbeifahren konnten, sondern regelmäßig eingekehrt sind. Dort aber, in jenem kleinen Brauwirtshaus, ging es immer hoch her, und der Rektor hat von seinem Fahrer geradezu verlangt und ihm befohlen, daß er ihm beim Trinken Gesellschaft leiste und mithalte. Und so tranken Herr und Knecht Runde um Runde, der Fahrer hat seinem Herrn bei der Überwindung von Enttäuschungen, die er in der Zentrale erlitten haben mochte, geholfen. Schließlich aber sind beide so voll gewesen, daß an ein Heimfahren mit dem eigenen, das heißt dem Staatsauto, nicht mehr zu denken gewesen ist. Und so haben sie das Auto mit der niedrigen Nummer auf dem Parkplatz vor dem Wirtshaus stehen lassen und sich ein Taxi aus der Landeshauptstadt bestellt. Und haben sie am nächsten Tag wieder eine Dienstfahrt antreten müssen, dann haben sich die beiden lustigen Zecher von der Universität zur Brauerei hinausbringen lassen und sind nach einem Frühschoppen an Ort und Stelle von diesem Vorposten aus zu neuen Taten aufgebrochen. Auf diese Weise hat sich also der Fahrer selbst einmal fahren lassen, nachdem er sich hatte gehen lassen... Im übrigen haben es nicht alle Fahrer mit den Promillen so genau genommen. Oft haben die Politiker von ihnen so unsinnige Gewalttouren verlangt, in einer Stunde von Linz nach Wien oder so ähnlich, daß sich ein Fahrer hin und wieder Mut angetrunken hat, um die von ihm erwartete Tour abseits der Straßenverkehrsordnung und jenseits der Legalität überhaupt schaffen zu können. Dabei sind die Termine, die immer pressiert haben, so unsinnig und entbehrlich gewesen wie die Höllentour selbst. Immer also war Eile geboten, um auch bei überflüssigen Veranstaltungen dabeizusein. Und oft hat sich ein Fahrer gesagt: Das haben wir notwendig gehabt! Wegen diesem Schwachsinn haben wir uns und andere in Gefahr gebracht.

Wenn zwei Menschen in einem Auto sitzen, so sind sie einander natürlich sehr nahe, sie müssen sich nahekommen, ob sie wollen oder nicht. Kein Zimmer und kein Kämmerchen in einem Haus ist so klein wie der Innenraum auch des größten Automobils. Und auch wenn der Geführte, der »Gefährte«, vielleicht durch eine Zwischenwand getrennt, durch eine Glasscheibe geschützt, hinter dem Fahrer im Fond und nicht auf dem Nebensitz Platz genommen hat, entkommen die beiden einander nicht. Sie müssen sich zumindest optisch ertragen. Dabei hat der Fahrer sogar die bessere Position, weil er mit Hilfe seines Rückspiegels seinen Herrn immer im Blickfeld behalten kann, während der Herr seinem Fahrer nicht immer ins Gesicht, schon gar nicht in die Augen sehen kann. Abgesehen vom Augensinn, geraten Fahrer und Fracht einander vor allem in den Dunstkreis! Und selbst wenn beide kurz vor Antritt der Fahrt dem Bad entstiegen sein mögen und vielleicht auch noch irgendwelche Duftwässer und Deodorants angewendet haben mögen, so setzt sich bei einer langen Autofahrt doch alsbald wieder die Natur durch, und der angestammte, arteigene Odor hebt sich über den synthetischen und industriell erzeugten hinweg, gewinnt allmählich die Oberhand, nachdem er sich vorher mit jenem vermischt und eine merkwürdige Mischung, ein Mixtum compositum aus Schweiß und Parfum gebildet haben mag. So müssen sich die beiden Reisenden riechen können. Ein Mensch, der leicht schwitzt, ist für den Beruf des Fahrers von vornherein nicht besonders tauglich.

Es ist ein ungeschriebenes Gesetz, daß sich der hohe Herr fahren *lassen* muß und nicht selbst steuern darf. Die Schicklichkeit verlangt dies. Manch einer, der vielleicht sogar aus gesellschaftlichen Niederungen aufgestiegen ist, würde auch liebend gern am Würstelstand ein Paar Debreziner verspeisen und darf es nicht, weil es die Etikette verbietet. Der Repräsentant muß Haltung bewahren. Mein Bruder hat freilich erzählt, daß schon manchmal ein junger Politiker einen älteren Fahrer gebeten, ja *angebettelt* (ein iteratives Bitten!) hat, ihm das Steuer zu überlassen, und es habe sich gezeigt, daß der jugendliche Funktionsträger eine kindische Freude am Fahren gehabt hat.
Unterhielten sich die Fahrer seinerzeit untereinander über ihre Arbeit, so bedienten sie sich einer eigenen, oft recht drastischen und ein wenig respektlosen Ausdrucksweise. Sie waren ihr ganzes Arbeitsleben gehalten, höflich, zuvorkommend und zurückhaltend zu sein, so daß sie sich im Gespräch unter ihresgleichen Luft gemacht und Dampf abgelassen haben.
Sie erleichterten sich durch lockere Redensarten von der Bürde ihrer steifen Dienstausübung. Dann konnte es schon sein, daß ein Fahrer des Fuhrparks der Landesregierung zu seinem Kollegen auf die Frage, was er demnächst zu tun habe, gesagt hat, er fahre morgen eine Fuhre junges Gemüse, wenn er etwa den jugendlichen Landeshauptmannstellvertreter transportieren hat müssen. So haben die Fahrer nicht wie Herrenfahrer und gar nicht wie Herren geredet, sondern wie Knechte, wie Roßknechte oder Lastwagenchauffeure. Manche Redensart war verschlüsselt, fast »hermetisch«, wie die Griechen gesagt haben würden. So wußte ein Fahrer Bescheid, was gemeint gewesen ist, wenn ein anderer gesagt hat, er fahre morgen die Hocharistokratie!
Das ist nun eine besonders »edle« Ausdrucksweise, die frei-

lich, wenn man um den Hintergrund des Wortspieles gewußt hat, als besonders respektlos gelten mußte. Denn Aristokratie steht für Adel. Adel aber hat bekanntlich in der Landesmundart auch die Bedeutung von »Jauche«. Die Bauern fahren den Adel aus, bringen also die Jauche oder die Gülle, wie man heute in manchen Gebieten auch hört, auf die Wiesen. Der »Adelige« in der Landesregierung war demnach ein älterer Landesrat, der die Fahrer öfter um Zwischenstopps zum Austreten und Wasserabschlagen bitten mußte – was im Alter normal ist. Er litt halt an der sogenannten Inkontinenz, fein und lateinisch ausgedrückt. Dem Landesrat fehlte es an »Zurückhaltung«. Dies ist ein medizinisches Problem, das dadurch entsteht, daß sich die Natur selbständig macht und das normalerweise Willkürliche unwillkürlich werden läßt. So jedenfalls wurde der Landesrat durch seine Prostata zum »Adeligen«. Ein sehr deutlich sprechender Fahrer soll freilich einmal sogar auf die Frage nach seiner Aufgabe gesagt haben, er mache morgen keine Landpartie, sondern eine »Schiffahrt«, was keiner näheren Erklärung bedarf.

Da haben es die Kutscher der Monarchen und Aristokraten seinerzeit besser gehabt als die Fahrer der Landesregenten heutzutage. Denn als die Fahrer der Landeshauptleute während einer Landeshauptleutekonferenz einmal eine von ihrem Beruf her naheliegende Exkursion nach Schönbrunn in die »Wagenburg« gemacht haben, haben sie gesehen, daß die großen Wagen des Kaisers, die schweren Staatskarossen mit Toiletteanlagen, das heißt mit Aborten und Abtritten ausgestattet gewesen sind. Hat einer also dorthin müssen, wohin auch der Kaiser, wie es irrtümlich geheißen hat, zu Fuß geht, so hat sich dieses »Austreten« im integrierten Abtritt abgespielt, und der Kutscher hat gar nicht anhalten müssen, sondern hat wahrscheinlich im Gegenteil seine Pferde angetrieben. Selbst in kleinen Sänften hat es übrigens entsprechende »Toiletteanlagen« gegeben. Man war damals ja ungenierter, wie man weiß, und hat offenbar nichts dabei gefunden, wenn sich die feine Dame oder der feine Herr vis-à-vis auf seinem Spezialsitz erleichtert hat. Uns fällt es schwer, zu verstehen, daß das Notdürftige seinerzeit für ein Lustspiel der Natur gehalten worden ist, über das man kindlich oder auch kindisch lachen hat müssen. Wer auch nur einen Brief des Wolfgang Amadeus Mozart gelesen hat, ist auch der rührenden Unschuld beim Reden über *pudenda* ansichtig geworden, während der heutige Fäkalismus irgendwie dreckig und schmuddelig geworden ist und ekelhaft.

Ein Großteil der Fahrten, die die Fahrer absolvieren haben müssen, hat überhaupt zu Krankenhäusern, zu Arztpraxen oder zu Sanatorien geführt, weil die Herrschaften behandelt werden mußten, weil sie »eingestellt« werden mußten, aufgepäppelt, gespritzt und so weiter. Der eine hat Frischzellen bekommen und der andere eine andere Behandlung. Das hat leider bis zur Blutwäsche gereicht. Früher hat das einfache Volk über die Leiden der Mächtigen freilich weniger Bescheid gewußt. Man hat gewußt, wie alt der Kaiser ist, weil man Kaisers Geburtstag ja groß begangen hat, aber was ihm genau fehlt, das hat man nicht wissen können. Und auch gar nicht wissen wollen. Heute ist es leider anders, und auch wenn man wirklich nicht auf das Private neugierig ist, bekommt man schon in den Fernsehnachrichten die hohen Herren ununterbrochen zu Gesicht, und auch wenn man kein Mediziner ist und kein Diagnostiker, so kann man doch feststellen, wie es um manchen gesundheitlich steht. Oft verfällt einer von einem auf den anderen Tag, gestern hat der Betreffende noch ganz munter und gesund ausgesehen, und heute ist er krank und grau zum Erbarmen. Gerade hat einer noch mit fester Stimme »starke Sprüche geklopft«, und plötzlich ist die Stimme weg und es ist eine Fistelstimme übriggeblieben, die aus dem Fernseher hüstelt. Der Staatsadler hat seine Federn oder einen Flügel verloren, der Löwe ist zahnlos geworden. Diese Bilder stimmen nachdenklich, weil der Mensch von Zeit zu Zeit die Erinnerung an die Todesverfallenheit ganz einfach braucht.

Von den Erzählungen meines Bruders über die Erfahrungen seiner Kollegen weiß ich, daß die hohen Herren unterschiedliche Verhältnisse zu ihrem Renommee haben. Ein Fahrer hat für seinen Herrn immer schon frühmorgens alle verfügbaren Zeitungen kaufen müssen, damit dieser sie unverzüglich, auf seiner Dienstfahrt, studieren hat können, und ein Hauptgegenstand seines Interesses ist sich der Hohe hauptsächlich selbst gewesen. Er hat sein Bild gesucht und gelesen, welches Bild die schreibende Zunft von ihm zeichnet. Und wenn er sich von der Presse schlecht behandelt oder mißverstanden gefühlt hat, dann hat er laut geflucht und geschimpft.

Reisen, das heißt, Funktionäre auf die Reise zu schicken, von irgendwelchen Chauffeuren durch die Gegend transportieren zu lassen, ist eigentlich im Zeitalter der Konferenzschaltungen weitgehend ein Luxus. So sind die Personenkraftwagen, die Kraftfahrzeuge, wirklich wieder zu *Luxusautos* geworden, wie sie einmal geheißen haben. Denn das meiste, was heutzutage auf sogenannten Konferenzen besprochen wird, ließe sich mittels neuer Techniken ohne Ortswechsel geradeso und schneller ausverhandeln. So ist der Konferenztourismus auch ein Tourismus, für viele sind Großkonferenzen und Mammutsymposien eine gute Gelegenheit, auf Staatskosten die Welt zu sehen. Und so versetzen etwa gerade die Klimakonferenzen dem Weltklima einen schweren Schlag, wenn aus allen Erdteilen und Him-

melsrichtungen die Konferenzteilnehmer in energie- und umweltzerstörerischen vollklimatisierten Großraumflugzeugen und wirklichen himmlischen Dreckschleudern zum Konferenzort jetten. Natürlich kann man sagen, daß Reisen an sich sinnvoll ist und bildet, aber auf wessen Kosten und zu welchem Zweck? Oft liegt der eigentliche Sinn solcher Zusammenkünfte im Rahmenprogramm. Dort kommt mehr heraus als auf der Konferenz selbst.
Jetzt bin ich abgeschweift, aber wenn man die Geschichte von einem Bruder erzählt, der Fahrer gewesen ist, Prominentenfahrer, dann liegen Abschweifen und Umwege ja nahe und gewissermaßen am Weg. Und als mein Bruder »wesentlich« geworden ist, wie ich es nenne, das heißt vom Prominentenfahrer zum Rotkreuzfahrer »konvertiert« ist, hat er selbst einmal gesagt, daß ihm alle seine Fahrten, die er machen hat müssen und anfangs sogar gern gemacht hat, im nachhinein wie »Irrfahrten« vorkommen, leere Kilometer. Und als die »leersten« aller »Leerfahrten« sind ihm im nachhinein die Fahrten zu Festspielen vorgekommen, wo sein hoher Herr unbedingt anwesend sein mußte. Und obwohl der hohe Herr auf dem Weg oft sehr mißmutig und griesgrämig und absolut unlustig gewesen ist, hat er dann doch, wenn sie im Festspielort eingefahren sind und sich dem Festspielhaus genähert haben, sein Feiertagsgesicht aufgesetzt und die Leute, die er noch bei der Ortseinfahrt zum Teufel gewünscht hat, freundlich und leutselig angelächelt und ihnen zugewinkt. Er hat immer gewußt, was er dem Amt schuldig ist und daß er halt ein prominenter Darsteller in einer Staatsoperette ist und immer vergnügt zu sein hat und daß es keinen etwas angeht, wie es da drinnen ausschaut. Ich bin der Landesvater im Land des Lächelns, hat er einmal selbstironisch und bitter zu seinem Fahrer gesagt, das sag ich nur dir, sag es nicht weiter.

Wie der Kutscher hat der Herr manchmal geflucht, hat der Kollege des Franz gesagt. Fluchen wie ein Kutscher, das sei im übrigen ein Sprichwort, das die fahrende Zunft zu unrecht schlecht macht und denunziert. Denn die Kutscher haben nicht mehr geflucht als andere Leute auch, nur haben sie mehr mit störrischen Pferden zu tun gehabt als andere Leute, und so ist es kein Wunder, daß die Kunst des Scheltens, Schimpfens und Fluchens bei ihnen ein wenig besser ausgebildet gewesen ist. Der Verkehr ist im übrigen von alters her die Hauptquelle des Ärgers gewesen, unterwegs sein und sich ärgern gehören zusammen. Man kann schon bei Ludwig Börne in dessen »Monographie der deutschen Postschnecke« lesen, wie ärgerlich die Leute in den Postkutschen gewesen sind, wie sich Reisende und Schaffner, Postillione und Passagiere gegenseitig bekämpft und sich oft auch aufgerieben haben. Heute ist es nicht viel anders. Welche »Potentiale« an Konflikt allein das Verhältnis zwischen Reisenden und Reiseleiter bereithält! Der Grundtenor von Erzählungen über das Reisen ist doch meistens der Ärger: der Ärger mit dem Transport, die Enttäuschung über die Unterbringung, der Kummer wegen der Unfreundlichkeit des Personals. Die Beschwerdestellen und Konsumentenschutzorganisationen sind überlaufen von Unzufriedenen, die – nach ihrer Selbsteinschätzung – beim Reisen draufgezahlt haben, buchstäblich oder im übertragenen Sinn. Der Hauptpunkt der Beanstandung ist natürlich immer die Diskrepanz zwischen dem Prospekt und der Realität. Nicht allen Beschwerdeführern kann freilich recht gegeben werden, doch es gibt natürlich Fälle von eklatanter Irreführung durch Prospekte.

Die Prospekthersteller beherrschen die hohe Schule der Beschönigung und Verhübschung. Und der Retusche. Ganze Fernheizwerke, Fabriken und himmelhohe Schlote in unmittelbarer Hotelnähe haben die Retuscheure und Hersteller von Fremdenverkehrsprospekten schon weggezaubert. Zuerst sucht der Photograph beim Aufnehmen des zu bewerbenden Bauobjektes die günstigste Perspektive, um das Hotel von seiner Zuckerseite zu erwischen. Er vollführt die gefährlichsten Verrenkungen, um das Gebäude möglichst imposant und eindrucksvoll erscheinen zu lassen, er legt sich auf den Bauch oder photographiert in der Grätsche. Er besteigt Leitern oder Balkone an gegenüberliegenden Häusern, um eine möglichst gelungene Ansicht der Herberge zustandezubringen. Wenn sich aber trotz aller Photographenanstrengungen kein optimales Bild herstellen läßt, weil die Umgebung und Nachbarschaft einfach zu grauslich ist, dann muß nach dem Photographen der Retuscheur in Aktion treten. Es heißt in der Bibel, daß der Glaube Berge versetzen kann, der Geschäftssinn der Werbefachleute kann es auch. Simsalabim, und das Fernheizwerk ist weg, Simsalabim, und der riesige Strommast ist verschwunden, Simsalabim. Und es ist gar keine so große Kunst und keine unbewältigbare Aufgabe und kein Kunststück, einen grauen Fluß blau einzufärben, dem Meer oder dem See farblich etwas nach- und aufzuhelfen. Und kein einziger Prospekt von Athen vermittelt auch nur eine Ahnung von jenem Smog, also jener Dunst-, Gift- und Gaswolke, die sich bei entsprechend ungünstigem Wetter über der griechischen Metropole bilden kann, so daß man auf der Akropolis von einer Säule des Tempels nicht bis zur nächsten sieht.

In den fünfziger Jahren sind ja große Reisen, Weltreisen per Autostopp unternommen worden. An den Auffahrten zu den neugebauten Autobahnen sind die neuen Reisenden, die Anhalter, gestanden, oft mit Schildern in den Händen, auf denen das gewünschte Reiseziel oder wenigstens die Richtung geschrieben stand, in die es gehen sollte. Und es gab unter den später »Tramper« genannten Jugendlichen regelrechte Kämpfe um die besten Standplätze. Die Tramper standen wirklich in Reih und Glied, wer zuerst kam, mahlte zuerst, und erst wenn der Vordermann, der oder die erste in der Reihe »abgefertigt«, das heißt mitgenommen war, konnte der nächste oder die nächste nachrücken. Auch auf Rastplätzen und an Tankstellen wurden die parkenden oder tankenden Autofahrer angesprochen. Es soll bisweilen zu einer regelrechten Bettelei ausgeartet sein. Anfangs war freilich die Bereitschaft der Autofahrer groß, jemanden mitzunehmen, ja die Mitglieder der mitfahrenden Familie, die Frau und die Kinder, sind seinerzeit bereit gewesen, zusammenzurücken und einem Fremden, einem Studenten meistens oder auch nur einem vorgeblichen Studenten, Platz zu machen. Später hat dann diese Bereitschaft abgenommen, als einige dieser Altruisten unter den Automobilisten böse Erfahrungen mit Trampern gemacht hatten und es sich herumgesprochen hatte, daß es etwa im Falle eines Unfalles für einen Autolenker teuer werden konnte, wenn der gutwilligerweise mitgenommene Student Schaden nahm und verletzt wurde. Der Fahrer haftete »in jedem Falle«, wie es hieß. Zudem hatten sich einige Studenten als Kriminelle entpuppt, die sich nicht nur mitnehmen ließen, sondern auch beim Aussteigen oder »Umsteigen« noch einiges aus der »Fahrnis« des Autowirtes mitgehen haben lassen. Sie kassierten sozusagen auch noch Fahrgeld... Undank ist der Welt Fuhrlohn, und nicht der Passagier, sondern der Fahrer entrichtete den Obolus. Manche Tramper wurden nicht nur zu einer Belastung für das Fahrzeug, das sich mit dem Anhang plus dem Mitfahrer dem zulässigen Höchstgewicht näherte, sondern auch zu einer Belästigung für den Fahrer oder seine Kinder. Einmal soll ein solcherart Zugestiegener

beim Aussteigen die Tochter des Autobesitzers nicht gerade entführt, aber »abgeschleppt« haben, wie es in der Jugendsprache heißt, nachdem er sie sich »angelacht« hatte.
Es spielten sich ganz unglaubliche gruppendynamische Prozesse ab, wie ja immer dort, wo mehr als zwei Menschen zusammenkommen, nach nicht langer Zeit Parteien entstehen. Einer gibt dem anderen recht und widerspricht dem dritten, und schon ist die »Parteiung« in vollem Gange. Wenn aber ein Fremder, in diesem Fall ein Autostopper, zusteigt, so muß es nicht immer so sein, daß der »Wirt« und seine Familie dem Fremden gegenüberstehen, es kann auch geschehen, daß sich etwa die Jugend gegen das Alter verbündet, die Frauen gegen die Männer.
Ganz besonders kompliziert wird die gruppendynamische Situation immer und überall durch den Fundamentalspalter Sexus, um es griechisch zu sagen. Nimmt etwa ein älterer Herr ein Mädchen mit, so treffen ihn auf der Stelle die schlimmsten Verdächtigungen, etwa auch durch seine Gattin. Und es verstehen ja nun wirklich viele ältere Herren eine entsprechende Mitfahrbitte durch ein Mädchen als eine Art Werbung, sie mißverstehen die Zeichen und Gesten als die Initialsignale eines Paarungsverhaltens.
Mein Bruder Franz hat eine ausdifferenzierte Typologie von Autostoppern und Autostopperinnen entwickelt, weil er in seinem langen Berufsleben als Fahrer viele von ihnen kennengelernt hat. Er hat sie freilich durch Nichtmitnehmen kennengelernt, das ihm schon dienstlich geboten und aufgetragen war. Ich sah darin immer einen gewissen Widerspruch: Er konnte sich über die Autostopper so ausführlich verbreiten, ohne die Begegnung mit ihnen gesucht oder gehabt zu haben. Ich kenne sie vom Stehenlassen, sagte er gern. Im übrigen sei er aber nicht blind für Zeichen und Signale der Körpersprache. Gerade die Fahrer hätten ein reichhaltiges

Inventar an gebärdensprachlichen Zeichen ausgebildet. Die meisten Menschen beherrschen ja von den vielen Zeichen meist nur das bekannteste, die sogenannte Meise, also den »Vogel«, bei dem sich ein erzürnter Autofahrer an die Stirne tippt und damit sagt oder sagen will, daß es bei seinem Kontrahenten wohl piept. Dies ist der Beginn einer oft handgreiflichen Auseinandersetzung; man liest immer wieder, daß ein Autofahrer einen anderen, der ihm den Vogel gezeigt hat, an einer Ampel erwartet und ihm auflauert, aus dem Auto springt und den Bösewicht und Beleidiger aus seinem Faradayschen Käfig zerrt und »insultiert«, wie es später im Polizeiprotokoll heißen wird. »Autofahrerfehde« heißt eine solche Auseinandersetzung im Fachjargon der Journalisten der Autofahrerzeitungen der Autofahrerverbände. Fehde – wenn ich als Philologe das nur höre! Ja sogar vom Fehdehandschuh habe ich gelesen, den einer dem anderen hingeworfen habe. So entsteht freilich der Eindruck, als handele es sich bei einer solchen Autofahrerfehde um eine ritterliche Angelegenheit. Und wirklich lassen sich die Autofahrer ja gern als »Kavaliere der Straße« bezeichnen. Eine Autofahrerfehde ist aber alles andere als eine ritterliche Angelegenheit, und es entspinnt sich eine solche Fehde auch nicht immer aus einer sogenannten Bagatelle oder einem Kavaliersdelikt. Doch so banal sie auch beginnen mag, sie kann alsbald dramatische Formen annehmen. Und wie im frühen Mittelalter bleibt auch heute oft einer zurück und »auf der Strecke«. »Zur Strecke bringen« und »auf der Strecke bleiben«, all das sind nicht von ungefähr Ausdrücke aus der Jagd, neben dem Verkehr das andere große Betätigungsfeld für »wahre Männer«.
Mein Bruder Franz erzählt freilich, was die Bitten von Autostoppern betrifft, mitgenommen zu werden, daß dies ein Feld schier unerschöpflicher Erfindungsgabe und des Einfühlungsvermögens, aber auch der Tricks, Fiktionen,

Mystifikationen, der Finten und Übertölpelungen sei. Denn es ist ja nicht nur einmal vorgekommen, daß ein hübsches Mädchen ein Auto stoppte, und der Herr am Steuer, der Herrenfahrer, der ältere Herr am Volant hat angehalten und das Mädchen einsteigen lassen und dann plötzlich beim Weiterfahren bemerkt, daß nicht nur ein junges hübsches Mädchen, sondern auch ein junger Mann zugestiegen ist und es sich im Fond des Wagens bequem macht. Er ist also auf einen uralten Trick hereingefallen. So schnell kann der Autofahrer gar nicht schauen, wie der alerte dynamische Studentenjüngling ins Auto springt.

Ist der Student wirklich ein Student, etwa der Germanistik, dann wird er vielleicht auf seine akademische Art die Rede des Mädchens von den Zeitläuften und den Gefahren des Fahrens bestätigen und, dem Fahrer ein Tutorium und ein Privatissimum erteilend, belehren, daß es heute nicht anders sei als zu Walther von der Vogelweides Zeiten, der im sogenannten Reichston geschrieben hat, daß Gewalt auf der Straße fährt und die Hinterlist im Hinterhalt sitzt. »Untriuwe ist in der sazze«, heißt es in der Waltherschen Ritter- und Jägersprache. So wie der Hase in der »Sasse« sitzt, was heißt: geduckt und getarnt in einer Sitzmulde hockt, um nur ja nicht aufzufallen. Hase in der Sasse! schreit der Treiber bei der Treibjagd, wenn er einen so verängstigten Hasen sieht, um den Jäger zu alarmieren und ihm die bevorstehende Arbeit anzukündigen.

Der getäuschte und betrogene Fahrer wird freilich von einer solchen Lehre nicht viel wissen wollen. Und obwohl er, als das Mädchen eingestiegen ist, noch weit in Richtung des Reiseziels des Mädchens fahren zu müssen angekündigt hat, muß er kurze Zeit später plötzlich ganz woandershin und abbiegen und sich zu seinem großen Leidwesen von seinen Mitreisenden trennen und sie auszusteigen bitten. Seinen

Träumen nicht einen Schritt näher gekommen, hat er plötzlich umdisponiert und wie ein Hase einen Haken geschlagen und wieder den Tugendweg beschritten. Und so ward auch schon mancher Scholar, manch fahrender Schüler samt seiner Herzdame an die frische Luft gesetzet. Muß er denn sein Glück noch einmal und mit einem dümmeren Fahrer versuchen.

Einen pfiffigen Studenten oder Scholaren, wie man früher den Schüler genannt hat, wird seine Schläue so schnell nicht verlassen. Die Schläue der fahrenden Scholaren vor der heutigen Interrailjugend war schon in Altertum und Mittelalter sprichwörtlich. Wer es nicht glaubt oder kennt, möge bitte, wie ich es unseren Germanisten an der Schule empfohlen habe, das Fastnachtsspiel »Der fahrende Schüler im Paradeis« von Hans Sachs lesen, wo ein vazierender Gymnasiast oder Schüler bei einer Bäurin vorspricht und sich als fahrender Schüler aus *Paris* vorstellt und zu erkennen gibt. Die Bäurin aber mißversteht *Paris* als *Paradies* oder *Paradeis.* Ersteres kennt sie nicht, letzteres aber aus vielen Predigten in der Kirche. Und da vor kurzem ihr Mann verstorben ist und sie ihn ebenfalls im Paradies vermutet, gibt sie dem fahrenden Schüler für seine Rückkehr ins Paradies eine Fülle von Mandaten und eine Menge Lebensmittel und Geld für den toten Gemahl mit auf die Reise. Der fahrende Schüler wird zu einem Nutznießer der Gläubigkeit, Gut- und Leichtgläubigkeit der guten Frau und nützt seine Position weidlich aus. Schließlich ist der Frau, aber ganz besonders dem Schüler geholfen. »Gestopft« zieht er von hinnen nach dannen. Eine sehr diesseitige Geschichte vom Jenseits, die sich Sachs da einfallen hat lassen.

Wer fährt, wird erfahren, und oft sind diejenigen, die es in die Ferne verschlagen hat, auch buchstäblich verschlagen.

Weil sie sich durchschlagen müssen, brauchen sie viel Schlagfertigkeit bis Verschlagenheit. In diesem Menschenschlag, in den Menschen vom Schlage des Reisenden, findet man oft große Anpassungsfähigkeit. Das beginnt bei der Sprache, ihrer Muttersprache, endet aber nicht bei ihr. Es gibt unter den Reisenden und Fahrenden der heutigen Zeit manch Polyglotten, vor dem sich die akademischen Philologen, jedenfalls was Konversation betrifft, verstecken können. So wie die fahrenden Scholaren im Mittelalter Latein als Umgangs- und Verkehrssprache benützt haben und damit bei ihren »Gesprächspartnern« in ganz Europa von Stockholm bis Bari zurecht und zu Rande gekommen sind, so parlieren die Völkerwanderer von heute, die Touristen und die tourenden Handelsreisenden, in Englisch, der neuen Lingua franca. Wer heute nicht Englisch kann, soll daheimbleiben und sich verstecken oder eingraben lassen, heißt es. Der Anglist ist, wie ich aus meiner aktiven Zeit als Gymnasiallehrer weiß, heute der wichtigste Lehrer im Kollegium. Und dementsprechend führen sich die Englischlehrer auch auf. Englisch sollte auch im Zeugnisformular ganz oben stehen, um der neuen Rangordnung Rechnung zu tragen und zu entsprechen. Es entspricht wohl dem Konkordat und einer alten Tradition, daß Religion auf dem Formular ganz oben steht, obwohl Religion, wie jeder weiß, heute in den Schulen keinen Stellenwert mehr hat und auch als einziges Fach abgewählt werden kann, wovon ja leider ausgiebig Gebrauch gemacht wird. Bald wird dort, wo früher Religion stand, ein Vakuum sein. Und es gibt ja andere Ideologien, die darauf warten, dieses Vakuum zu füllen. Religion jedenfalls müßte, wenn der Realität entsprochen werden sollte, ganz unten stehen oder überhaupt auf der Rückseite des Formulars neben dem Wahlfach »Schach« oder »Darstellendes Spiel« oder »Rhythmische Gymnastik«. Und gleich neben dem Fach Religion an der hintersten Stelle müßten Latein und Griechisch stehen, die »Orchideenfächer«. Religion, sofern überhaupt noch besucht, ist in vielen Fällen gar nicht mehr Religion. Die Religionslehrer haben in ihrer Not und unter wachsendem Druck den Schülern in ihren Stunden bereits die Freiheit eingeräumt, zu tun und zu lassen, was sie wollen. So sitzen in der ersten Bank ein paar wenige, die aus Interesse oder aus Mitleid mit dem Religiosus sich »religiös« unterhalten oder erbauen lassen, während das Gros der Schüler im rückwärtigen Teil des Klassenzimmers entweder die Hausaufgaben für die »wirklichen« Fächer erledigt oder Karten spielt. Dabei hätte die Religionsgeschichte so viel Großes, Geistliches und Wissenswertes zu bieten, wäre ein herrlicher Stoff, vom eigentlichen Glauben ganz abgesehen, den man natürlich nicht erzwingen kann. Wer selbst nicht glauben kann, sollte wenigstens andächtig den Glauben anderer, auch der Heiligen all der Jahrhunderte, anschauen und sehen, wozu sie ihr Glaube und ihr Gottvertrauen befähigt hat. Heute ist man freilich meist fixiert auf die Schrecken und Greuel der Kirchengeschichte, die natürlich auch nicht zu übersehen sind. Mir kommt manchmal vor, Europa sei von einem unbändigen Selbsthaß befallen, wenn man allein an jene Gehässigkeiten in Frankreich denkt, die jüngst aufgekommen und hochgekommen sind, als der Papst das 1500-Jahre-Jubiläum der Taufe des Merowingerkönigs Chlodwig begehen wollte. Ich jedenfalls danke Gott täglich, daß ich in diesem Europa nicht Religion unterrichten muß. Es war schwer genug, Griechisch zu unterrichten, Religion zu unterrichten aber bedeutet heute so viel wie *Martyrium*. So kann ich gut verstehen, daß an meiner Schule einmal ein Religionslehrer, ein Laie, der sich nicht mehr zu helfen wußte und die Nerven verlor, das Fenster öffnete und Hilfe!

hinausrief, sehr zum Erstaunen von Passanten, die an der Schule vorbeigingen. Hilfe! Hilfe!

Ich bilde mir ein, nein, ich weiß, daß ich ein gesundes Verhältnis zum Englischen habe und das Englische als eine oder *die* analytische Sprache schlechthin, als die Kontrastsprache zum hochsynthetischen Griechischen, namentlich dem Altgriechischen, geradezu liebe. Gegensätze ziehen sich an. Ich fliege sozusagen auf das Englische, so wie ich, in der Sprache meiner Schüler gesprochen, auf das Griechische »abfahre«. Und ich habe meinen Schülern nicht nur einmal gesagt, daß sie sich gewaltig täuschen, wenn sie glauben, daß ein Lover der sogenannten toten Sprachen null Bock auf lebende Fremdsprachen habe. Gerade in der lebenden Sprache, etwa dem Englischen, zeigt sich ja, daß man den alten Sprachen zu Unrecht den Totenschein ausgestellt hat. Wenn man aus dem Englischen alles Lateinische und Griechische herausziehen und abziehen würde, würde die Sprache zu einem Skelett abmagern und zusammenbrechen, so wie die amerikanische Wirtschaft zusammenbrechen würde, wenn alle Latinos plötzlich ihren Dienst aufkündigen würden. Und Griechisch spielt heute noch eine nicht unbeträchtliche Rolle, wenn man »abheben« will. Was wäre denn der ganze Flughafen- und Flugbetrieb ohne das magische Wörtchen *Air* aus unserem lieben griechischen *Aer*. Diese Branche braucht das Griechische wie der Mensch die Luft zum Atmen und eben zum Fliegen. Was auch wäre, um zu einem anderen Gebiet hinüberzuschauen, die Medizin ohne die *Hygiene*!

Die Theologie ohne den *theos*, eine »Theologie ohne Gott« wäre sie im buchstäblichen Sinn. Was wäre die Technik ohne die *Mechanik*, was wäre der Arzt ohne *Praxis.* Die Liste der lebensnotwendigen Vokabeln aus dem Griechi-

schen ließe sich fortsetzen. Was wäre, um schließlich noch diese Frage anzuschneiden, das Leben ohne *Erotik.* Ein solches Leben wäre sicher nicht *eu*..., um die griechische Silbe oder das Kennzeichen für alles Erfreuliche und Fröhliche, Freundliche und Heitere zu verwenden. Von einigen übermenschlichen Asketen abgesehen, würden sich in einer solchen Welt nur die *Eunuchen* allenfalls *eu* fühlen, ein »eu-Feeling« haben, um das Griechische mit dem Englischen zu verbinden und zu versöhnen. Im Wort *Eunuch* handelt es sich beim ersten Teil, dem Bestimmungswort, nicht um unser *eu*, für »wohl, gut, schön, reich«, sondern um den Rest des Zeitwortes *echein*, »haben, halten«. Der Eunuch ist eigentlich der, der das Lager oder das Bett, griechisch *eune,* »hält« oder »bewacht«, der Haremswächter eben, seiner Funktion nach. Das mußte ich klarstellen, damit niemand auf eine falsche Idee kommt.
Eine Welt ohne Griechisch wäre nicht *eu*, sondern *dys*, um das *Antonym* zu *eu* zu zitieren. *Dys* aber bedeutet »von der Norm abweichend, miß..., schlecht, krankhaft«. Wir brauchen natürlich auch die Antonyme, die Gegenteilwörter zum Wahren, Guten und Schönen, damit wir unser Glück mit der unglücklichen Gegenwelt kontrastieren können. *Eu* heißt *high, dys* heißt *miß*... Wer aber steht, heißt es in der Bibel, möge zusehen, daß er nicht falle! Wenn diejenigen, die mit sich und der Welt in Harmonie leben, sich den Unglücksfall auch kaum vorstellen können, so ist er natürlich dennoch nicht denkunmöglich...

Es war in den Erzählungen meines Bruders aber nicht nur von Komödien oder Tragikomödien die Rede, worüber wir Geschwister geschmunzelt oder gelacht haben, es gab auch Tragödien. Eine besonders tragische Figur ist der Bischof von Lavant gewesen, der eine große Nervosität gehabt hat, eine Neurose genaugenommen, und diese Krankheit unsinnigerweise auch noch für eine Sünde seinerseits gehalten und daraus Schuldgefühle abgeleitet hat. Als letztes Kind einer großen Bauernfamilie geboren und im strengsten religiösen Milieu aufgewachsen, ist er nicht nur ein frommer Priester und Kirchenmann geworden, sondern auch ein an Gott und vor allem an der Welt Leidender, schwer Leidender.

Für den Fahrer hat sich diese bischöfliche Neurose so dargestellt, daß der Bischof lange Tunnelfahrten besonders gefürchtet hat, ja kaum ertragen hat können und einmal, als sie in einem Tunnel durch einen Unfall aufgehalten worden sind, einen Nervenzusammenbruch erlitten hat und in Panik geraten ist. Er ist dabei zusammengekauert auf dem Rücksitz gesessen, hat sein Gesicht mit den Händen zugedeckt und am ganzen Leib gezittert. Der Fahrer, dem sein Herr sehr leid getan hat, hat ihm begütigend zugeredet und immer wieder gesagt, Exzellenz, wir fahren gleich weiter, es kann nicht mehr lange dauern. Und er sehe schon, daß sich dort vorne etwas bewege. Es hat aber dann doch fast eine Stunde gedauert, und als sie schließlich im Schritttempo, von Polizisten gelotst, die Unfallstelle passieren und zuletzt in freier Fahrt den Tunnel verlassen konnten, war der arme Bischof krankenhausreif, und der Fahrer hat ihn zu einem Arzt gebracht.

Der Fahrer des Bischofs von Lavant hat zu meinem Bruder gesagt, daß ihn die Angst seines geistlichen Herrn langsam anzustecken begonnen habe, obwohl er sich normalerweise vor Tunnelfahrten nicht fürchte. Er hat sich um seinen Herrn gesorgt, und der Bischof hat ihm auch leid getan, weil er so viel leiden hat müssen. Die Ärzte haben dem Patienten Beruhigungsmittel verschrieben, und der Patient hat später vor solchen angstbesetzten Fahrten durch Unterführungen oder Tunnels diese Tranquilizer genommen, manchmal aber so viel, daß er halb betäubt und bewußtlos gewesen und am Zielort kaum einsatzfähig gewesen ist, so daß viele Seltsamkeiten und Merkwürdigkeiten, auch Zweideutigkeiten, in seine Amtshandlungen und in sein Firmen, um das es sich oft gehandelt hat, gekommen sind. Seine Reaktionen waren durch die Medikamente herabgesetzt und verlangsamt, und auch das Gedächtnis hat wohl etwas gelitten. Hat der Bischof von Haus aus den Ruf eines eher stillen, in sich gekehrten, duldsamen Oberhirten gehabt, der sein Amt mit einer nahezu heiligen Nachsichtigkeit ausgeübt hat, so hat dieses Stillsein letztlich doch für jedermann ersichtlich ungesunde oder, wie die Griechen sagen, *pathologische* Züge angenommen. Der springende Punkt im Schuldgefühl des Bischofs war der, daß er sich immer gesagt hat, daß ihm in einer akuten Notsituation, wie jener mit dem Unfall im Tunnel, der Gedanke an die Leiden Christi und überhaupt seine Religiosität über eine solche relativ harmlose Situation hinweghelfen müßten, daß er aber erleben mußte, wie jeder diesbezügliche Gedanke in seinen Angstzuständen, die die Griechen *Phobien* genannt haben, absolut unmöglich geworden ist, daß sogar, wenn er es sich eingestand, ein solches Denken, etwa an den Kreuzestod, sein persönliches Elend noch vergrößerte, so daß er sich zu anderen Gedanken und zur Ablenkung zwingen mußte, was freilich auch wieder mißlang. Wie aber, habe er gedacht, hat er seinem Fahrer anvertraut, wie könne er anderen in Notsituationen als Seelsorger mit seiner christlichen Botschaft kommen, wenn sie in seiner eigenen psychischen Misere so sehr auslasse und versage, ja das Elend noch verschlimmere. Ein Bischof mit einer Neurose, womöglich einer *ekklesiogenen* Neurose, wie die Psychiater in ihrer griechischen Terminologie eine solche kirchlich grundierte Erkrankung eine sogenannte »Gottesvergiftung« nennen, ist keine Empfehlung und Werbung für das Evangelium, die sogenannte Frohe Botschaft oder für die Institution, die ihre Verkündigung übernommen hat. Der Bischof hat an das Wort Jesu gedacht: Ohne mich könnt ihr nichts. Und in seiner Hilflosigkeit und in seinem Nichtvermögen und »Nichtskönnen« hat er sich als von Gott verlassen erfahren. Wo ist Gott, wo bleibt Gott, hätte er hinausschreien können, wenn er nicht durch seine Tabletten halb bewußtlos und betäubt gewesen wäre. Natürlich kommt für jeden Menschen, so sehr er sich auch »beruhigt« oder »betäubt« und sich durch Drogen oder irgendwelche Mittel vor Ängsten schützt, einmal die Stunde der Wahrheit, so wie der nächste Tunnel bestimmt kommt, weil sich in einem gebirgigen Land wie diesem sehr viel »unterirdisch« abspielt. Dann zeigt es sich leider, daß durch eine solche Behandlung nichts geheilt, nichts bewältigt oder verkraftet wird, sondern im Gegenteil die wunde Seele noch verletzlicher geworden ist, weil keine Desensibilisierung stattgefunden hat, keine Erhöhung der Frustrationstoleranz, sondern eher das Gegenteil. Eine Spirale, aber leider nach unten, eine beängstigende Spirale also.

Natürlich hat der Fahrer des Lavanter Bischofs Tunnelfahrten nach Möglichkeit vermieden und große Umwege gemacht. Aber diese Umwege über Pässe und hohe Berge, etwa über die Großglocknerhochalpenstraße, um den Felbertauerntunnel zu vermeiden und zu umgehen, oder den Pyhrnpaß, um dem Bosrucktunnel auszuweichen, haben natürlich viel Zeit gekostet, Zeit, die nicht vorhanden gewesen ist. Und die Tunnels sind in jener Zeit immer mehr und länger geworden, wenn man an den Tauerntunnel, den Arlberg- oder den Plabutschtunnel denkt, ja, das Bistum Lavant zwischen den Tauern, den Nockbergen und den Karawanken ist zuletzt auf allen Seiten »angebohrt« gewesen, und ein Reisender hatte gar keine andere Wahl, als durch diese Löcher zu kriechen und diese Schleusen zu passieren, wenn er hinein- oder wenn er hinausgewollt hat! Und es scheint viele Menschen zu geben, die eine Freude haben, wenn sie tief in die Berge hinein- und hinunterfahren können, wenn man etwa an die touristische Sensation der sogenannten »Terra mystica«, einen fremdenverkehrsmäßig genützten aufgelassenen Stollen der Bleiberger Bergwerksunion denkt, wo die Leute mit einem Lift einige hundert Meter in die Schächte hinuntergebracht werden. An einer solchen Mystik wie sie jene Terra mystica verspricht, findet ein Mensch wie der nervöse Bischof von Lavant natürlich keinen Gefallen.

Ein besonderer Fall war in diesem Zusammenhang das Kanaltal mit seinen zwanzig Tunnels. Wollte der Lavanter Bischof also etwa nach Aquileia, das er so sehr liebte, so mußte er sich einen Besuch in dieser herrlichen Kirche mit den alten Mosaiken durch zwanzig Beklemmungen verdienen, und der Aufenthalt selbst an diesem die Seele erhebenden Ort mit dem alten Hafen und allen übrigen römischen und spätantiken Schönheiten war beeinträchtigt von der dumpfen Angst vor der abendlichen Rückfahrt, die wiederum durch die zwanzig Röhren durch die Berge führen mußte. Wir können uns wahrscheinlich gar nicht vorstellen, was ein Mensch, der an *Klaustrophobie* leidet, wie die Psychiatrie die Angst vor dem Eingeschlossensein mit einem lateinisch-griechischen Mischfremdwort nach dem Muster des Wortes Automobil nennt – wobei im Kompositum Automobil das griechische *autos* für »selbst« an der ersten Stelle steht, also das Bestimmungswort bildet, während das lateinische *mobil* von *mobilis,* »beweglich«, das Grundwort bildet, im Unterschied zu Klaustrophobie –, was also ein Mensch mit diesem Syndrom leidet. Uns macht es im Gegenteil Freude, nach einer Fahrt in der Sonne vorübergehend in die Dunkelheit eines Tunnels einzutauchen, und wiederum Freude, aber nicht Freude als Auflösung einer Beklemmung, aus der Dunkelheit wieder ins Licht hinauszufahren. Ein gesunder Mensch macht unter der Erde, etwa im neuerbauten Eurotunnel, wo, wie in den Zeitungen neulich zu lesen war, ein Zug stundenlang festgefahren war, weil er zu viel Schnee auf den Dächern von England herüber mitgenommen hatte und die Alarmanlagen auf diese Schnee- und Feuchtigkeitsmengen angesprochen und den Zug gestoppt haben, ein gesunder Mensch macht in einer solchen Situation eines längeren erzwungenen Aufenthaltes tief unter dem Meer willkommene Terra-mystica-Erfahrungen! Er bekommt ein *Sensorium,* wie die Lateiner sagen, ein Feeling, wie die Engländer sagen, für das Abgründige und Tiefe, den *Abyssus* von Kosmos und Universum.

Und ein Theologe, der etwa mitten im Arlbergtunnel für einige Stunden festgehalten wird, wird einen solchen Zwangsaufenthalt nicht als Zwang, sondern als eine Chance begreifen, tief und ernst über den gütigen Gott nachzudenken und über das Ewige oder das Heilige profund zu meditieren. Unter solchen geänderten Rahmenbedingungen wird auch eine neue Sicht und Perspektive auf das Sein an sich, aber auch auf das Bewußtsein und das gesellschaftliche Sein ermöglicht oder doch gefördert.

Neulich las ich von einem Höhlenforscher, einem Pater des Stiftes Altenburg im niederösterreichischen Weinviertel, der stundenlang in die verzweigtesten Höhlen des Höllengebirges hineingeht, durch unterirdische Kamine kriecht, über kleinere Bäche, ja Flüsse hinwegspringt, sich von »Dom« zu »Dom« tiefer in die Labyrinthe der Berge hineinbegibt, um erst nach Stunden oder mehr als einem Tag den Rückweg anzutreten. Und der Mönch sagte, daß er diese absolute Abgeschiedenheit und Unerreichbarkeit liebe, weil er so endlich zu sich selbst komme und herzhafter und inniger ein »De profundis« oder ein »Libera me Domine...« beten könne oder einen Psalm, wie es im Oratorium in den bequemen Stühlen mit der Heizung unter dem Kniebrett nur selten in dieser Intensität gelinge. Die Höhlenbesuche sind ihm Exerzitien. Der Mönch sagte auch, er würde sich gern einmal zum Mond bringen lassen und dort in irgendeinem der »anheimelnden« Krater allein einige Monate ausharren. Mönch kommt von griechisch *monachos, monos* aber heißt »allein«, wir haben das Wort auch in Monotheismus, dem »Eingottglauben«.

Ein solcher Mönch macht seinem Namen Ehre. Er *verifiziert* seinen Namen, wie die Römer gesagt haben, wörtlich übersetzt: er »macht ihn wahr«. Viele Professionisten verifizieren ihre Berufsbezeichnungen nicht, sondern scheinen sie zu widerlegen. Wie viele Doktoren hatten wir etwa in unserem Lehrkörper, die gar nicht *docti,* also Gelehrte, waren. Und alle haben sich Professoren nennen oder schimpfen lassen, die aber keine richtigen und wirklichen Professoren gewesen sind. Denn der *Professor* ist eigentlich der, »der sich berufsmäßig und öffentlich zu einer wissenschaftlichen Tätigkeit bekennt«, wie im Herkunftswörterbuch steht. Und wie viele *Magister* sind keine Meister ihres Faches, sondern allenfalls Gesellen, wenn nicht Lehrlinge oder überhaupt »blutige Laien«.

Den schönsten und bedeutendsten Namen hat sicher der Ingenieur. Im *Ingenieur* steckt das *Ingenium,* der Scharfsinn und die Erfindungsgabe. Im *Ingenieur* steckt das *Genie,* und dem Diplomingenieur ist per Dekret und Papier die Genialität bestätigt. Boshafterweise nennt man in der Umgangssprache den nicht diplomierten Ingenieur »Schmalspuringenieur«. Der Schmalspuringenieur ist also jenes Genie, das auf engen Schienen daherkommt. Man weiß frei-

lich, daß auch viele Breitspuringenieure und Diplomingenieure nur mit Wasser kochen und die Etymologie ihrer Berufsbezeichnung und ihres Grades eher Lügen strafen als verifizieren. Historisch gesehen war der Ingenieur, nachdem man das Erfinderische, das in seinem Namen steckt, zurückgedrängt oder vergessen hatte, in den vorigen Jahrhunderten der Zeugmeister, also so eine Art Magazineur oder Platzmeister, auch Lagerleiter des Militärs, der die Armierung und Armaturen, also die Bewaffnung, ausgegeben hat, wozu man freilich auch schon nicht mehr viel Genie, wenn auch ein wenig Übersicht gebraucht hat.
Um aber zum Bischof zurückzukommen, so bedeutet sein Name »Aufseher«, Erzbischof demnach »Oberaufseher«. Der Bischof von Lavant hat freilich einen gebraucht, der auf ihn geschaut hat, und das ist sein Fahrer gewesen, der alle angstbesetzten Stellen im Land gekannt und barmherzigerweise umschifft hat. Der Fahrer hätte sich auch sagen können: Bin ich denn der Hüter meines Bruders? oder vielmehr: Bin ich denn der Hüter des Aufsehers? Er hat sich das aber nicht gefragt, sondern wie ein wahrer Christenmensch gehandelt. Um den Bischof nicht zu demütigen, hat der Fahrer ohne viel Worte in seinem Sinne gehandelt, also alles so eingerichtet und abgestimmt, daß der geistliche Herr nicht in Verlegenheit und psychische Turbulenzen gekommen ist.
Ein Problem sind für den Bischof von Lavant natürlich auch die sogenannten Ad-limina-Besuche beim Heiligen Vater in Rom gewesen, jene »Besuche«, die eigentlich Visitationen der Diözesen sind, mit dem Unterschied zu den Visitationen eines Bischofs in einer Pfarrei, daß der Papst nicht in die Diözese und zum Bischof kommt, sondern daß der Bischof beim Papst erscheinen muß, mit den entsprechenden »Unterlagen«... Ad Limina! *Limen* bedeutet ja ei-

gentlich die Schwelle, aber auch das Haus selbst, das man über die Schwelle betritt. Ein Ad-limina-Besuch ist folglich eigentlich ein Hausbesuch, ein Besuch von Haus zu Haus, von Gotteshaus zu Gotteshaus gewissermaßen. *Limen* heißt aber auch »Grenze«. Jeder, auch der des Lateins nicht Kundige, kennt den Limes, die Grenze des Römischen Reiches nach Norden hin. Die Ad-limina-Besuche haben den Bischof von Lavant aber wirklich an die Grenze gebracht, an die Grenze seiner Belastbarkeit, weil sie mit Flügen und damit mit Flugangst verbunden waren. Daß es Flugangst überhaupt gibt, kann unsereiner ja gar nicht verstehen. Fliegen ist unsereinem ein reines Vergnügen, fast so schnell wie der Schall zwischen Himmel und Erde in dieser Aluminiumzigarre, mit den tausenden Litern Treibstoff in den Tanks, unterwegs zu sein, ist ein Vergnügen ohne Ende, das heißt leider immer wieder nur bis zur viel zu schnell herannahenden Landung am Flughafen. So gesehen ist das Vergnügen, mit Propellermaschinen zu reisen, früher noch größer gewesen, weil es länger gedauert hat. Ein Transatlantikflug war seinerzeit eine wirkliche Expedition. Er hat noch etwas von der Abenteuerlichkeit der ersten Atlantiküberquerung mit der »Spirit of Saint Louis« durch Charles Lindbergh gehabt, ist sozusagen ein wenig im Geist des heiligen Ludwig vor sich gegangen oder im Geist des heiligen Aloisius, weil Louis sowohl Alois wie auch Ludwig bedeutet, Saarlouis ist Saarludwig, Saint Louis aber Sankt Alois, meinem bescheidenen Wissen nach. Wie dem auch sei, es kann einem Gernflieger wie auch einem Flugangsthasen zu denken geben, daß Lindbergh sein technisches Gerät, wie man heute sagt, »Spirit«, also *Spiritus* nannte, was bekanntlich »Geist« heißt und dem griechischen *Pneuma* entspricht. In *Spiritus* für Treibstoff« und *Pneu* für »Reifen« sind die Wörter aber über die ursprüngliche Bedeutung »Luft« und

»Atem« verdinglicht und banalisiert worden, in der Verbindung »Spirit of Saint Louis« hat *Spiritus* aber seinen geistigen Sinn und seine metaphysische Tiefe behalten. Der Geist des heiligen Aloisius ist bekanntlich der der Reinheit.
Doch zurück zur eigentlichen Sache: Als Reisediplomat hätte sich der Bischof von Lavant sicher nicht geeignet. Ich selbst würde gern reisen, Diplomat aber wäre ich ungern. Nach dem Propeller, dem Rundumschläger, der die Luft hinter sich peitscht und sich zugleich wie eine Mutter in die Luft schraubt, kommt der Turbo, die Luftturbine, die nicht schraubt, sondern taucht, antaucht und schiebt, das heißt Schub erzeugt und schubst, daß es eine Freude ist. Nur schade, daß dies alles viel Lärm und Gestank erzeugt, höllisch viel Energie verbraucht und die Atmosphäre ruiniert. Deshalb ist Fliegen zwar ein Vergnügen für unsereinen, aber ein unschuldiges Vergnügen ist es leider nicht. Und wenn man an Sommerabenden die Silberstreifen am Horizont und kreuz und quer am Himmel sieht, golden verklärt und hell erstrahlend im Abendlicht, so ist bei aller Ästhetik dies kein unproblematisches Bild, denn rund um die Kondensstreifen ist, genau und chemisch genommen, der »reinste Dreck«, die unsauberste Materie, mag das Flugzeug, das dies hinausgedrückt hat, noch so einen heiligen Namenspatron haben, nach dem reinsten Heiligen etwa, dem heiligen Aloisius, »getauft« sein. Spirit of Saint Louis!
Kerosin hat man aufgetankt und vorne hineingeschüttet, und Abgase, im Volksmund oft scherzhaft »Edelgase« genannt, sind hinten herausgekommen. Kein gerade ätherisches, das heißt himmlisch leichtes Problem für den sogenannten Umweltschutz.
Unter den Schwierigkeiten, die dem Bischof von Lavant, von seiner Angst vor dem Eingeschlossensein abgesehen, entstanden sind, sind es wohl auch die von der Medizin als

»Skrupel« bezeichneten Selbstvorwürfe gewesen, die dem ohne Zweifel ehrlichen und frommen Mann zugesetzt haben. Diese Skrupel aber haben aus der Diskrepanz resultiert, die er als ein im Luxusauto gefahrener, im Mercedes chauffierter Herr, dem einzigen und wahren »Herrn« gegenüber empfunden hat. Und obwohl der Bischof in seiner Residenz, einem Schloß aus der Barockzeit, durchaus nicht wie ein Fürst der Barockzeit oder wie der Erzbischof Wolf Dietrich von Raitenau in Salzburg gelebt hat, sondern ganz im Gegenteil, bescheidenst, asketisch und – vom Stil her – eher kleinbürgerlich als aristokratisch, hat ihm die evangelische Armut doch immer zu denken gegeben und zu schaffen gemacht. Unterwegs hat er einmal zu seinem Fahrer gesagt, daß er nicht wissen wolle, was geschehen würde, wenn Christus heute einmal ein bischöfliches Palais betreten möchte. Sicher würde ihn der Portier erstens nicht erkennen und zweitens erst gar nicht fragen: Wen darf ich melden? oder: Womit kann ich dienen?, weil er ihn für einen Unterstandlosen halten und ihn bitten oder ihm gar befehlen würde, »sich hinwegzuheben«. Vielleicht würde er ihm die Adresse der Caritas geben. Hoffen wir, sagte der Bischof von Lavant zu seinem Fahrer Freier, daß er ihm wenigstens die Adresse der Caritas geben würde! Womit kann ich dienen? – welch beziehungsreiche Frage! Schließlich hat sich der kranke Bischof auch noch seine Krankheit übelgenommen und an seiner Schwermut moralisch schwer getragen, weil er durch sein Leiden, äußerlich betrachtet, gar nicht erlöst ausgesehen und sich auch nicht frei gefühlt hat, was er doch eigentlich und im Grunde als Christ sein hätte müssen.

Der Bischof von Lavant hat das Richtige getan. Er hat resigniert und sich in ein Benediktinerstift zurückgezogen, wo er in der Regel des Benedikt, vor allem in der von den Mönchen verlangten »stabilitas loci« die ihm gemäße Lebensweise gefunden hat. Endlich durfte er nicht nur, nein, er *mußte* daheimbleiben. Es ist ihm aber nicht schwer-, sondern leichtgefallen. Und auch hat er es genossen, nicht mehr Befehle erteilen zu müssen, sondern Befehle empfangen zu dürfen. Er hat den Abt des Stiftes ganz als seinen neuen Herrn anerkannt und seine frühere Stellung völlig vergessen. Der Lavanter Bischof hat sich selbst bewußt »degradiert«. Der Ausdruck »Resignation« durfte in seinem Fall aber nur als ein kirchenrechtlicher Fachausdruck für den Rücktritt eines Bischofs verstanden werden, dem zwar eine Enttäuschung oder eine Art Amtsunfähigkeit vorausging, was aber eben keine Resignation oder gar Verzweiflung bedeutet hat, sondern ganz im Gegenteil eine Erleichterung, Befreiung und Erlösung. Eine Last war von ihm abgefallen. Womit kann ich dienen? Ihm war nun gedient mit jener benediktinischen Ortsfestigkeit, die freilich in den Benediktinerabteien auch nicht mehr die Regel war, wie der Bischof bei seinem Eintritt wohl wußte, weil das Stift einen beträchtlichen Fuhrpark besaß. Er aber schwor sich, kein Auto mehr zu besteigen. Ewige Profeß: Er wollte kein Herr mehr sein. Diese Stellung mußte er sich freilich auch in dem kleinen Konvent des Ordens erst erkämpfen, denn bei dem bekannten Mangel an Priestern und Ordensmännern mußte ja jeder sofort dieses oder jenes Amt, das Amt des Novizenmeisters, des Schaffners, des Chorleiters, des Stiftsdekans etc. übernehmen. Ämterkumulierung auf Grund des Personalmangels. Der ehemalige Bischof wollte zwar arbeiten, aber eher wie ein Frater, nicht wie ein Pater, wie ein Laienbruder, nicht wie ein Herr (und Herren waren auch die Benediktiner, nicht nur die Augustiner-Chor*herren*), und vor allem »an Ort und Stelle«; Tätigkeiten, die mit Reisen verbunden waren, wollte er sich nicht mehr antun, gefahren (gefahren worden) und gereist war er »zu seinem Leidwesen« ein Leben lang genug. Nicht Ruhe an sich lag ihm also im Sinn, Trägheit, Untätigkeit oder Faulheit, sondern »Heimarbeiten«: Bibliotheksdienst, Kirchendienst, Gartenarbeit, Altäreschmücken, die Sakristei versorgen und Sakramente spenden. Haushüten oder *Gamen* war ihm eine Lust.

Wort und Sache des *Gamens* hatten es ihm, dem Bauernsohn, angetan. Er kannte das Wort von seiner Mundart her und verwendete es nun immer, wenn er nach seiner neuen Funktion gefragt wurde. Gefragt, was er im Stift tue, sagte er, er müsse – oder er sagte, er *dürfe* – »gamen«.

Nach dem Fahren und den besonderen Gefahren des Fahrens genoß er nun den Gamen-Dienst, einen Dienst, den bei den Bauern früher die alten Leute geleistet haben. Wenn alle Dienstboten und die Hausleute, die Eltern und Kinder, auf das Feld oder in die Wiese gegangen sind, dann mußte ein Ahnl, der Großvater oder eine Großmutter, *gamen,* daheimbleiben und haushüten. Oder wenn die Hausleute abends einmal ausgingen und eine Veranstaltung besuchten, nach der Arbeit also ihrem Vergnügen nachgingen, dann mußte ebenfalls jemand *gamen.* Das deutsche alte Wort *gamen* ist dem resignierten Bischof von Lavant im Sinne der »stabilitas loci« zur Lebensmaxime geworden.

Als mir mein Bruder die lange Geschichte vom Abschied des Herrn seines Kollegen vom Amt erzählt hat, habe ich mich hingesetzt, um den Spuren dieses merkwürdigen Wortes *gamen*, das mir als Landbürtigem natürlich geläufig war, über das ich aber nie weiters nachgedacht hatte, nachzugehen, und habe zu meinem Erstaunen schon in den Wörterbüchern zur althochdeutschen Literatur das Wort gefunden. Es ist als *goumen* verbucht und einerseits mit der Bedeutung »speisen, ein Festmahl halten« mit dem Dativ und andererseits als »sorgen für, achthaben auf, etwas hüten« mit dem Genitiv verbucht. »Des Hauses gaumen« oder althochdeutsch und genauer »des huses goumen« hat also »das Haus hüten« bedeutet. Inzwischen ist das Wort in der alten Bauernmundart wohl intransitiv geworden und hat gewissermaßen den Genitiv geschluckt. *Gamen* heißt »Haus hüten, daheimbleiben« oder genauer »daheimbleiben, um das Haus zu hüten«. Es hat natürlich auch bedeutet, das Haus vor Schaden bewahren, auf das Herdfeuer achten, die Lichter löschen, Brand verhindern oder Brand melden, Räuber abhalten, Diebe verscheuchen, Bettler bedenken. Und die alten Leute, die diesen Dienst früher verrichtet haben, waren unerschrocken und furchtlos. So jedenfalls hatten die alten Leute eine sinnvolle Aufgabe. Heute aber stecken die Menschen ihre alten Eltern lieber in ein Altenheim oder Pflegeheim und schützen sich mit Alarmanlagen, Bewegungsmeldern und dergleichen, sie lassen in den Vorhäusern die Lichter brennen, um den Eindruck zu erwecken, als ob im Haus jemand *gamen* würde, bitten einen Nachbarn, den Postkasten regelmäßig zu entleeren, wenn sie sich nicht überhaupt für Nachsendeaufträge für Post und Zeitungen entschieden und den Frühstücksservice vorübergehend abbestellt haben. Die sogenannten Bewegungsmelder aber reagieren so fein, daß schon eine Ratte, die nachts ums Haus schleicht, Alarm auslöst. Die Kriminalität ist natürlich heute nicht klein, und dementsprechend groß ist auch die Angst um Hab und Gut.

Die alten Leute ertragen heute auch die Einsamkeit nicht mehr so leicht wie seinerzeit. Früher sind die Gelassenheit und der Fatalismus doch größer gewesen. Mit dem Tod hat man immer gerechnet. Heute bietet man alle medizinischen Errungenschaften gegen den Gevatter auf. Sofort startet die Rettung, schafft Abhilfe und bringt Hilfe. Natürlich haben sich die Menschen vom ältesten Altertum an immer gefragt:

Von wo kommt mir Hilfe, oder: Von wannen wird mir Hilfe? Wie wird mir Rettung zuteil? Und erinnern darf man auch, selbst wenn es heute auf wenig Interesse stößt, daß sich vor der nachchristlichen Zeit und überhaupt in der Vergangenheit und überall auf der Welt die Leute gesagt oder, wie heute gesagt wird, eingeredet haben: Unsere Hilfe ist im Namen des Herrn: Adiutorium nostrum in nomine Domini. Oder: Der Herr ist mein Hirte, mir wird nichts mangeln. Oder: Die Götter sind unser Anker. Man hat die vierzehn Nothelfer gehabt, die Schutzengel und die Namenspatrone, den heiligen Judas Thaddäus in der Michaelerkirche in Wien für schwierige oder aussichtslose Fälle und für die Sterbestunde den heiligen Josef. Man hat sich unter dem Schutzmantel der Schutzmantelmadonna gesehen. Man kann schon sagen, daß der Vorrat an metaphysischen Heils- und Schutzmechanismen groß gewesen ist. Man hat sich religiös zu helfen gewußt, hat gewußt, an wen man sich wenden kann, hat Beziehungen spielen lassen, Adressen gekannt, wo Hilfe zu bekommen gewesen ist. Und weil die Menschen damals bekanntlich früher und jünger und paradoxerweise auch gesünder gestorben sind, während die Sterbenden heute, durch Medikamente um die Schmerzen und um das Bewußtsein gebracht, sehr reduziert sozusagen sukzessive hinübergehen, längst halbtot sind, bevor sie endgültig tot sind. Weil sie früher also »lebendiger« gestorben sind, haben sie auch eine sehr ausgebaute »Sterbehilfe« gehabt. Die Leute haben beizeiten studiert, wie es gehen muß, wenn sie hinübergehen müssen: Wie sterbe ich richtig? Die Älteren haben es den Jüngeren rechtzeitig gesagt, und in der »Ars moriendi« haben sie es auch nachlesen können. Wer Latein gekonnt hat, hat es in der »Ars moriendi« studiert, wer aber nicht Latein gekonnt hat, der hat eine Übersetzung »Von der Kunst des heilsamen

Sterbens« benützt, wie sie zum Beispiel Thomas Peuntner schon im 15. Jahrhundert geliefert hat. Die Menschen sind später leider in die Medizinfalle getappt oder auch in die Ärztefalle. Man läßt uns immer mehr mit allen technischen und chemischen Mitteln der Medizin altern, also älter werden, und am Schluß, wenn die schier verewigten, das heißt endlosen Altersleiden unerträglich geworden sind, bietet man uns »Sterbehilfe« an. Da kann etwas nicht stimmen.
Für die betuchten Betagten werden übrigens jetzt überall sogenannte »Altenresidenzen« oder »Seniorenresidenzen« errichtet, hotelähnliche Betriebe mit Appartements für ältere Paare oder Einzelne, heute »Singles« genannt, auf Eigentumswohnungsbasis. Die Baufirmen haben sich hier einen guten Markt erschlossen. Natürlich ist das Wort *Residenz* ein beschönigendes Wort, ein sogenannter Euphemismus, wie wir Gräzisten sagen würden, für diese *Alters*heime, wie wir in Österreich sagen, oder *Alten*heime, wie man jetzt in Deutschland sagt, so schön sie architektonisch und baukünstlerisch ausgeführt und ausgestattet sein mögen. Aber *Residenz* ist ursprünglich eine Bezeichnung für den Sitz eines Adeligen. Die Residenz ist der Wohn- und Amtssitz eines regierenden Fürsten oder hohen geistlichen Würdenträgers. Das Wort leitet sich vom lateinischen *residere,* »sich niederlassen« ab. Es steckt also ein kleiner Spaß im Wort *Altenresidenz* oder *Seniorenresidenz.* Und wenn einem jemand, wie vor Jahren einmal mir in der Bahn auf dem Weg zu einem klassischen Philologenkongreß, ein Pensionist oder Rentner erzählt, er wohne in der Residenz, und zwar in Würzburg, dann darf man natürlich nicht an *die* Residenz in Würzburg denken, man hat nicht den residierenden Fürsten oder Erzbischof von Würzburg vor sich, vielmehr handelte es sich bei jenem lieben Menschen und Rentier um einen Altersheiminsassen, also einen, der im Alters-

heim »residierte«. Und es hätte keinen Sinn, den freundlichen Mitreisenden zu bitten: Dürfte ich mir wohl einmal bei Ihnen die schönen Fresken von Tiepolo anschaun. Denn von Tiepolo hat der Rentier sicher kein Werk in seiner Residenz, vermutlich hat er nur den »Röhrenden Hirschen« oder, wenn es sich um einen frommen Menschen handelt, den Öldruck »Jesus weint über Jerusalem«.
Da hätte der Bischof von Lavant nach seiner »Resignation«, nachdem ihm also die viele Fahrerei durch die Tunnels und den österreichischen Untergrund zu lästig und unerträglich geworden war und er sich in ein Stift zurückgezogen hat, um dort zu *gamen*, schon mit mehr Recht von einer »Residenz« sprechen können. Denn baulich stehen die alten prächtigen Stifte den bischöflichen Residenzen in den Hauptstädten der Länder und Diözesen kaum nach. Ja, mancher Abt wird wohl diesbezüglich mitleidig auf den Bischof herabsehen. Was etwa mag sich der Abt des Benediktinerstiftes Melk denken, wenn er die »Residenz« des Bischofs der neugegründeten Diözese Vorarlbergs in Feldkirch betritt, ein schmuckloses kleines Bürogebäude... Oder der Abtprimas der »Klosterburg«, des »Escorials« von Klosterneuburg, wenn er die Residenz des Bischofs von Gurk in Klagenfurt, das sogenannte »Marianum«, ursprünglich ein kleines Schlößchen der Maria Anna, einer Tochter Maria Theresias, betritt. Niedlich haben Sie es hier, Exzellenz, wirklich putzig, könnte er sagen, vielleicht auch idyllisch. Und vielleicht sagt der Hausherr eines feudalen Hauses zum Hausherrn eines bürgerlichen Häuschens: Seien Sie froh über Ihr überschaubares Objekt, denn ich kann, wenn ich auf meines schaue, nicht mehr froh werden. Sie haben es köstlich, ich aber habe monströse Unkosten. Ich weiß mir nicht mehr zu helfen. Von wo soll die Rettung kommen? Und darum gibt es für alle übergroßen Steinbau-

ten heute Bausteinaktionen, und allenthalben ertönt der Ruf: Rettet Melk. Rettet den Stephansdom. Mariazell braucht Hilfe.
Der resignierte und resignierende Bischof von Lavant ist also von einer Residenz in eine andere übersiedelt, hat seine zweite Residenz, seinen Alterssitz, aber gar nicht als Residenz verstehen wollen, sondern eher als ein Refugium, wie die Römer einen Fluchtort bezeichnet haben, die Zuflucht. *Refugire* heißt zurückweichen. *Resignare et refugire* hätte also das Motto und der Leitspruch des Neobenediktiners lauten können, so wie Benedikt seinen Mönchen »ora et labora« aufgetragen hat, wobei sich »resignare et refugire« durchaus mit »orare et laborare« verträgt, ja, man kann ersteres tun, um für letzteres Zeit zu gewinnen. So gesehen war es von Anfang an, von der Bischofsweihe an, vielsagend, daß der damals junge Bischof von Lavant Titularbischof von Thanaramusa, einer untergegangenen Diözese im westlichen Nordafrika, geworden war, wie es kurialem Brauch und vatikanischer Sitte entspricht, daß die Bischöfe neben den wirklichen Diözesen die Titel von längst verschwundenen, nicht mehr existierenden Bischofssitzen erhalten. Der resignierte Bischof von Lavant hat sich später angeblich einen Spaß daraus gemacht, wenn er sich, nachdem er alle Ehrbezeugungen wegen seiner vormaligen herausragenden Stellung zurückgewiesen hat, vorgestellt und gesagt hat: Vor ihnen steht der Bischof von Thanaramusa, als wollte er sagen, alles sei Fiktion und Illusion, vergangen und vergessen, versunken und verschwunden, geschmolzen wie Schnee in der Sonne, verdunstet wie der Tau, wenn nach dem Morgen die aufsteigende Sonne das Land erwärmt.
Denn Thanaramusa war ein um das Jahr 600 untergegangenes Bistum in Mauretanien, ganz genau genommen in Mauretania Caesariensis, ähnlich etwa wie Hippo Regius in

Numidien, wo seinerzeit ein berühmter Amtskollege des Bischofs von Thanaramusa residiert hatte, nämlich Aurelius Augustinus. Alle diese nordafrikanischen Bistümer sind bekanntlich wie auch viele in Kleinasien teils durch die Sarazenen, teils durch den Islam vernichtet worden und existieren seit 1400 Jahren nur noch auf der Landkarte. Man kann die herrlich klingenden Namen im Atlas zur Kirchengeschichte nachlesen; Thamascani oder Thamallula, Tigisi oder Gadiaufala. Die geheimnisvollen Ortsnamen stehen somit heute nur noch für Phantomschmerzen Roms oder auch Byzanz', wie es ja im äußersten Osten von Nordafrika auch ein byzantinisches Numidien, Numidia Bycancena, gegeben hat. Natürlich waren diese Gebiete der Christenheit längst verloren, und das Titelverleihen durch den Heiligen Stuhl war längst nur noch ein symbolischer Akt ohne politische Ansprüche, wie man ein amputiertes Bein nicht mehr reklamieren und sich darauf nicht mehr stützen kann. Und so bedeutete die Benennung wirklich die Verleihung eines Titels ohne Rechte: »Titel ohne Mittel«, sagt der Volksmund. Wie weit aber war gerade der resignierte Bischof von Lavant von Thanaramusa entfernt, Lichtjahre! Vielleicht nur drei Flugstunden, aber das hieß in diesem Fall, im Krankheitsfall des Resignatus, eben Lichtjahre. Einem Besuch in seinem nordafrikanischen Bistum stand nicht nur die Flugangst, sondern auch die Angst vor dem Islam und überhaupt die Angst vor der Fremde und noch manch andere Angst, wohl auch die Angst vor der Angst, die die Griechen die *Phobophobie* nennen, entgegen, Klaustrophobie, Xenophobie, Phobophobie... Wir Gesunden können uns eine solche arme Seele, eine neurotisch gequälte Seele, wohl nie vorstellen. Und kaum vorstellen können wir uns auch die theologischen Skrupel eines Menschen mit einer solchen ekklesiogenen Neurose. Sicher hat der resignierte Bischof von Lavant auch das theologische Wort gekannt und es sich vielleicht oft vorgesagt: Die Übernahme der Angst in Hoffnung ist Teilhabe an der heilbringenden Angst Christi. Und ist trotzdem in Panik gefallen. Hat also nur teilgenommen am Zustand A wie Angst, ohne nach B wie Befreiung zu gelangen. Und hat es sich als Schuld und Sünde angerechnet! So oder so ähnlich mag es sich verhalten und zugetragen haben. Die Seele ist ein weites Land. Und so heißt die Devise wohl nicht Angst überwinden, sondern die Angstauslöser vermeiden, das Auslösen auslöschen. Dem *Pan* aus dem Weg gehen, griechisch gesprochen. Denn bei den Griechen war es bekanntlich Pan, der den im Land draußen gehenden oder arbeitenden Menschen jenen unnennbaren Schrecken eingejagt hat, daß sie Hals über Kopf über Stock und Stein davongerannt sind. Wie die sogenannten Angsthasen.

»Angsthase« war übrigens auch das Codewort beziehungsweise der Spitzname des Lavanter Bischofs im Gespräch der Fahrer untereinander, obwohl sich der Fahrer des geistlichen Herrn sonst nicht durch Respektlosigkeit hervorgetan hat, ganz im Unterschied zu anderen Fahrern. Mein Bruder hat gesagt, der Fahrer des Lavanters habe das Wort so liebevoll gesagt, daß man meinen konnte, es handle sich beim »Angsthasen« um ein liturgisches Tier, wie bei Lamm oder Fisch oder Böcklein. Drastischer war da doch die Ausdrucksweise von »weltlichen« Fahrern bezüglich ihrer »Fracht«, um zu diesem Punkt zurückzukommen, von dem aus wir den Ausflug zu den blühenden Neurosen, die uns Gesunden so schwer verständlich sind, unternommen haben.

Hat einer gesagt, er habe eine »Schotterfuhre«, so ist damit gemeint gewesen, daß er keine Hoheiten, Hauptleute oder

Hauptmänner zu fahren hat, sondern mehrere niedrigere Beamte. Mit »Leergut« ist ein besonders inhaltslos und floskelhaft redender Bürokrat im Wirtschaftsressort gemeint gewesen. Oder es sagte einer, er sei mit Kalk unterwegs – eine Redensart, bei der sich wohl jedes Interpretament erübrigt. Einen zaundürren Transportanden nannten sie den »Bantam«. War aber ein Korpulenter zu bringen oder zu holen, dann ging die Rede von einem Fleischtransport und was der lockeren und respektlosen Redensarten mehr sind. Sicher gab es Gefahrene, die höchstes Ansehen, auch bei ihren Fahrern, genossen, untadelige Männer oder Frauen (Frauen an sich wenige, weil es seinerzeit kaum Frauen in höheren Positionen gab), die keine Blöße zeigten; es gab aber unter den Herrschaften mehr schlampige bis liederliche, die sich vielleicht anfangs ein wenig genierten, allmählich aber ganz ungeniert mit ihren Fahrern gesprochen und sich keinen Zwang angetan haben. Es hat oft auch ein Einvernehmen zwischen dem Transportanden und dem Spediteur, zwischen Politiker und Fahrer gegeben, eine Art Koalition oder Kumpanei, manchmal auch den daheimbleibenden Ehefrauen der Politiker gegenüber.

Und dann sagten Herr und Knecht übereinstimmend und einhellig zur Gattin, die Fahrt gehe zu einer Konferenz in X. In Wahrheit handelte es sich um ein Liebeskonzil in Y. Vor allem vom Landeshauptmann eines südlicheren Bundeslandes war bekannt, daß er manche Spritztour mit der Landesstandarte und oft sogar mit Eskorte, begleitet also von zwei Motorradfahrern der Staatspolizei, in Wirtshäuser des benachbarten Auslandes unternommen hat, wo es – Kommunismus hin, Kommunismus her – bei Kellnerinnen und »Kellnerinnen«, sogenannten Hostessen, hoch und lustig zuging. Angeblich sind später, als der Lustige politisch in Bedrängnis gekommen ist, kompromittierende Photographien aufgetaucht, die den Mann in hoher Stellung in zweideutigen Stellungen und als Reittier, als Gerittenen gezeigt haben, was sein endgültiges politisches Aus bedeutet hat. Dieser Herr ist also mehr gegangen worden als selbst und freiwillig gegangen, wie man dies gern mit dem transitiv gebrauchten, an sich intransitiven und nicht ins Passiv transponierbaren Verbum *gehen* scherzhaft zum Ausdruck bringt. Und der Chauffeur soll bei der ganzen Staatsaffäre seine lenkende Hand im Spiel gehabt haben. Zwar habe ich immer den Eindruck gehabt, daß bei solchen Erzählungen auch ein wenig Wichtigtuerei seitens meines Bruders Franz im Spiel gewesen ist, aber ganz von der Hand zu weisen und ganz unplausibel ist die Mitwirkung eines Fahrers bei einer solchen hochnotpeinlichen Geschichte keineswegs. Von derartigen Illoyalitäten und Sabotagen abgesehen, liegt die Macht und Verantwortung des Fahrers sonst eher im Fahren selbst, die »Staatssicherheit« liegt in seinem Kuppeln, Bremsen, Schalten und Walten. Zwar gelten die Berufsfahrer wie die Taxifahrer als die sichersten und zuverlässigsten, aber natürlich ist es im Laufe der Zeit auch zu schrecklichen Unfällen gekommen. Einer hat mit dem Wiener Kardinal und einem Weihbischof auf dem Weg nach Agram »einen Unfall gebaut«, wie sich mein Bruder ausdrückt, als ob es bei diesem »Bauen« um etwas Konstruktives ginge, wo doch damals bekanntlich der Oberkiefer des Kirchenfürsten »dran glauben« mußte, um es theologisch zu sagen. Und auch der Weihbischof hat »sein Fett abbekommen«, was nicht ein blasphemischer Ausdruck für das Sakrament der »Letzten Ölung« sein soll, wie man früher die Krankensalbung genannt hat.

Und auch über die näheren Umstände des tödlichen Unfalls eines Landesrates hat uns der gute Franz informiert: Man hatte von einem Fahrer eine wirklich unheimliche, das heißt rasende, sinnlose Fahrt zu einem ganz und gar überflüssigen Termin, einer Präsentation einer Broschüre einer Wohnbaugesellschaft, verlangt, weit jenseits aller Geschwindigkeitsvorschriften, was schließlich zur Katastrophe geführt hat. So kamen die beiden, Fahrer und Landesrat, nicht in einer Stunde von Linz nach Wien, wie es geplant und verlangt war, sondern nach einer halben Stunde bei den Strengbergen an das Ende einer Dienstfahrt. Exitus statt Transitus, haben die Lateiner gesagt. *Thanatos* die Griechen.

Immer beeilen sich die Bundesländerpolitiker, nach Wien in die Zentrale und Kapitale zu kommen, die hohen Herren in den Provinzen haben es eilig, wenn es gilt, in Wien einen artigen Diener und dem Zentralismus seine Aufwartung zu machen. Wenn Wien ruft, müssen die Föderalisten zur Stelle sein, wenn sie, die Föderalisten, auch noch so selbstbewußt tun. In diesem Land sind die Zentripetalkräfte tausendmal stärker als die Zentrifugalkräfte. Es herrscht nach wie vor Landflucht, und die Landespolitiker sind ständig auf dem Fluchtweg nach Wien, wo sie eigene Bundesländerbüros unterhalten.

Mein Bruder Franz hat uns auch mitgeteilt, daß ihm aufgefallen ist, daß die meisten hohen Bundespolitiker Wiener sind, ihre Fahrer aber zum Großteil aus Niederösterreich, also dem Umland von Wien, stammen. Und er hat uns auch gesagt, daß mancher niederösterreichische Fahrer in seinem Selbstwertgefühl und seiner Selbstachtung gelitten hat, weil er als sogenannter »Gescherter« einen Wiener »Bazi« fahren hat müssen. Wie komme ich dazu, hat er sich gesagt, der Knecht vom Land in Diensten eines Wiener Gospoden. Der Staatenlenker ein Wiener – und sein Autolenker ein Niederösterreicher! Noch viel mehr aber haben die wenigen gebürtigen Wiener Fahrer gelitten, wenn sie einen der hohen Bundespolitiker aus der Provinz, also einen von den Alibi-

provinzlern in der Regierung, bedienen und chauffieren haben müssen. Verkehrte Welt! haben sich diese Wiener gesagt. Früher ist es immer so gewesen, daß in jeder Regierung einer aus den Bundesländern und eine Frau gewesen sind. Achtzehn männliche Wiener sind immer in der Regierung gewesen und ein Minister aus einem der Bundesländer – und eine Ministerin. Einmal aber hat es neunzehn männliche Wiener Minister gegeben und eine Staatssekretärin aus den Bundesländern, damals hat man geglaubt, der Bundesländer- und der Frauenquote auf diese Weise zu genügen. Damals hat man eine Fliege mit zwei Klappen geschlagen.
Viele der sogenannten Prominentenfahrer beziehen, sagte mein Bruder spottend, das *prominent* auf sich selbst, als adelte »die Fuhre« den Fahrer. Es sei mit dieser Verwechslung ein besonderes Kreuz, grammatisch gesehen, wurde einmal der Philologe in mir gegen meine Schweigegewohnheit laut. Genitivus subjectivus oder genitivus objectivus, sagte ich, das sei oft die Frage. Der Prominentenfahrer ist, sprachlich gesehen, so wenig prominent, wie der Blindenhund blind ist. Der Blindenhund führt den Blinden, der Prominentenfahrer fährt den Prominenten.
Der hohe Herr im Fond war für die einen der Grund ihres Stolzes und Dünkels, die niedrige Nummer des Kennzeichens für die anderen, der *hohe* Herr, die *niedrige* Nummer… Oder das Staatswappen, der Wimpel. Die niedrige Nummer ist lange das gewesen, was früher einmal ein Adelstitel gewesen war. Eine niedrige Nummer hat einen vor jeder Kontrolle geschützt, man hat überall freie Fahrt gehabt. Wenn ein Polizist, der eine Kreuzung von Hand geregelt hat, wie es damals die Regel gewesen ist, in der Ferne ein Auto mit einer niedrigen Nummer oder gar mit dem Wimpel gesehen hat, hat er sofort die Hand hochgerissen und sich in die entsprechende Richtung gedreht, damit der

hohe Herr mit der niedrigen Nummer freie Bahn bekommen hat. Schneller als die Feuerwehr, die Rettung oder die Polizei selbst ist damals der Herrenfahrer abgefertigt worden. Wenn nicht überhaupt die Straßen für den allgemeinen Verkehr gesperrt gewesen sind, wenn etwa der Bundespräsident mit Eskorte unterwegs war. Folgetonhörner haben akustisch die respektgebietende Staatsliturgie einer sogenannten »Auffahrt« vervollständigt. Kein Wunder, daß unter diesen Umständen oft, wie Franz authentisch berichtet hat, einfache Passanten auf dem Gehsteig den Hut vom Kopf genommen und ihn mit beiden Händen an der Krempe vor den Leib gehalten und dabei eine gebückte Haltung angenommen haben. Und bekannt ist auch, daß sich auf dem Land manchmal eine ältere fromme Frau am Straßenrand niedergekniet hat, wenn sie im Auto den hochwürdigsten Bischof erkannt hat, ganz so, als würde ein Priester auf dem Versehgang mit dem Allerheiligsten passieren.

Es ist nun wirklich seltsam, woher Menschen ihr Selbstbewußtsein und ihren Standesdünkel beziehen. Früher war »Akademiker« eine solche unzweifelhafte Marke, von Würde und Kompetenz, Ansehen und Achtung – und Einbildung! Seit die Universitäten zu Massenuniversitäten »degradiert« sind und die Sponsionen und Promotionen am Fließband ablaufen, laufend ablaufen sozusagen, wo sich die Promovenden in langen Schlangen anstellen und im Defilee am Promotor vorbeiziehen müssen, ist natürlich bald einer Doktor. Es gibt nichts Großes in der Mehrzahl oder im Sonderangebot. Man denke nur an drei Frauen, die im gleichen Kleid aufeinandertreffen. Bei den Fahrern ist sich laut Franz mancher wichtig und gut vorgekommen, weil er einen Wichtigen befördert hat. Und ist bei einer der vielen Sitzungen etwa in Wien einmal ausnahmsweise etwas herausgekommen, was sich auf das Leben der Menschen – und

zwar positiv – ausgewirkt hat, dann hat manchmal ein standesbewußter Fahrer später zu seinen Kindern und Enkelkindern gesagt: Ich habe damals den Landeshauptmann X oder den Bundesrat Y zu dieser oder jener Konferenz gebracht, wo dies oder jenes beschlossen worden ist. Franz hat sich über solche »Kindsköpfe« oder »Dummbeutel« unter seinen Kollegen immer lustig gemacht, ich selbst sehe das durchaus anders. Mir hat es immer gefallen, wenn ein Mensch in dienender Position an seinem Dienst eine gewisse Freude hat, mit Loyalität und Eifer bei der Sache ist und sie vielleicht auch ein wenig wichtiger nimmt, als sie in Wirklichkeit ist. Und es hat ja nun wirklich *große* Diener auch gegeben, nicht nur große Herren oder Herrinnen. Mit Recht hat sich bekanntlich der Orgelaufzieher Anton Bruckners groß und gut gefühlt, wenn es der Meister den Menschen wieder einmal gezeigt hatte!
Und ist eine Orgel laut und heftig geworden, so hat sich der sogenannte Kalkant, also der Verantwortliche für den Wind, seinerzeit mächtig ins Zeug, in die Riemen oder aufs Pedal legen oder stellen müssen, um nicht hinter dic Luft und in Atemnot – er selbst und die Orgel – zu geraten. Und war die Kirche *pleno organo* und von Musik erzittert, so hat der Kalkant mit Recht sich als am Erfolg beteiligt betrachten dürfen. Er hat ganz direkt und körperlich, physisch, wie die Griechen sagen, mitgezittert und vibriert.
Saaldiener haben immer »ihren« Saal oder »ihre« Säle als ihr Reich empfunden. Von manchem hat man mit Recht gesagt, er oder sie sei die Seele der Sophiensäle oder des Musikvereinssaales. Auch der Ausdruck »Hausperle« sagt auf schöne Weise etwas aus über die Kostbarkeit und die Köstlichkeit eines mit der Familie, der »Herrschaft« verbundenen weiblichen Wesens und guten Geistes. Noch gibt es auch jene Domestiken, die sich eher die Zunge abbeißen würden, als

Interna über ihre Herrschaft auszuplaudern, die auch mit viel Geld nicht bewogen oder bestochen werden könnten, ein Sterbenswörtlein herauszulassen, wenn natürlich heute auch abschreckende Gegenbeispiele allgemein bekannt und spektakuläre und häßliche Beispiele, wie der Leibarzt, der seinen Patienten, den sterbenden Papst, photographiert und dann seine heimlichen Photos öffentlich gemacht hat, in Erinnerung sind. Natürlich ist ein großer Mediziner kein Chauffeur, kein Lakai und kein Domestik, trotzdem sollte er schon auf Grund seines abgelegten hippokratischen Eides absolut verschwiegen sein. Ein Arzt sollte schweigen können wie das Grab, dem er ja letztlich so oder so zuarbeitet. Leider drohen jetzt alle Schranken und Barrieren zu fallen, und das Intimste und Privateste wird publiziert. Es grassiert eine große Treulosigkeit, und überall geht Vertrauen zu Bruch. Es kracht und donnert nur so von Vertrauensbrüchen wie bei einem starken Gewitter mit Blitz und Hagel.

Verachtet mir die Gesellen nicht. In diesem Sinne hat es mich seinerzeit sehr gefreut, als mir mein Freund Rudolf Malter, der leider so früh verstorbene Philosophieprofessor aus Mainz, Präsident der Kant- und der Schopenhauer-Gesellschaft, erzählt hat, daß man vor Jahren bei einer Jahrestagung der Kant-Gesellschaft auch eine Lampe-Gesellschaft gegründet hat. Lampe ist bekanntlich der Diener Immanuel Kants gewesen. Und er ist gar kein so guter Diener gewesen, wenn man einigen Notizen Kants Glauben schenken darf. Wir wissen freilich, daß Kant kein ganz einfacher Arbeitgeber gewesen ist, von einer gewissen moralischen Pedanterie, und daß es einem solchen Menschen ein Diener wahrscheinlich gar nicht so leicht recht machen kann. Sicher hat der große Philosoph erwartet, daß der Diener immer so handelt, daß die Maxime seines Handelns allgemeines Gesetz werden könnten. Und ein Diener, der ständig unter der Knute des kategorischen Imperativs steht, kann auch einmal unwillig werden und an der praktischen Vernunft seines hohen theoretischen Herrn zu zweifeln anfangen. Heute machen wir uns ja gar keine Vorstellung mehr von den »Dienstleistungen« der Hausdiener von einst, der Kammerdiener und Zofen, der Leibburschen und Füchse, Gouvernanten und Prinzenerzieher. Ich habe mir selbst oft müßige Gedanken über den eigenartigen Ausdruck »Hofmeister« gemacht, mit dem man bis in unser Jahrhundert hinein die Hauslehrer in adeligen Häusern bezeichnet hat, die freilich auch immer Hausdiener gewesen sind. Diese Privatlehrer haben nicht nur den »Stoff« beherrschen müssen, viele Fächer von der Mathematik bis zur Musik, von der Religion bis zur Gymnastik, sie haben auch moralisch erziehen müssen, also die Tugendlehre selbst beherrschen und die Beherrschung den Kindern beibringen, die Beherrschung der Triebe und Neigungen, um die Lust zum sogenannten Guten zu fördern. Das ist nun wirklich ein wenig viel verlangt gewesen, und es ist durchaus verständlich, daß die »Gute«, wie man die Hausgehilfin, das Kindermädchen ja auch genannt hat, *la bonne* in der französischen Sprache, die bei dieser Erziehung eine große Rolle gespielt hat, manchmal aus ihrer Rolle, aus ihrer Domestikenrolle gefallen ist. Wenn ein Mann heranwachsende Mädchen erziehen und unterrichten muß, kann der Unterricht sehr leicht prekär werden. Es ist sicher nicht leicht, einer jungen Frau das Klavierspielen beizubringen und immer konzentriert bei der Sache, bei der musikalischen Praxis zu sein und sich nicht ablenken und die Gedanken schweifen zu lassen. Immer konsequent die »Träumerei« zu traktieren und sich und seine Gedanken beisammenzuhalten, verlangt viele »musikalische

Opfer«, Aufopferung und Hingabe an die holde Kunst, wohlgemerkt: an die holde Kunst und nicht die Holde. Und wie viele Musiklehrer sind im Laufe der Zeit nicht an dieser Aufgabe gescheitert, haben sich ablenken und irritieren lassen, so daß sich falsche Töne eingeschlichen haben, Mißtöne, und die Sache hat fatal geendet, und der Hofmeister ist seinen Posten los gewesen. Andere Hofmeister haben es mit verwöhnten Fratzen zu tun gehabt, Buben oder Mädchen, die sie bis auf das Blut schikaniert haben, die Schüler die Lehrer, wie auch heute die Lehrer unter den Schülern genausoviel leiden wie umgekehrt.

Was aber hat man an Demut und Selbstverleugnung erst von den Kammerdienern verlangt, die die Herrschaft bedienen mußten von der Waschung über die Frisur bis zur Pediküre und Massage.

Kant war übrigens auch ein großer Daheimbleiber. Wie oft hat er seine Ortsfestigkeit mit schönen Argumenten begründet! Wer in einer Stadt wie Königsberg lebt, braucht nicht zu reisen, auch wenn er wie Kant Geographie unterrichtet, denn nach Königsberg kommen auf dem Land- und dem Seeweg die Menschen.

Daheim ist daheim... Wir Gesunden huldigen wohl eher dem Grundsatz: Daheim sterben die Leute! Vielleicht ist unser Vielreisen *sub tegumine* betrachtet, wie die Lateiner sagen, was auf deutsch hieße: im verborgenen, im geheimen, im Untergrund oder unter der Oberfläche, genauer übersetzt – vielleicht also entspringt das Vielreisen der »Todesabwehr«. Denn wenn daheim die Leute sterben, dann heißt das auch, daß der Mensch auswärts geschützt und gefeit ist. Natürlich ist das letztlich ein frommer Wunsch. Denn das Fahren birgt Gefahren, und der Verkehrstod fordert täglich und stündlich seinen Blutzoll, wie es heißt. So betrachtet stirbt der Reisende, der »auf den Straßen der Welt daheim«

ist, wenn er auf diesen Straßen das Zeitliche segnet, auch daheim. Und wie viele Künstler, denen das Reisen natürlich besonders im Blut liegt, weil es mit Erlebnis und Abenteuer verbunden ist, wie viele Musiker, Schauspieler oder Schriftsteller sind nicht schon fern der eigentlichen »Heimat« in Hotelzimmern gestorben, einsam und allein.

Mancher Künstler ist in einer fremden Stadt unter die Räder gekommen, buchstäblich überfahren worden. Und nach dem Überfahrenwordensein erfolgte die Überführung in die Heimat, die sogenannte letzte Überfuhr und ultimative Reise. Und nachdem die Angehörigen den armen Künstler längst verlassen hatten, vielleicht auch, weil er, der Künstler, die Seinen, die ihm nicht folgen konnten, »zurückgelassen« hatte, nachdem er also längst allein durchs Leben »gewandert«, das heißt durch die Welt gereist war, haben ihn dann nach der Überführung in die Heimat diese Angehörigen auf seinem »letzten Weg« doch noch einmal begleitet, von der Aufbahrungshalle zum Grab, zum Ehrengrab womöglich. Bald aber werden die Zurückgebliebenen oder die Hinterbliebenen dem Vorangegangenen, dem »Hinübergegangenen«, dem in die »ewige Heimat« Vorausgegangenen nachfolgen, es kann sich im besten Fall um Jahrzehnte, aber auch nur um Jahre oder Tage handeln. Es ist ein schöner Brauch, daß hierzulande bei einem christlichen Begräbnis zum Abschluß ein Gebet für denjenigen oder diejenige gesprochen wird, der oder die als nächste dem Heimgegangenen »folgen« oder »nachfolgen« wird.

Jene, die die schwarzen Autos lenken, gelten unter den Berufsfahrern als besondere Fahrer, sie sind Spezialisten des Fuhrgewerbes, Charons Erben gewissermaßen, wenn einem Gräzisten diese Assoziation, wie es der Lateiner nennt, erlaubt ist. Sie müssen, angefangen von ihrer Berufskleidung, dem würdigen schwarzen Anzug, bis zum Schalten und

Bremsen Rücksicht üben und nehmen, weniger auf ihre Fracht, als vor allem auf Anstand und Pietät. Diese Pietät aber verbietet es, daß der Fahrer, wenn er eine Überführung vollführen muß, von weit draußen zurück in die Heimat, ungeniert auf irgendeinem Parkplatz einer Raststätte seine schwarze Limousine unter den anderen Autos etwa von Urlaubern und Reisenden abstellt, »als ob nichts wäre«, und seelenruhig eine lange Mahlzeit einnimmt. Und natürlich müssen jene schwarzen Autos besonders gewartet und peinlichst gereinigt und geputzt, gewachst und poliert werden. Immer sind bei jenen Autos Fond und Fahrkabine voneinander getrennt, mit lärmgedämmten Zwischenwänden. Der Fahrer soll von seiner traurigen Fracht möglichst wenig »mitbekommen«, er soll den Eindruck bekommen, als ob er allein im Auto säße, und nicht, daß der Tote und damit der Tod mitfahre. Die Fahrerkabine ist abgeschlossen, und man hört in ihr natürlich keinen Ton aus dem Fond, »man« hört aber auch im Fond keinen Ton aus der Fahrerkabine.
Bei aller Pietät kann man von einem Charon nicht erwarten und verlangen, daß er auf einer möglicherweise tausend Kilometer langen Rückführung nicht einmal ein Radio einschaltet oder eine Kassette in seinen Recorder legt, und man kann auch nicht verlangen und erwarten, daß er immer nur Trauermusik oder das Requiem von Giuseppe Verdi oder Wolfgang Amadeus Mozart hört. Und so hätte sich, wie Franz erzählt, wie er von den betreffenden Kollegen in seiner Fahrgewerkschaft erfahren hat, schon mancher im Fond merkwürdige Liedleien und Gesänge anhören müssen, auch Unpassendes und Unschickliches. Freilich ist ja auch manch lustiges Lied von Trauer grundiert, und man kann auch letzte Dinge heiter behandeln.
Wie hat es mich immer bei Promotionen, bei an sich freudigen »Ereignissen«, merkwürdig berührt, wenn die Studen-

ten- und Universitätshymne, das »Gaudeamus igitur«, gesungen oder gespielt wurde und man sich den Text vergegenwärtigt hat, der doch schon in der ersten Strophe munter von der Schwermut handelt. »Post iucundam iuventutem, post molestam senectutem nos habebit humus.« Nos habebit humus! Von der späteren Strophe ganz zu schweigen! »Venit mors velociter, rapit nos atrociter.« Schnell kommt der Tod und rafft uns hinweg. Ist das wirklich ein fröhliches Lied und ein lustiger Gesang, wie er zu einer Promotion paßt? Vielleicht ist es heute, da so manches Studium in die Arbeitslosigkeit und Depression führt, sogar traurigerweise wieder passend, wenn gleich bei der Promotion ein Trauergesang angestimmt wird. Denn der Tag der Promotion, was auf deutsch »Beförderung« heißt, ist in vielen Fällen heute eher auch schon ein »Dies irae«, ein Tag des Zornes und ein Tag der Zähren. *Zähren* ist der alte Ausdruck für »Tränen«, es handelt sich aber manchmal nicht um Freudentränen, sondern um Trauertränen. Tag des Zornes, Tag der Zähren, wirst die Welt in Asche kehren. *Kehren* ist der alte Ausdruck für »wenden, verwandeln«. Hier würde aber ausnahmsweise auch das moderne »kehren« für »Kehricht wegschaffen« passen. Am Jüngsten Tag wird die Welt entsorgt. Doch wollen wir der Gedankenflucht Einhalt gebieten, denn so weit ist es mit der akademischen Welt noch nicht gekommen, so schlimm steht es auch noch nicht um den Arbeitsmarkt. Als ich als Griechischlehrer »demissionierte« oder »resignierte« oder eigentlich in Pension gegangen bin, dachte ich anfangs, ich würde damit einem jungen Absolventen der Klassischen Philologie Platz machen und eine Freude bereiten. Daß der *Maior* im Ministerium mit dem Griechischen selbst aufräumt, und Sokrates und Platon, Phidias und Perikles, Odysseus und Aphrodite und das übrige Personal »auskehrt« und in Pension schickt, damit

hatte ich nicht gerechnet. Und so habe ich einen Platz freigemacht, der freibleiben mußte und vakant gehalten wurde. Mein Erbe war eine Leerstelle, keine Lehrstelle.
Ich bin also davon ausgegangen, daß ein Bestattungsfahrer, der einen im Ausland Überfahrenen überführen muß, sicher nicht gegen die Pietät verstieße, wenn er das »Gaudeamus« in seinen Kassettenrecorder schöbe. Aber das wird wohl eh noch nie einer getan haben. Denn den Berichten meines Bruders zufolge sind diese seine Kollegen eher Anhänger der einfacheren Volks- oder Schlagermusik. Und so bekäme der Beförderte, wenn nicht die doppelt isolierte, mit Lärm- und Wärmeschutz ausgestattete Zwischenwand zwischen Fahrerkabine und Fond wäre und wenn er überhaupt noch etwas hören könnte, sicher nicht das »Gaudeamus« zu hören, sondern »In die Berg bin i gern« oder »Heimat deine Sterne« oder »La Montanara«, vielleicht aber auch den »Zillertaler Hochzeitsmarsch« oder die »Patrona Bavariae«, wenn es schon etwas Frömmeres sein sollte.
Mein Bruder Franz hat uns berichtet, daß es auch unter den Bestatterkollegen ausgesprochene Feinspitze und standesbewußte Exemplare gibt, die ihrerseits gern erzählen und ein wenig angeberisch mitteilen, welche Größen sie gestern oder überhaupt in all den Jahren schon gefahren, vor allem heimgefahren und überführt haben. Einer renommiert damit, daß er einen berühmten Schauspieler aus Marburg, wo er in einem Hotel verstorben war, nach Wien zurückgebracht hat, und hält diese Fahrt ganz offensichtlich für ein herausragendes Ereignis der österreichischen Kultur- und Geistesgeschichte, auch für eine Art Triumphzug. Wir nüchternen und gesunden Menschen, sagte Franz, können uns gar nicht vorstellen, was ein solcher »romantischer Fahrer«, wie er ihn nennt, aus einer solchen Fahrt und einem derartigen Trauerzug an Lustgewinn zieht. Er erzählt von der

Fahrt seines Lebens, der ultimativen Reise, einem definitiven Megatrip. Mein Bruder sprach in solchen Zusammenhängen gern von der Wichtigtuerei, ich selbst sehe es durchaus anders, wenn ich ihn auch, wenn er am Wort war, deshalb nie unterbrach, sondern mir wortlos seine narrativen Auslassungen anhörte und auch *gefallen* ließ, durchaus im positiven Sinn gesagt. Mir nämlich leuchtet es im Gegensatz zu meinem Bruder ein, daß sich ein Fahrer, der in einem Marburger Institut (ein Euphemismus für ein Leichenschauhaus) die sterbliche Hülle des bedeutendsten Hamletdarstellers des Wiener Burgtheaters in diesem Jahrhundert »abholen« muß, nicht wie ein Fahrer, bloß wie ein Arbeiter fühlt, sondern wie einer, dem die Vorsehung eine große Rolle im Leben oder Sterben eines Großen zugeteilt hat. Es gereicht ihm zur und ist ihm wirklich eine Ehre, den Verblichenen, den Heimgegangenen heimzubringen, damit er in der Erde seiner Vaterstadt beigesetzt und bestattet werden kann, wo ihm die Erde leicht sein möge. Sit terra tibi levis! Ja, die Erde möge ihm leicht sein, nachdem die Welt es ihm zu Lebzeiten so schwer gemacht hat, wiewohl auch er seiner Umgebung nichts geschenkt hat, der Unglückliche, oft und oft Geschiedene, was sich nicht nur auf seine privaten Verhältnisse und die Frauen, sondern auch die Theater bezieht, denen er durch verschiedene Exzesse auch Kummer bereitet hat: Ich muß mich korrigieren, denn es geht nicht an zu sagen, der habe der Welt nichts geschenkt. Im tieferen Sinne hat er die Welt reich beschenkt, ja, er hat gegeben und gegeben, Abend für Abend, Saisonen lang, Film um Film. Doch dann kam jener kritische Punkt, der wohl im Leben jedes Künstlers kommt, wo, in der Sprache der Motorisierung gesprochen, der Motor zu stottern beginnt, wo der Künstler des ewigen Gebens und Verströmens, der unendlichen Anstrengungen des Textelernens und Rezitierens müde wird

und in seinem Beruf keinen rechten Sinn mehr sieht. Dann wird wohl, was früher reinste Neigung gewesen sein mag, allmählich im besten Fall zur Pflicht, im schlimmeren Fall aber zur Last, ja unzumutbaren Belästigung.
Hat ein Schauspieler außerdem ein bestimmtes Alter erreicht, so hat er auch seinen Zenit überschritten. Natürlich gibt es Rollen, die Männern oder Frauen auf den alten Leib geschrieben sind, wo etwa undeutliches Sprechen und erschöpftes Agieren geradezu verlangt sind und aus der Not eine absolute Tugend gemacht wird. Das kann aber nicht darüber hinwegtäuschen, daß dies die Ausnahmen von der Regel sind. Und so kann ein »mittelalterlicher« Schauspieler, wenn er entsprechend geschminkt wird und wenn er sich aussprachemäßig »zusammennimmt«, durchaus noch einen Jüngeren spielen, meinetwegen den Hamlet, wie er einen Älteren sowieso leicht darstellen und auch mit älteren Schauspielern in Rollen Älterer leicht konkurrieren kann; ein Alter aber kann den Hamlet oder einen Jüngling natürlich nicht mehr spielen, wenn er sich nicht lächerlich machen will. Und der besagte große Mime hat sich dieser Lächerlichkeitstortur ausgesetzt. Er wollte es als Fünfzigjähriger noch einmal wissen! Er sagte sich, es wäre doch gelacht, wenn ich nicht im Rahmen der Korneuburger Sommerspiele noch einmal einen Hamlet hinlegen würde und auf die Bretter brächte, der sich gewaschen hat. Es wäre doch gelacht, sagte er sich... Und es war leider wirklich und buchstäblich lächerlich und lachhaft, einfach zum Lachen, eine Hamlet-Komödie, über die man lachen mußte, ob man wollte oder nicht. Er hätte nicht mehr den Hamlet spielen sollen, sondern den blinden Seher Teiresias im »Ödipus«, den Rudolf im »Bruderzwist« oder den Lear. Oder er hätte überhaupt aufhören sollen zu spielen, sich und den Leuten etwas vorzuspielen und vorzumachen. Er bot ein Bild des

wahren Jammers, zerstört vom Alkohol und zerfressen von Vorwürfen gegen Gott und die Welt und von Selbstvorwürfen. Er saß wie Hiob auf einem Misthaufen. Sein Misthaufen war aber groß wie ein Gebirge. Natürlich war auch das sehenswert – auf eine schaurig-schreckliche Weise, ein grandioses Bild der Vergänglichkeit und Vergeblichkeit, ein Andachtsbild der geschundenen Kreatur, einer Kreatur freilich, die aus ihrer Kreatürlichkeit das letzte herausgeholt und wie Prometheus den Göttern lange getrotzt und widerstanden hatte, Prometheus, den er so gern rezitiert hat.
Auch in Marburg an der Lahn wollte er an jenem Abend im Rahmenprogramm eines Firmenjubiläums den Prometheus rezitieren, eines Jubiläums der Firma *Kolosseus* übrigens, einer Fabrik für Öfen und Sparherde. Es klingt heute wie erfunden und unwirklich, wenn man an dies erinnert und es erwähnt. Und doch entspricht es der Wahrheit und Wirklichkeit, so sehr es vielleicht vom Realitätsverlust des großen Schauspielers zeugt. Der Stolze hatte wirklich allen Stolz verloren. Angeblich soll er einmal gesagt haben, ein Mann mit so vielen Daueraufträgen, womit Überweisungsaufträge der Bank an sogenannte Verflossene und Alimente gemeint gewesen sind, ein solcher Mann müsse jeden Auftrag annehmen, jeden Antrag aufnehmen, wenn nur die Kasse stimme. Er mußte den Kolosseus-Leuten den Prometheus vortragen, ob er wollte oder nicht.
Das aber, was aus dem schönen Leib des großen Schauspielers, was aus jenem Körper geworden war, den der Geist der Dichter in so vielen Stücken zu wahrlich tollen und wilden Aktionen, zu athletischen Luftsprüngen und Purzelbäumen über Mauern und zu blitzschnellen Reaktionen bei Fechtszenen in prächtigen Degenkomödien beseelt hatte, der traurige Restbestand lag nun in jenem Sarg, den der Herr Kollege des Franz aus dem Marburger Institut, nachdem die

Papiere überprüft worden waren und die Genehmigung zur Ausfuhr ins Ausland oder zurück ins Inland erteilt, beglaubigt und bestätigt war, in sein schwarzes Automobil lud. Schwierigkeiten gab es später auch an der Staatsgrenze. Die Zöllner, die österreichischen Zöllner am Salzburger Walserberg, ließen das schwarze Auto, einen sogenannten »Lieferwagen«, keineswegs anstandslos passieren, winkten ihn nicht einfach durch, sondern wollten alles wissen, lesen und sehen. Wäre eine bekannte hochgestellte Persönlichkeit im Auto gesessen, so hätten sie sicherlich diensteifrig und devot salutiert und gewunken und gefuchtelt, um nur ja keine Verzögerung entstehen zu lassen und dem Hochgestellten nur ja nicht im Weg zu stehen und ihn aufzuhalten. Nun saß aber die hochgestellte Persönlichkeit nicht im Wagen, sondern lag den Umständen entsprechend hinten im Fond in der »Schatulle«, wie die schwarzen Mander von den gekreuzten Palmwedeln ein wenig respektlos sagen. Das aber, auch das mußte erst überprüft werden, denn das könnte ja jeder behaupten. Da kann ja ein jeder kommen. Und möglicherweise Rauschgift oder Waffen aus- und einführen. Je unscheinbarer ein Auto an der Grenze ist, umso verdächtiger ist es zugleich. In wie vielen Filmen ist nicht schon der Trick mit den Maschinengewehren in Särgen angewendet worden, er gehört zum Standardrepertoire der Regisseure von Kriminalfilmen seit den »Ladykillern« oder sogenannten Agententhrillern. In der Terminologie der Literaturwissenschaft würde man sagen, der maschinengewehrgefüllte Sarg ist ein stehendes Motiv oder ein Leitmotiv des Genres Kriminalfilm. Und da die Zöllner am Walserberg sicher auch schon viele Filme mit dieser Sequenz (deutsch »Bildfolge«, von lateinisch *sequor sequi secutus sum,* »folgen«) gesehen haben, waren sie diesbezüglich bereits sensibilisiert und wandten in der Realität an, was sie in der Fiktionalität des Kriminalfilmes gesehen hatten. Franz sagte freilich, daß der schwarze Mann und Kollege gesagt habe, daß dann, als man sich überzeugt hatte, daß keine Maschinengewehre in der Schatulle waren, sondern traurigerweise der Prinz von Dänemark und Prinz von Homburg, der Kronprinz Heinz, also der große Schauspieler, alles sehr schnell gegangen und er auf die damals eben eingerichtete sogenannte Eurospur hinübergewunken worden sei.

Ich, kein originelles Talent und kein Schriftsteller (dazu bin ich zu nüchtern und gesund), aber wie viele Kollegen vom Fach – Latein- und Griechischlehrer der alten Schule und ein wenig »Philister« – im Parodieren und »Nachdichten« bewandert und geübt, habe mir, weil ich diesen Schauspieler ganz besonders verehrt und gerade in der Rolle des Prinzen von Homburg von Heinrich Kleist über alles bewundert habe, erlaubt, diese mir von meinem Bruder erzählte Geschichte, die Grenz-Situation am Walserberg bei der Einfuhr des toten Kammerschauspielers, in eine Kleist folgende Anekdote zu fassen, wie ja gerade Kleist selbst schwärzliche Situationen, wie etwa jene vom Tod der Frau Johann Sebastian Bachs, als Anekdotenthemen geliebt hat.

»Als der Fahrer der sogenannten Firma Pietät aus der Residenzstadt Wien, welcher die Besorgung von Beisetzungen und die Überführung von sterblichen Hüllen oblag, ein Mann mittleren Alters, den fern der Heimat in einer Herberge, welche auf ihrem Schild mit zwei Sternen bloß als mittelmäßige ausgewiesen war, verstorbenen, hinüber- und heimgegangenen Mimen W. in Marburg, und zwar jenem Marburg, das an der Lahn gelegen ist und nicht mit jenem Marburg verwechselt werden darf, welches in der slawischen Sprache Maribor heißt, weil es in Slowenien liegt, abholte und mit ihm im sogenannten Lieferwagen an die Grenze des Reiches kam, traf er daselbst auf die mannigfachsten Schwie-

rigkeiten, von denen die merkwürdigste darin gründete, daß die Zollorgane den Inhalt jener Schatulle im Fuhrwerk, welcher aus dem Leichnam des Schauspielers bestand, anzweifelten und als möglichen Vorwand für einen Waffen- oder Rauschmitteltransport suspektierten, so daß erst die Öffnung des Behältnisses die Wahrheit und den verblichenen Aktoren an den Tag und die Zweifel der Behörde zum Schwinden brachte, daß dieselbe endlich ihr erlösendes Wort sprach: *Nihil obstat. Transeat in pace.*«
So hatte der Fahrer, der unseren Schauspieler zurückgebracht hat, durch ähnliche Fahrten einen besonderen Ruf erworben, er war zum Spezialisten für Heimholungen aus dem Ausland geworden. Ein anderes Mal durfte er oder mußte er (weil es um solche Fahrten nicht gerade ein »Griß« gab) einen Automobilweltmeister aus Monza in Oberitalien zurückbringen, wo dieser tödlich verunglückt war. Immer war der selbst gefahren, ja auch selbst zu den Rennen geflogen, und zwar im eigenen Flugzeug, nun aber mußte er sich nolens volens fahren lassen, nachdem er, als wäre er des Imkreisfahrens überdrüssig geworden, an einer der Kurven des Kurses von Monza geradeaus gefahren war und keine Reaktion gezeigt hatte – mit dem von vielen Unfällen bei Autorennen bekannten Ergebnis, daß der sogenannte Bolide an der Bande zertrümmert wurde und durch das ausfließende Benzin Feuer fing und alles in Brand setzte, einschließlich des eingeschlossenen Fahrers. Man spricht oft von der sogenannten »Todesverachtung« von Menschen, die einen gefährlichen Beruf ausüben, gerade auch von Rennfahrern. Sie stürzen sich mit Todesverachtung, heißt es, in das Rennen, andere aus Flugzeugen in die Tiefe, so wie sich früher die Ritter, dann die Söldner und schließlich die Soldaten und Landser mit Todesverachtung in den Kampf gestürzt haben, manchmal auch unter Ausstoßung des zur Todesverachtung

und zur Kampfwut gehörigen Geschreis, das auch dazu dienen mag, alle aufkommenden Bedenken oder gar Angst, also Todesangst, zu unterdrücken. Der Tod selber soll mit diesem Geschrei eingeschüchtert werden, so wie auch durch das Geheul der aufheulenden Motoren beim Start von Automobilrennen. Er läßt sich bekanntlich aber nicht einschüchtern, und er fährt immer mit, und von Zeit zu Zeit hält er Ernte. Wie nach einem Gesetz der Serie holt der Gevatter Tod immer zwei oder drei Rennfahrer hintereinander in die ewige Ruhe, bis er dann wieder merkwürdigerweise eine Weile Ruhe gibt, wie um die Piloten der Boliden in trügerischer Sicherheit zu wiegen. Hat er aber zugeschlagen, dann hat er, so scheint's, Appetit bekommen und wird zum Wiederholungstäter. Der Tod lauert an den verschiedensten und gerade an den unvermutetsten Stellen, das Ergebnis ist freilich immer das gleiche.

Als der Kollege des Franz den alles andere als friedlich heimgegangenen, nämlich den über die Bahn hinausgeschossenen und zur lebenden Fackel gewordenen und schließlich, wie der heilige Laurentius, gerösteten Rennfahrer überführen mußte, hat sich für ihn die Abwicklung der notwendigen Amtshandlungen wegen fehlender Sprach-, das heißt Italienischkenntnisse, sehr kompliziert und schwierig gestaltet. Zwar war der Bestattungsfahrer oft und fast jährlich im Urlaub nach Italien, und zwar nach Jesolo gefahren, aber das Italienisch, das er dort brauchte und sich allmählich auch angeeignet hatte, war lexikalisch ganz verschieden von dem, was er jetzt gebraucht hätte, um den Nationalhelden und großen Toten möglichst schnell ausgehändigt zu bekommen. Es ist ein himmelhoher Unterschied, ob jemand beim Friseur in Jesolo gern die Haare so oder so, nach dieser oder jener Fasson geschnitten bekommen hätte, oder ob einer feierliche, verhüllende Wörter für die »Letzten Dinge« oder Amtswörter für Notarielles, Staatsrechtliches und Völkerrechtliches oder auch nur Ausfuhrbestimmungen, Lebewesen oder »Fahrnis«, beseelte Güter oder Immobilien betreffend, braucht und sucht. Nichts ist schwerer, als in einer fremden Sprache den richtigen Ton etwa des Dezenten, Diskreten, Privaten oder Intimen zu finden. Der Grundwortschatz, den man zuerst lernt, ist in jedem Fall zu laut und zu direkt, zu trivial oder zu banal. Und kaum hat man etwas gesagt, hat man den Fremden auch schon beleidigt, weil man ein ganz und gar unpassendes Wort verwendet hat, so daß einen der Fremde nicht oder »nur zu gut« versteht. Der bemühte Sprecher aber weiß kaum, wie ihm geschieht, weil er auch nicht weiß, was er gesagt oder was er *eigentlich* gesagt hat. Sicher hätte es der Wiener Bestattungschauffeur in Monza, als er den Rennfahrer abholte, leichter gehabt, wenn er neben seinem bißchen Konversationsitalienisch wenigstens noch Latein gekonnt hätte, obwohl man den Nutzen von Lateinkenntnissen in romanischen Ländern bei Alltagsgesprächen nicht überschätzen darf. Wie schwer habe ich mir mit meinen Griechischkenntnissen im heutigen Griechenland bei meinen vielen Besuchen getan. Wie verständnislos haben mich die Griechen oft angesehen, wenn ich ihnen sozusagen homerisch oder aristophaneisch oder sokratisch oder platonisch gekommen bin, was den Wortschatz betrifft, erasmisch nach Erasmus von Rotterdam, muß ich sagen, was die Aussprache betrifft. Ich bleibe dabei, daß das schönste Altgriechisch, Dorisch, Ionisch oder Attisch, bei Vorträgen auf Philologenkongressen immer die Deutschen gesprochen haben, während die Griechen selbst, die Professoren von den griechischen Universitäten, das Altgriechische verneugriechischt haben, wenn sie etwa das behauchte Theta wie das englische »Ti-eitsch« ausgesprochen haben, *horribile*

auditu, wie der Lateiner sagt, es ist furchtbar, dies anhören zu müssen, wie es im Deutschen heißt. Es heißt aber *Thanatos,* »der Tod«, und nicht *ßanatos,* wie die griechischen Professoren gesagt haben, um ein Wort unseres letalen Themas zu zitieren. Es verhält sich mit dem Altgriechischen von »Neugriechen«, das heißt heutigen Griechen, wohl ähnlich wie mit dem Latein von Italienern, von Päpsten etwa, die statt Evangelium »Evandschelium« sagen.
Latein war nicht das Problem des Wiener Charon, der den Rennfahrer in der Prosektur des Hospitals in Monza abgeholt hat, weil er es nicht beherrschte. Und hätte er es beherrscht, so hätte er im Capitano der Prosektur sicher keinen *Collega* oder Gesprächspartner gehabt. Vielleicht hätte er sich, hätte er es gekonnt, mit dem Krankenhausseelsorger unterhalten können, der freilich mit dem Rennfahrer nichts zu tun hatte, weil der zu spät und bereits tot im Krankenhaus eingeliefert worden war. Rennfahrer sind versessen auf die Physik, mit der Metaphysik haben sie oft nichts im Sinn oder am Hut, wie man auch sagt, am Rennhelm, wie man in seinem Fall sagen müßte. In wie vielen Tausenden von Testfahrten testen sie das Material, den Motor, Zündung und Vergaser, die Achsschenkel und die Radaufhängung und und und. Aber wie viele Gedanken verschwenden sie auf den Gedanken, was sein wird, wenn das, was gerade ist, nicht mehr ist? Wundert es sie, daß überhaupt etwas ist und nicht vielmehr nichts ist? Und es werden wohl auch wenige unter ihnen sein, die *glauben,* daß alles, was geworden ist, »durch das Wort« geworden ist. Und sie werden sich auch keine grauen Haare darüber wachsen lassen, ob der, der das *Ens a se,* das »Sein aus sich«, hat, seine Geschöpfe, also uns, die wir das *Ens ab alio,* das »Sein von einem Anderen«, haben, also geschenkt, mit dem Tod wieder in das absolute Nichts stürzen läßt, wie die Autos stürzen, wenn es einen

sogenannten Crash gibt. Fallen wir dann in den Abyssus, also in den gähnenden Abgrund des Nichtseins, oder fallen wir »in die Hände des Ewigen«, wie es in der feierlichen Rede der Religion heißt? Sind wir »ihm in die Hand geschrieben«, wie es biblisch heißt, oder werden wir »ausgelöscht«, wie es mit einem schülersprachlichen Ausdruck heißt? Und selbst wenn wir zu der traurigen Gewißheit kämen, daß »mit dem Tod alles aus« ist, so wird das Gefühl im Menschen diesen Horror – einen horror vacui – doch nie akzeptieren können und leise und unhörbar oder auch laut revoltieren. Ja, selbst wenn nichts mehr sein wird oder wenn wir nicht mehr sein werden, so wird doch auch dann etwas gewesen sein. Und sein wird die Frage: Ist der Mensch bloß eine Episode, was von griechisch *epeisodion* kommt und mit »Hinzukommendes« zu übersetzen ist und ursprünglich einen nebensächlichen Dialogteil zwischen den Chorliedern der griechischen Tragödie bedeutet hat. In diesem Wort »Episode« steckt übrigens auch das Wort *hodos* für »der Weg«, das auch in *Methode* oder *Periode* vorkommt. Ist die Menschheitsgeschichte also aufs Ganze gesehen, die Ontogenese und die Phylogenese, nur eine Episode oder »tonangebend« und ein Kern- und Zentralstück, Geröll oder unzerstörbares Urgestein? Physik und Metaphysik. Ursprünglich hat der Ausdruck *Metaphysik* bekanntlich nicht viel bedeutet, er war gemünzt auf jene Werke des *Aristoteles,* die den Werken über die Natur, der *Physik* also, nachgeordnet waren.
Zurück zur Physik: Schwerkraft und Reibung aber sind die bestimmenden Kräfte im Leben unseres Rennfahrers gewesen. Die alles entscheidende Frage war: Wie erreiche ich mit dem erlaubten Material, mit dem zugelassenen Gewicht dieses Materials die höchstmögliche Geschwindigkeit, wie verringere ich alle Widerstände und jede überflüssige Reibung,

den Reibungswiderstand, ohne aber die Bodenhaftung zu verlieren, und das bei den unterschiedlichsten Witterungsverhältnissen. Wie fahre ich also, ohne zu fliegen und abzuheben. Ein Gräzist könnte in metaphorischer Ausdrucksweise sagen, das Kunststück, das zu vollbringen war, hieße physikalisch bis zum äußersten zu gehen, ohne ins Metaphysische zu stürzen.

Der Wiener Charon sagte zu meinem Bruder, wie dieser noch zu Pfingsten des Jahres 1983, kurz vor seiner »Konversion« vom Prominentenfahrer zum Rotkreuzfahrer, der bei Karl, dem Wäscherei-Bruder, versammelten Verwandtschaft erzählte, es sei ein »himmelweiter Unterschied des Bewußtseins« – das Bewußtsein aber bestimme das Sein – ob man einen verblichenen Hamletdarsteller oder einen »verrannten« Rennfahrer aus Monza heimbringen muß. Als er den Rennfahrer transportierte, fühlte er sich mit seiner »Kundschaft« wie in einem permanenten Gespräch, es war ihm immer, als würde der stille Tote seine Fahrweise beobachten und kommentieren, auch kritisieren.

Es klang ein wenig makaber, also »düster, grauenvoll, schaurig, mit Tod und Vergänglichkeit Scherz treibend«, war aber nur realistisch und tatsachengerecht, wenn Franz von seinem Kollegen erzählte und wahrheitsgemäß berichtete, daß er die Toten, die er von weit weg in die Heimat zurückbringen mußte, neben der Befestigung des Sarges selbst, in diesem zusätzlich verankerte und mit breiten Gurten festband. Das geschah natürlich nicht wegen der Verletzungsgefahr, sondern aus dem Grund, daß der Fahrgast, der steinerne Gast sozusagen, nicht bei scharfer Bremsung oder Beschleunigung im Sarg verrutschen konnte, »sich selbständig machte«. Es ging also über den Tod hinaus um die Unversehrtheit und Integrität, wie früher ja bekanntlich die verschiedenen Bestattungsunternehmungen der Großstädte, als der Leichnam noch zwei Tage vor dem Begräbnis »ausgestellt wurde«, bevor man wie heute die Toten unmittelbar nach dem Hinscheiden hermetisch einsargte, miteinander konkurrierten und wetteiferten und sich gegenseitig zu überbieten trachteten, was die Schönheit des Arrangements in der Leichenhalle, also den Blumenschmuck und die Gestecke betraf, aber auch, was die Präparierung der Toten selbst anging. Es gab damals ein Unternehmen, das einen übergroßen Ehrgeiz darein setzte, die Toten durch Schminke, vor allem Rouge, wie lebend erscheinen zu lassen, in dem Bestreben, die Dahingegangenen bei den Bekannten, Angehörigen und Freunden in »bester Erinnerung« zu halten. Alle Spuren von Todeskampf und Schrecken mußten beseitigt werden, so wie Karl in seiner Wäscherei alle Spuren an den Kleidern von Verunreinigungen, etwa durch Ungeschicklichkeiten beim Verschütten von Getränken oder vom Bekleckern mit dem Frühstücksei, oder auch Flecken etwa an den Hosen bei Männern, herrührend von Fremd- oder Selbstbefleckung, entfernte. Die Reinigung dementiert das Leben, die Bestattung dementiert und ignoriert den Tod. Natürlich sind der Werbung einer Bestattungsfirma auch früher Grenzen gesetzt gewesen, mancher Firmeninhaber hat aber doch dezent oder auch deutlich darauf hingewiesen, daß er sich anstrengen werde, den Status quo ante, also den Zustand des Menschen, die »optische Repräsentation« vor jenem Ereignis wiederherzustellen. Man würde glauben, er oder sie lebten noch. Und besonderer Anstrengungen hat es später natürlich dann bedurft, wenn durch den Automobilismus und die Unfälle auch die Toten, *sit venia verbo,* gelitten haben, das heißt verstümmelt und entstellt worden sind. In einem solchen Falle mußte ein Bestatter eine Arbeit wie ein plastischer Chirurg leisten. Natürlich konnte auch er keine Wunder vollbringen. Und es ist kein Zufall, daß in der Zeit, als die Autos immer schneller und die Unfälle immer katastrophaler geworden sind, der Brauch der eigentlichen Aufbahrung abgekommen ist und so mit dem Tod eigentlich auch bereits die »Verabschiedung« oder »Abschiebung« und Verdrängung der »sterblichen Überreste« und dessen »was an ihm oder an ihr sterblich war«, eingeleitet oder vollzogen wurde.

Ein besonderes Tabu ist früher der Selbstmord gewesen. Und bevor die Kirche umzudenken begonnen hat und dieses Ende eben als einen Tod, als das Ende einer Krankheit zum Tode, begreifen gelernt und zu akzeptieren begonnen hat, sind vor allem auch die Angehörigen eines freiwillig aus dem Leben Geschiedenen – freiwillig-unfreiwillig, müssen wir eigentlich nach den Erkenntnissen der Medizin und der neuen Suizidforschungen sagen – unter besonderen Druck geraten und in vielfache Schwierigkeiten gebracht worden. Da ist man natürlich auch froh und dankbar gewesen, wenn der Bestatter die etwaigen Spuren des Freitodes am aufgebahrten Leichnam gnädig weggeschminkt, das Würgemal des Strickes am Hals hinter der Draperie des Kopfkissens oder die vom Einschuß perforierte Kopfhaut an der Schläfe durch eine Binde zum Verschwinden gebracht hat. So hat man auf diesem Wege wieder etwas in Ordnung gebracht, was letztlich nicht in Ordnung war. Jedem, oder mindestens den Älteren unter uns, sind noch die Bilder vom aufgebahrten Kronprinzen Rudolf, der sich und seine Geliebte Mary Vetsera in Mayerling erschossen hat, also genaugenommen Mörder und Selbstmörder geworden ist, in lebendiger oder tödlicher Erinnerung. So waren jedenfalls der Kunst der Aufbahrer seinerzeit keine Grenzen gesetzt, und der diesbezügliche Ehrgeiz ist dementsprechend groß gewesen. Jedes Bestattungsunternehmen wollte die schönere Aufbahrung gemacht und die feierlichste Beisetzung organisiert haben. Die sogenannte »schöne Leich« ist wirklich und buchstäblich eine Norm- und Zielvorstellung gewesen, der sich das Bestattungsgewerbe verpflichtet gewußt hat. Wo lassen bestatten? war eine geläufige Frage, ganz ähnlich wie: Wo lassen schneidern? oder Wo lassen waschen? Wer aber mit all diesen Bräuchen und darüber hinaus vor allem mit der Herrschaft der Kirche auf dem Friedhofssektor absolut uneinverstanden war, der war Mitglied der sogenannten »Flamme«, eines besonderen »Sterbevereins« für Feuerbestattung, womit er sich automatisch selbst »exkommuniziert« hatte, das heißt nicht nur die Kirche verlassen, sondern sich auch gesellschaftlich »hinausgestellt« und isoliert gehabt hatte.

Vor allem gab es drei Klassen von Begräbnissen, eine erste, feudale, eine zweite, mittlere, und eine dritte, primitive Klasse. Gestaffelt waren vor allem die Kosten. Und es war ein Scherz mit einem ernsten Hintergrund, wenn gesagt wurde, bei einer »Leiche«, das hieß bei einem Begräbnis dritter Klasse, werde der Tote nicht mehr getragen oder gefahren, sondern da müsse er selbst und zu Fuß gehen. Ganz genau nämlich war der Aufwand abgestuft, vom feierlichsten Pomp bei einer Bestattung erster Klasse bis zum minimalsten Aufwand bei der dritten Klasse, auch zeitmäßig differenziert von lang und ausführlich bis kurz und bündig. Mit einem Drittklaßler machte man nicht viel Federlesens. Es gab freilich unter der dritten Klasse auch noch das sogenannte Armenbegräbnis, wie es angeblich Wolfgang Amadeus Mozart bekommen haben soll, wenn es sich nicht um einen Mythos handelt, wiewohl es sicherlich höchst erstaunlich und befremdlich ist, daß heute niemand mehr weiß, wo er eigentlich »eingegraben« worden ist, wie man früher in archaisch schwerer, sozusagen agrarischer Ausdrucksweise gesagt hat. Bei einem Armenbegräbnis, einem wirklichen Armenbegräbnis, handelte es sich freilich immer um Verstorbene, die keine Angehörigen hatten oder von den Angehörigen verstoßen worden waren, wie das Verstoßen etwa von unfolgsamen und absolut unzugänglichen Kindern durch ihre Eltern früher nicht gerade selten gewesen ist. Wenn der Sohn oder die Tochter dieses oder jenes tat, was den Eltern nicht in das Konzept paßte, etwa diese oder jene, diesen oder jenen ehelichte, »dann bist du nicht mehr mein Sohn«, »dann bist du nicht mehr unsere Tochter« und so fort. Der langen Rede kurzer Sinn, es gab früher oft auch Leute, die biologisch oder blutsmäßig Angehörige gehabt hätten, die aber sozial in dieser Weise Waisen waren, weil verstoßen. Und die Unversöhnlichkeit von Eltern mit ihren Kindern und auch umgekehrt von Kindern mit ihren Eltern hat über den Tod hinaus »gehalten«. Man hatte sich auf den Tod zerstritten und auseinandergelebt, und es blieb dabei, man ließ sich durch kein noch so hartes Schicksal erweichen. War nun aber ein solcher Solitarius, ein Einsamer oder Alleingelassener, ein Verlassener, ein Unterstandsloser und Anhangloser heimgegangen, der zu Lebzeiten nichts beiseitegelegt, ja nicht einen einzigen Notgroschen für sein Begräbnis aufgehoben, sondern verbraucht, vermutlich vertrunken oder »versoffen« hatte, wie die mitleidslose Umwelt formuliert, so fiel er der Armenfürsorge anheim, und wie ihm zu Lebzeiten in einem Streitfall, einer Strafsache, wahrscheinlich ein Armenanwalt zugeteilt worden sein mochte, wurde ihm jetzt ein Armenbegräbnis zuteil, ein Begräbnis vierter Klasse sozusagen, ein Begräbnis *ohne* Klasse.

Wir rümpfen heute die Nase über die alte Begräbnisordnung, sind aber große Heuchler, wenn wir uns demokratisch geben und so tun, als gäbe es im Leben und im Tod keine Klassen oder Unterschiede mehr. Noch nie in der Ge-

schichte sind die Oberen und die Unteren, die Reichen und die Armen so weit voneinander geschieden gewesen wie heute. Die Oberen sind heute nur diskreter, bleiben unter sich und verstecken ihren Reichtum. Und wenn man heute einen besonders einfach und schlicht gekleidet sieht, vielleicht in der Landestracht, mit einer Leinenjoppe angetan und einer abgewetzten ledernen Kniehose, so handelt es sich bei ihm sicher um einen Adeligen... Nur den Neureichen merkt man ihren Reichtum vielleicht an, weil sie das Herzeigen und Vorweisen und das Protzen nicht lassen können. Die Altreichen sind unscheinbar. Früher war man ungenierter.
Ein Altphilologe ist mit der Klasseneinteilung – nicht nur im Schulsystem – natürlich bestens vertraut. Denn in der antiken Redekunst gibt es drei Stile, den hohen, den mittleren und den niedrigen, den *stilus gravis,* den *stilus mediocris* und den *stilus levis,* um die originalen *lateinischen* Namen zu nennen und nicht jemanden mit den griechischen Namen zu erschrecken. Nicht erst heute sagt man, im Tod seien alle gleich, das hat aber niemanden, weder früher noch heute, daran gehindert, von den Toten im *genus grande* oder *sublime,* im *genus medium,* im *genus tenue* oder *humile* – oder überhaupt nicht zu reden. Im Altertum waren die Stile bekanntlich den Ständen zugeordnet, von den Rittern, also dem Adelsstand, mußte man *dementsprechend* sprechen, von den *Optimaten* anders als von der Plebs, von den Sklaven ganz zu schweigen. Hier war Schweigen, also Nichtssagen, angesagt. Und es galt als ausgesprochener Stilbruch, wenn man einem Niedrigen ein *sublimes* oder einem Hohen ein *humiles* Epitheton zugedacht hat. Es wäre ja wohl auch kaum einem eingefallen, sich bei einem verstorbenen armen Schlucker für die Huld zu bedanken, die er einem angedeihen hatte lassen. Die Hilfsbereitschaft war eine Tugend für die Reichen und Hilfreichen,

die Hilflosen und selbst Hilfsbedürftigen für die Hilfe, die sie gaben, nicht empfingen, zu loben, wäre eine rhetorische Unbeholfenheit und ein Fehler, also ein *Vitium* gewesen – allenfalls als Ironie im Gegensinn gegen den Toten sprechend. Unsere deutsche Sprache ist ja recht verräterisch, wenn sie im Wort *gut* beziehungsweise *Gut* das moralisch Gute und den Besitz in eins setzt. *Gut* und gütig sein kann vor allem der *Begüterte,* ein Guts-Herr etwa.

Ich habe als jüngerer Mensch noch erlebt, daß damals der Kutscher des Leichenwagens auf dem Land entsprechend den drei Begräbnisklassen seine Pferde eingeschirrt hat, er hatte dreierlei Zeugl, Kiss und Kummet, Halfter und Riemen mit den dazugehörigen Beschlägen. Bis zu den Scheuklappen reichte die Unterteilung. Natürlich wurde bei einer erstklassigen Leiche zweispännig, mit Vorspann also, gefahren. Wegen einem armen Schlucker aber hat sich der Kutscher mit dem Putzen und Striegeln nicht überanstrengt. Je höhergestellt der Tote war, um so langsamer mußte paradoxerweise gefahren werden, die Pferde traten dann mehr oder minder auf der Stelle wie bei den entsprechenden Figuren der Spanischen Hofreitschule, bei einem Armen ging es holterdipolter, daß die paar Trauernden hinter dem Fuhrwerk vielleicht gerade noch folgen konnten, zu einem Gebet aber sicher keine Luft mehr gehabt hätten. Der wahre Adel aber begann bei mindestens vier Rappen mit Federbuschen, einer Art Helmzier für Pferde. Eine alte Regel war es auch, daß die für das letzte Geleit bestimmten Pferde am Tag vor ihrem Einsatz nicht mit Hafer oder anderer feurig machender Nahrung gefüttert oder überfüttert werden durften und am besten bewegt werden sollten, denn sonst hätten sie ja wirklich nicht, wie es im Lied heißt, Trap trap gemacht, sondern womöglich vor überschüssiger Kraft den Wagen zerrissen. Sie mußten im Gegenteil mit kalmierendem Fut-

ter versorgt, sozusagen mit Tranquilizern fromm und zahm gemacht werden. Hielt der Trauerzug zwischendurch einmal an, sollten die Pferde den Kopf senken, worauf die Kutscher besonders stolz waren, wenn sie ihnen dieses Kunststück antrainiert hatten. Mancher Kutscher hat wohl auch ein wenig übertrieben und zu viel der Beruhigungsmittel in den Barn geschüttet, weil die Pferde manchmal wirkten, als hätten sie eimerweise Baldrian gesoffen oder Bierhefe gefressen. Die Tiere *haben* bekanntlich keine Religion, vielleicht kann man sagen, sie *sind* Religion, wie dem aber auch sei, die Rösser der Bestatter wirkten oft so domestiziert und *human*, also so angepaßt und fromm, daß man meinen konnte, wenn sie die Nüstern bewegten und zittern ließen, sie beteten oder weinten gar, dem Anlaß entsprechend.
Bei aller Dressur kam es natürlich auch immer wieder einmal vor, daß sich die Natur durchsetzte, daß ein Pferd den Schweif hob, stehenblieb, also stante pede seine große Notdurft verrichtete oder auch nur wässerte, daß es nur so spritzte. Dann hielt der Kondukt, wie man mit einem lateinischen Namen den Trauerzug nannte, eine Weile an. Die Menschen im Anschluß an das Gefährt wunderten sich vielleicht über den plötzlichen Stillstand. Wenn es aber dann wieder weiterging, merkten sie alsbald den Grund für die vorige Pause, und mancher ist unversehens in einen saftigen Roßapfel getreten, wenn ihn nicht seine Frau gerade noch rechtzeitig am Ärmel weggezogen hat… Manchen Charon habe ich damals halblaut fluchen gehört, wenn ihn eins seiner Pferde mit seiner Ausscheidung zur Unzeit blamierte und in Verlegenheit brachte. Der Kutscher konnte aber noch so unglücklich sein und häßlich schimpfen und poltern, das Tier entsprach seiner Physis und schiß ihm was, ein wenig altdeutsch gesprochen.
Trauerpferde waren ihrer Natur nach – oder soll ich sagen

der Unnatur nach – *verschnittene* Pferde, also vor allem Wallache, entmannte Hengste also. Unausdenkbar nämlich wäre es gewesen, hätte einen Hengst während dieses heiligen Dienstes die Natur übermannt, weil er in der Nähe, auf einer Koppel etwa, eine brünstige Stute gewittert hätte. In einem solchen Fall hätte es, wie man weiß, kein Halten gegeben, und das Trauerpferd wäre durchgegangen. So aber waren die Trauerpferde wirklich auch traurige Pferde, »jenseits von Gut und Böse«. Sie hatten, wie die antike Philosophie als oberstes Ziel aller Denkanstrengung postuliert, die Leidenschaftslosigkeit, ein hohes Ideal nicht nur der stoischen Philosophie. Sie konnten nicht mehr angefochten werden, waren immun gegen die Regungen des Fleisches und die Versuchungen der Hormone. Natürlich wollte die antike Philosophie beim Menschen diesen himmlischen Zustand der Gelassenheit und der überirdischen Unangefochtenheit, des Stehens über den Dingen, der Askese, nicht auf chemischem oder gar auf chirurgischem Wege erreichen, durch den Eingriff des Kastrators etwa, sondern kraft Überlegung, Überlegenheit aus Überlegung und Einsicht also. Angestrebt war Sichbescheiden, nicht Beschneiden. In der Folge, vor allem im frühen Christentum, hat freilich mancher, der seiner profanen Natur nicht Herr werden konnte, auch den radikalen Weg der Chirurgie gesucht und beschritten, wie es etwa von dem griechischen Kirchenvater Origenes manchmal behauptet wird. Tiere und Menschen darf man nicht vergleichen. Unter den Pferden nun, den für den Trauerdienst ausersehenen Wallachen, gab es immer wieder auch welche, die sich merkwürdigerweise noch ein wenig so gebärdeten und taten, als wären sie noch im Besitz oder Vollbesitz ihrer Kraft und Stärke. Sie hoben stolz ihr Haupt und schnaubten, sahen quasi feurig auf das andere Geschlecht, als wären sie nicht im Zustand des *sine ira et stu-*

dio, wie Tacitus die »Interesselosigkeit« der Wissenschaft nominiert. Es handelte sich dabei aber nur um ein leeres Imponiergehabe, das Markieren und Vorspielen von Potenz, wo letztlich die *impotentia,* zu deutsch das Unvermögen, dominierte. Das genetische Programm mochte sich in solchen Äußerungen der Regung und scheinbaren Erregung wie eine Erinnerung melden. Läufige Tiere waren für diese Läufe und »Touren« also nicht zu gebrauchen. Denn das Geschlechtliche ist als ein Tabu im Umkreis des anderen, noch größeren Tabus, des Todes nämlich, doppelt tabuisiert. Die Botanik spricht von der *Irritabilität* als der grundlegenden, auch den Pflanzen zukommenden Eigenschaft der »Ansprechbarkeit« und »Reizbarkeit«. Nur die anorganische Natur, die Steine, sind so gesehen nicht zu erweichen. Pflanzen und Tiere aber reagieren auf Licht und Wärme, auf optische, akustische, kosmetische Signale, auf Geschmacks- oder Geruchsreize. Das ist der Bereich des erweiterten Erotischen. Wer aber durch den einen oder den anderen Reiz nicht mehr *tangiert,* das heißt auf deutsch »erreicht« oder »berührt« werden kann, ist partiell schon gestorben. Der Blinde ist dem Licht, der Taube der Musik im weitesten Sinne gestorben. Das Erotische im engeren Sinn ist, wie es scheint, für manche die letzte Irritabilität. Ein Satyriast unter meinen Kollegen, einer, der auch im Konferenzzimmer gern über seine Erfahrungen (Eroberungen) sprach und auch bei den weiblichen Kolleginnen nichts unversucht ließ, sagte immer in schöner Offenheit: Erst wenn mir die Frauen nichts mehr sagen, erst dann, wenn mir die Frauen »nichts mehr geben«, bin ich tot. Wir Gesunden können uns in einen solchen Sexbesessenen kaum hineindenken. Wir verstehen nicht, wie sich jemand so wenig beherrschen und in der Hand haben kann, daß er im Menschen des anderen Geschlechts nicht zuvor den Menschen und erst in zweiter

Linie das Geschlechtswesen sieht. Für sie sind Frauen immer vor allem Weibchen. Und selbst sind sie primär Männchen. So wird die Irritabilität wahrlich und wirklich zur Irrationalität.

Selbst heute oder jedenfalls zu meiner Zeit, zu meiner »aktiven Zeit«, wie man als Pensionist sagen muß, gab es »verschiedene Unterschiede«, etwa zwischen einer Landpartie oder Lustfahrt und einem »Trauermarsch«. Das Ordnungsdenken des Altertums, mit dem ich von Berufs wegen befaßt gewesen bin, ist natürlich viel weiter gegangen. Für den Fährmann Charon mußte man dem Toten eine Münze, einen Obolus, unter die Zunge legen und auch sonst vielen Vorschriften und Riten, Bräuchen und Zeremonien genügen. Im Altertum wäre somit genau geregelt gewesen, wie ein Charon der Wiener »Pietät« einen verstorbenen Schauspieler und wie er im Unterschied dazu einen verunfallten Rennfahrer aus Monza zurückzubringen habe. Bis zum Tempo und der Route wäre in so einem Fall alles geordnet und reguliert gewesen. Um etwa symbolisch der Eitelkeit der Schausteller und Schauspieler gegenzusteuern, hätte eine besonders direkte, eine sozusagen schmucklose und schnörkellose Route und Fahrweise gewählt werden müssen. Rennfahrer aber, die bei einem Rennen also in Ausübung ihres sündhaften Treibens gegen die Umwelt und Natur gestorben sind, von Gevatter Tod also sozusagen in flagranti erwischt worden sind, hätten nur in demonstrativer Langsamkeit mit einem solarbetriebenen Kraftwagen zurückgebracht werden dürfen, damit sie nach der Überfahrt über den Styx ganz allmählich zur Besinnung gebracht werden und wieder ein Gefühl für den Segen der Stille und das Sakrament der Ruhe bekommen, gegen die sie gefrevelt haben. Jedes sogenannte Aquaplaning auf dem Wasser des Styx hätte vermieden werden müssen.

Die Toten ernst nehmen. Dies hätte man vom Altertum lernen können. Im Sinne des Toten verfahren, hätte als Devise für den Fahrer gegolten. Heute »fährt man darüber« wie es heißt, was bedeutet, man kümmert sich wenig um die Ansprüche der Abgeschiedenen. Wie viele Testamente werden angefochten, für null und nichtig erklärt, weil die Verstorbenen nachträglich sozusagen entmündigt werden. Immer heißt es leichtfertig, der Erblasser sei nicht mehr im Vollbesitz seiner geistigen Kräfte gewesen. Ein Möchtegernerbe sagt, der Erblasser könne gar nicht mehr im Vollbesitz seiner geistigen Kräfte gewesen sein, denn wenn er im Vollbesitz seiner geistigen Kräfte gewesen wäre, dann hätte er seinen ganzen Besitz, seinen *Voll*besitz an Mobilien und Immobilien, ihm und sonst keinem vererbt. Indem er aber nicht alles ihm vererbt hat, habe er den Beweis geliefert, daß er nicht mehr bei Verstand gewesen sein kann ... Heute muß jemand, der sich anschickt, diese Welt zu verlassen, seine Angelegenheiten *prähum* ordnen und regeln, er darf nicht erwarten, daß sein Letzter Wille *posthum* erfüllt wird. Wenn aber irgendwo »nichts zu erben« ist, gibt es auch kein Interesse am Letzten Willen. Im Mittelalter und in der frühen Neuzeit hat es bekanntlich Gebetsgemeinschaften gegeben, die sich auch *post mortem* für ihr Mitglied, das sich zu Lebzeiten in diese *Communio* eingekauft und eingebetet hat, eingesetzt haben, die ihr Mitglied »nicht fallengelassen haben«, sondern für ihn oder sie eingestanden und eingetreten sind, eingedenk Paulus, der sagt, es sei gut, für die Verstorbenen zu beten. Paulus sagt nicht, was ich sage und hinzufüge: Es ist weniger für die Toten als für die Lebenden gut, für die Toten zu beten. Auch von Stipendien ist seinerzeit die Rede gewesen, Gebets- und Meßstipendien, Mandate somit, die testamentarisch verfügt waren und peinlich befolgt und eingehalten worden sind. Das ist heute natürlich vorbei, heute läßt man die Toten die Toten begraben, wenigstens hierin erfüllt man das Gebot der Bibel. Wo sind die Toten? Die schönsten Antworten auf diese Fragen sind nach meinem Verständnis: in Abrahams Schoß, oder: bei Christus.

Neulich hat ein Urteil aufhorchen lassen. Hinterbliebene eines brutal behandelten und ermordeten Menschen haben im Namen des Toten Schmerzensgeldforderungen gestellt und Recht – das heißt Schmerzensgeld – bekommen. Schmerzensgeld für einen, dem, wie man im Volksmund sagt, nichts mehr weh tut. Das vom obersten Gerichtshof gefällte Urteil hat meine ganze Zustimmung, es entspricht absolut meinem Rechtsempfinden, wenn auch die Frage erlaubt sein muß, wer den Nutzen von jenem Schmerzensgeld hat. *Cui bono,* fragen die Juristen. Die nahen Angehörigen wohl, also jene, die ja buchstäblich nach einer solchen bestialischen Tat, durch die ihre Lieben gequält wurden und zu Tode gekommen sind, bis an ihr eigenes Lebensende leiden. Viele kommen ihr Lebtag über jene Schmerzen, die ihre Angehörigen erlitten haben, nicht hinweg, können nie mehr froh werden und tragen selbst schwere psychische Schäden und im Gefolge der psychischen Schäden auch körperliche Leiden und Krankheiten davon. Ja, die Erde ist ein »Tal der Tränen«. Es leiden also Menschen, leiden *mit* im Sinne der lateinischen *compassio,* des Mitleids also, leiden an den vergangenen Leiden von Verstorbenen, obwohl der Tod die Leiden der eigentlich Leidenden beendet hat. Es gibt freilich, wie ich erfahren habe, nicht am eigenen Leib, aber von und an Bekannten, den Fall, daß Menschen an dem zu tragen haben, was ihnen längst Verstorbene aufgeladen und angetan haben, etwa die Eltern den Kindern. Solche Lasten sind den Menschen oft schon als Kleinkinder aufgebürdet worden, und sie sind sie niemals mehr losgeworden. Die

Eltern mögen sogar im guten Glauben und mit bestem Willen gehandelt haben, dachten ihrem Nachwuchs etwas Gutes zu tun und taten doch das Schlechte. Dieses Schlechte mag auch darin gelegen sein, daß die Eltern alles Schlechte und Schwere von den Kindern ferngehalten haben, so wie die Mutter ihr Söhnchen etwa immer hermetisch und absolut winddicht verpackt hat, damit nur ja keine Zugluft an seine rosige Haut komme. Später bekommen solche Menschen, um beim dermatologischen Beispiel zu bleiben, oft eine sehr unreine Haut. Und nach den Pusteln und Pickeln und Wimmerln der Pubertät die Narben, Falten und Schrunden des Erwachsenseins bis hin zu den Altersflecken. Natürlich können wir die Toten, die an uns schuldig gewordenen Toten, nicht mehr belangen und in die Pflicht nehmen. Außer vielleicht dergestalt, wie es geschehen ist, als ein junger Mann, der von einem berühmten und steinreichen Schauspieler mit Aids infiziert worden war, nach dem Tod des Mimen Klage auf Schadenersatz und Schmerzensgeld einbrachte und Geld aus der Erbschaft bekam. Doch das ist eine Ausnahme.

Nach dieser Richtung sind in der Regel alle Ansprüche erloschen, und nichts ist mehr »einbringbar«. Ist hier also nichts mehr zu holen und nichts judizierbar, so wird doch auf Schritt und Tritt deutlich, daß in unserem Handeln und Wandeln, genetisch gesehen, unsere Vorfahren mitbestimmen, sie sind physisch und psychisch in uns anwesend. Ob jetzt einer wie sein Vater oder im Gegenteil ganz anders als sein Vater handelt – die Erzeuger sind, vor allem im Unbewußten, dominierend. *Sub tegumine,* unter der Oberfläche, haben die Lateiner gesagt, auch *latent,* das heißt im Verborgenen, rumoren in uns unsere Altvorderen. Hier handelt es sich, theologisch gesprochen, sicher nicht um das »ewige Leben«, aber doch um die Fortdauer des Lebens über den

Tod hinaus. So wie etwa auch ein Fahrzeug auf Grund der Schwerkraft noch nachläuft und sich bewegt, auch wenn man den Motor, das heißt auf deutsch den »Treiber«, abgestellt hat. Man kann mit einem solcherart auslaufenden Auto sogar noch die schönsten Unfälle »bauen«, wie die Fahrer sagen.

Mir hat immer zu denken gegeben, wie die Berufsfahrer nicht nur die Kunst des Fahrens, die hohe Kunst des Chauffierens, sondern vor allem die Kunst des Anhaltens beherrschen und kommentieren. Der gute Fahrer zeigt sich erst beim Halten oder Anhalten, sagt Franz. Beschleunigen kann schnell einer. Aber rechtzeitig, kurz- oder langfristig einbremsen und stoppen, darin zeigt sich der Meister. So gesehen ist der alte Ausdruck für den Berufsfahrer, nämlich das zitierte *Chauffeur,* sicher kein passender. Denn Chauffeur enthält das lateinische *calidus,* das heißt *heiß,* so daß der *Chauffeur,* lateinisch *calidarius,* eigentlich der *Heißmacher,* also der *Heizer* ist. Genaugenommen ist der Chauffeur also gar nicht der für das Fahren Verantwortliche, sondern nur derjenige, der im Brennofen der Dampflokomotive »nachlegt«, also einheizt, indem er Kohlen oder Holzscheite einwirft. Der Chauffeur ist in der alten Vorstellungswelt genau die Entsprechung für den Kalkanten beim Orgelspiel. So wie der Kalkant für den Künstler an der Orgel die Luft aufbereitet und im Blasebalg auf Reserve bereithält, so stellt der Chauffeur die Hitze und den durch diese Hitze erzeugten Dampf zur Verfügung, den der Lokomotivführer dann eigenverantwortlich und allein und letztverantwortlich in Bewegungsenergie umsetzt und auf die Räder bringt. Doch alle Räder stehen still, wenn sein starker Arm es will, der Heizer hat da gar nichts zu melden, er kann hinten im Tender oder beim Kessel meinetwegen vor Wut kochen.

Das hilft ihm gar nichts, wenn der Führer das Ventil nicht öffnet, das entscheidende Ventil, dann bewegt sich nichts, dann rührt sich nichts. *Kalkant,* um auch das noch anzufügen, kommt übrigens von *calcaneus,* was auf deutsch »Fersenbein« bedeutet, der Kalkant ist genaugenommen also der »Fersler«. So gesehen gehört er auf jeden Fall zum Fußvolk, so viel Wind oder heiße Luft einer dann auch früher um seine Position erzeugt haben mag, er ist und bleibt der eigentliche Kontrapunkt zum Organisten – und im Hintergrund.

Chauffeur von *calidus,* »heiß«. Wie oft mußte ich, als ich in der Unterstufe auch Latein unterrichtete, die Übersetzung von *calidus* als »kalt« lesen. Es ist ja auch wie eine Bosheit der »toten Sprache Latein«, daß dieses *calidus* so sehr unserem deutschen *kalt* gleicht und doch gerade das Gegenteil, nämlich »heiß« bedeutet! Während »kalt« im Lateinischen *frigidus* heißt, was jeder »Unvoreingenommene« wegen des i, wegen der beiden i (!), die auch an *ignis,* »das Feuer« anklingen, als »heiß« zu übersetzen geneigt ist. In Wahrheit heißt *frigidus* also »kalt«, und das symmetrische Gegenwort zum Chauffeur, dem »Heißmacher«, wäre der *frigidarius,* »der Kaltmacher«. Der Tod in einem Totentanz könnte Frigidaire heißen.

»Wortklauber« war einer der noch harmloseren Spitznamen für mich, nicht nur unter Schülern, sondern auch unter den Kollegen. Die meisten Kollegen sind, was die Etymologie und die Sprachverwandtschaften angeht, ganz frigid gewesen! Das eigentliche Wort *frigid* für »geschlechtlich desinteressiert«, auf Frauen bezogen, ist wohl meistens eine männliche Bosheit – von abgewiesenen und verschmähten Männern gesagt. Wie nicht zu verwundern, hat der Herr Sartyriast in unserem Lehrkörper, von dem weiter oben schon die Rede war, dieses Wort am häufigsten als Attribut auf Kolleginnen und andere Frauen angewendet. Wer viel

und oft möchte, bekommt natürlich auch viel und oft Körbe. Er verkraftet und rationalisiert in seiner Irrationalität, in seinem Unverstand, dieses Verschmähtwerden mit dem Aburteil »frigid« über die Verschmähenden.
Die Lateiner hatten das Sprichwort *Quidquid agis, prudenter agas et respice finem,* das heißt auf deutsch: Was immer du tust, handle klug und denke an das Ende! Das ist ein Wahrwort, das jeder im Gedanken an sein Leben und an sein Lebensende beherzigen soll. Es hatte aber auch seine Gültigkeit im Vordergründigeren, so eben auch bei *Chauffeur* und *Kalkant.* Der Heizer hat nicht ins Blaue hinein geheizt, der Kalkant hat nicht sinnlos Wind erzeugt. Letzterer hat die Musikstücke, etwa die Kirchenlieder, aber auch die Eigenart des Organisten beim Postludium gekannt, und er hat sich dementsprechend verhalten. Er hat ganz genau gewußt, welche Schlüsse und welche Akkorde in der Coda, also am Ende eines Musikstückes, zu erwarten sind. Die Lateiner haben in der Poetik, der Dichtungstheorie, vom *cursus* gesprochen, womit der Schluß von Sätzen gemeint gewesen ist. Wenn ein Satz auf einer betonten Silbe geendet hat, dann haben die Lateiner vom *cursus velox* gesprochen, wenn er sanft auf einer Senkung, also einer unbetonten Silbe, ausgeklungen ist, dann haben sie von einem weichen Cursus gesprochen, dem *cursus lenis.*
Nun hat der Kalkant vielleicht nicht gewußt, was *Coda* bedeutet, daß es ein vulgäres und vulgärlateinisches Wort für den Schwanz ist, der regulär *cauda* heißt, ein Synonym auch für *penis,* das auch »Schwanz« geheißen hat und erst im übertragenen Sinn »männliches Glied« bedeutet hat, ganz analog zum Deutschen; das alles wird der Kalkant nicht gewußt haben, er hat aber aus Erfahrung gewußt, daß »Die Himmel rühmen des Ewigen Ehre« sozusagen »schwanzlastig« ist, also laut am Ende, und daß er für diesen *Finis*

vorsorgen und vorausschauend Luft in den Balg pumpen muß, daß dem Organisten nicht blamabel am Schluß die Luft ausgeht. Und wenn ein Organist dem Brauch gehuldigt hat, im Anschluß an den Gottesdienst möglichst schneidend und schwer, auch laut zu postludieren, wie um die Leute »hinauszuspielen« oder »hinauszuspülen«, dann hat sich der Kalkant auch darauf eingestellt. Oft hat ein Organist an jenem Stäbchen, das den Luftvorrat angezeigt hat, gesehen, daß er sich nur noch einen *cursus lenis,* also einen sanften Abschluß, erlauben kann und darauf verzichten muß, im Finale noch weiß Gott wie aufzutrumpfen. Auch für ihn galt das *Quidquid agis*... Die »Heizer« aber haben sich seinerzeit ebenfalls nach den Gegebenheiten gerichtet. Wenn der Zug von Graz her den Semmering hinter sich gebracht hatte und nun mehr oder weniger von selbst bergab über Ternitz und Wiener Neustadt nach Wien rollte, dann konnte er den Ofen drosseln und auf »kommod« schalten. Es wäre absolut sinnlos gewesen, jetzt noch wie der Teufel so einzuheizen, daß die Lokomotive im Südbahnhof oder im Ostbahnhof auf dem Stand womöglich noch die halbe Nacht nachgeglüht hätte. Und diese »Vorsicht«, lateinisch *providentia* – theologisch gesprochen auch die »Vorsehung« – soll der Mensch auch im allgemeinen walten lassen. Er soll im Alter »zurückschalten«, wie die Fahrer sagen, er soll sich auf sein Alter einstellen.
Ein abschreckendes Beispiel von konträrer Uneinsichtigkeit hat einmal ein großer alter Sänger, ein strahlender Tenor zu seiner Zeit, aber eben zu *seiner* Zeit, in der Sendung »Seniorenclub« – zur Unzeit, so gesehen – geliefert. Er hat eine der schwierigsten Partien aus der höllisch schweren Oper »Tristan und Isolde« von Richard Wagner gesungen oder zu singen versucht. Nun ist diese Partie nicht nur ein gewaltiges Kunststück, sondern bereits für einen Sänger in den be-

sten Jahren eine Tortur, wie ja Wagner an sich rücksichtslos gegenüber den Sängern und Sängerinnen komponiert und auf ihre Bedürfnisse kaum Rücksicht genommen hat. So jedenfalls war jener Auftritt nicht nur für den großen Sänger, sondern auch für das Publikum eine Qual. Und hätte sich der alte Herr, der sich mit diesem Auftritt gefährlich überforderte, nicht am daneben stehenden Flügel halten, festhalten können, wäre er vermutlich überhaupt bewußtlos umgefallen. So gesehen hat auch der besagte berühmte Schauspieler mit dem Prometheus-Gedicht auf der Kolosseus-Firmenfeier einen Fehler gemacht. Er hätte »Ich ging im Walde so für mich hin...«, also »Das Veilchen«, rezitieren sollen, und der große alte Sänger hätte sich an Benjamino Gigli ein Beispiel nehmen sollen, den ich in den fünfziger Jahren bei einem Konzert singen gehört habe, lauter leise Abendlieder, Abschiedslieder, Abtrittslieder.
Der Ausdruck *Chauffeur* ist veraltet und eigentlich irreführend, für einen »Fahrer« nämlich, der Ausdruck *Fahrer* aber für »Chauffeur« ist absolut nichtssagend. Bruder Franz hat sich oft selbstironisch und sarkastisch über seinen Beruf und seine Berufsbezeichnung geäußert. Fahren kann bald einer, hat er gesagt. Ein Fahrer ist eigentlich weiter nichts als ein Führerscheinbesitzer. Und Fahrer ist eigentlich gar kein Beruf, Fahren ist bloß eine Beschäftigung. Wichtig wird der Fahrer erst durch sein Frachtgut, die Geldtransporter etwa spielen eine nicht unbedeutende Rolle, vor allem im Kriminalfilm. Immer wieder sieht man in Kriminalfilmen Überfälle auf Geldtransporter. Oft sind aber die Fahrer von Geldtransportern selbst verdächtig, sie geraten etwa durch große Passivität beim Überfall ins Zwielicht. Und leisten sie Gegenwehr und bekommen sie etwas ab, wie man sagt, so wird die Seriosität eben dieser Gegenwehr auf Grund der Geringfügigkeit der Verletzungen, die sie im Kampf mit den

Gangstern davontragen, angezweifelt. Der Geldtransportfahrer muß sich beinahe oder ganz umbringen lassen, wenn er nicht als Komplize der Überfallenden erscheinen will. So ist der Geldbote allmählich wegen der Spitzfindigkeiten der Kriminalromanautoren und der Kriminalfilmregisseure zu einer zwielichtigen Gestalt geworden. Man nimmt von Haus aus an, daß ihn das Frachtgut etwas angehe, daß *den Kutscher* also der Hafer steche, daß er an das große Geld herankommen möchte. Natürlich ist der Geldtransporteur oder Geldtransportfahrer im Dilemma aller niedrig Bediensteten, die in Banken oder Kassen mit großen Geldbeträgen zu tun haben. Sie müssen von Berufs wegen in Unmengen von Geld, in Geld- und Goldbergen wühlen, das Geld sozusagen ständig umschaufeln, und selbst verdienen sie einen Pappenstiel. *Pappenstiel* kommt vom Stengel der *Pappenblume,* eigentlich »Pfaffenblume«, und ist der niederdeutsche Ausdruck für den Löwenzahn, dessen Samenkronen vom Stiel weg im Wind verwehen.

Wer einen Pappenstiel verdient und sieht, wie andere verdienen, kann natürlich leicht in Versuchung geraten, außerhalb der Legalität etwas für sich und seine vielen Kinder abzuzweigen oder auch sich ein Körberlgeld für einen Casinobesuch zu genehmigen. Das kommt natürlich immer wieder vor. So wie ja auch früher keinen Boten die zu überbringende Botschaft (um ein *Gerundivum* zu benützen) kalt gelassen hat. In archaischen Gesellschaften sind bekanntlich die Überbringer schlechter Nachrichten für die Schlechtigkeit der Nachricht bestraft, ja sogar hingerichtet worden. Die Boten aber, die gute Botschaften überbracht haben, wurden fürstlich bewirtet und reich beschenkt.

Einfache Menschen halten offenbar an diesem Brauch bis heute fest. So hat mir etwa ein Briefträger erzählt, daß er draußen am Stadtrand, wo sein Rayon ist, am Monatsersten, oder auch in der letzten Woche eines Monats, wenn er mit den Pensionen oder genauer den Renten zu den einfachen älteren Menschen kommt, besonders viel Trinkgeld erhält. Die älteren und ärmeren Menschen, die an sich keine hohen Apanagen oder Pensionen beziehen, sondern nicht selten nur die Mindestrente, und die auch kein Konto bei einer Bank eingerichtet haben, denen die Rente also nicht einfach überwiesen, sondern wirklich und auch heute noch *gebracht* wird, diese guten alten, armen Leute geben im Verhältnis zur Höhe ihrer Rente zum Teil exorbitant hohe Trinkgelder, zweihundert Schilling bei neuntausend Schilling Rente sind, wie mir der Briefträger und Geldbote gesagt hat, keine Seltenheit. Natürlich wissen auch diese Menschen, daß das Geld nicht vom Postboten kommt, sondern von der Pensionsversicherungsanstalt, sie wollen aber ihre Freude über die Zuwendung in ihrer Bescheidenheit mit jemandem teilen. Und was oder wer liegt oder steht dann näher als der Überbringer und Bote. Dieser Geldsegen sei aber auf die Vorstadt und die Wohnsiedlungen draußen beschränkt, die begüterteren Leute in der Innenstadt oder in den Villenvierteln lassen sich ja heute alle ihre hohen Pensionen überweisen. Von ihnen kann der Briefträger keine Trinkgelder erwarten. Und es steht auf einem anderen Blatt, daß mancher altgediente Briefträger und Geldbote das Wort »Trinkgeld« leider wörtlich nimmt und an solchen Tagen »ins Quartal fällt« und in den Wirtshäusern seines Rayons wirklich zu trinken beginnt. Das ist natürlich nicht ungefährlich. Denn der Teufel schläft nicht, und er denkt sich sein Teil, wenn er einen Angeheiterten – von Betrunkenen, Besoffenen oder sogenannten Vollfetten ganz zu schweigen –, wenn er also einen leicht Beschwipsten und Beschwingten mit einer prall gefüllten Geldtasche durch das Gelände zwischen den Wohnblöcken wanken sieht.

Dies ist ein eigenes Kapitel, geht zu Lasten der Briefträger, gehört aber natürlich nicht hierher. Es gehört nur insofern hierher, als die Reisenden und die »Reisigen«, wie man früher die berittenen Söldner genannt hat, immer in Gefahr geraten und sich manchmal selbst freiwillig in Gefahr begeben. Wie gefährlich leben, so gesehen, nicht etwa die Taxifahrer. Nicht der Verkehr ist für die Taxifahrer meist die eigentliche Gefahr, der Verkehrsunfall, sondern der Betriebsunfall in Form des Überfalls! Wie viele Taxilenker sind nicht schon ausgeraubt worden, von den vielen Toten gar nicht zu reden. Das gesamte Mietwagengewerbe ist ständig mit Kriminalität konfrontiert. Die Taxis einer Großstadt sollten gleich von der Kriminalpolizei betrieben werden.

Taxichauffeurinnen aber sollten vor allem nachts überhaupt Geleitschutz von der Polizei bekommen. Die armen Frauen nächtens in Taxis! Sie müssen furchtlos sein und unerschrocken. Und sie tun gut daran, sich ihre Kundschaften anzuschauen, obwohl sie sich »die Kunden leider nicht aussuchen können«. Und meistens merkt man es den potentiellen Übeltätern am Gesicht nicht an. Daß viele der nachts Taxi Fahrenden betrunken sind, ist jedermann und jederfrau evident, denn der Alkohol ist ja der große Arbeitgeber des Mietfahrgewerbes, die Promillekontrollen der Polizei und die Angst vor dem Führerscheinverlust sind der Hauptmotor des Taxigeschäftes. Die Einführung der Nullkommaachtpromille könnte so gesehen eine Erfindung des Innungsmeisters der Taxler gewesen sein. Andererseits ist es natürlich auch keine Freude, immer Betrunkene zu transportieren. In den Taxis stinkt es dann auch immer wie beim Branntweiner oder in der Stehweinhalle. Und manchem nächtlichen Fahrgast wird dann durch das Schaukeln auch noch schlecht, er wird immer ruhiger, gibt aber kein Zei-

chen, sondern übergibt sich und »zeichnet« das Auto. Damit ist die Bescherung total.
Mir hat einmal ein Taxifahrer, der mich vom Wiener Südbahnhof in ein Bildungshaus nach Neuwaldegg zu einem Griechischlehrerkongreß gebracht hat, erzählt, daß er manchmal nachts, wenn er einen in dieser Weise auffälligen oder gar ausfälligen Fahrgast zu befördern habe, besonders vorsichtig in die Kurven gehe. Denn die Kurven und das Kurvenfahren seien die eigentlichen Übeltäter und Übelkeitsauslöser. Aber natürlich könne er nicht geradeaus fahren, Wien sei nun einmal krumm und verbogen, sagte der Taxler, wie auch alle anderen Städte. Die ganze Welt sei derart verwinkelt und verzwickt, daß einem schlecht werden muß! Man müsse sich winden und schlängeln, das Durchschlängeln sei die eigentliche Kunst des Taxlers, das Wissen um Schwachstellen und Engpässe und um Staus. Ausweichen heiße die Devise, sagte der gesprächige Taxler. Die Kundschaften mißverstehen dieses Ausweichen freilich oft als Übervorteiltwerden, als mache der umwegfreundliche Fahrer leere Kilometer, um an das Geld des Fahrgastes heranzukommen. Ein böses Mißverständnis, sagte er, eine üble Unterstellung, ein absichtliches Mißverstehen oft... Im übrigen beschwerte sich der Fahrer, daß es viel zu viele Taxis gebe, weil der Magistrat einfach ständig Konzessionen austeile, um an den Gebühren und den Steuern für diese Konzessionen zu verdienen. *Konzession,* sagte ich damals dem verblüfften Lenker meines Taxis, komme von *concedo, concessi, concessus,* das heiße »zugestehen, erlauben«. Wollen Sie mich pflanzen, sagte der Taxler nach einem kurzen Schweigen der Verblüffung. Warum, sagte ich, nein, gar nicht! Belehren will ich. Pflanzen höchstens im Sinne des *Seminars,* was »Pflanzstätte« bedeute, weil das Geschäft des Lehrers immer mit dem des Bauern, der sät und erntet und

pflanzt und vor allem veredelt, verglichen worden ist. Sie sind ein komischer Vogel, sagte der Taxler. Als ich meinen ihn weiter nicht interessierenden Gesprächsbeitrag beendet und meine »Wortspende« abgeliefert hatte, sagte der Taxler, der Magistrat habe immer wieder neue Ausreden für die Inflation von Taxikonzessionen, es sei ihm kein Argument zu billig, um neue Berufsbewilligungen ausgeben und kassieren zu können. Wenn irgendwo in der Stadt ein Kongreß von Briefmarkensammlern stattfinde, dann bedeute das auch schon wieder eine Vermehrung der Konzessionen. Als aber in Innsbruck seinerzeit eine Olympiade, wie er fälschlicherweise die Olympischen Winterspiele bezeichnete, stattgefunden habe, seien die Konzessionen gleich verdoppelt worden.

Da horchte ich natürlich auf, als ich *Olympiade* hörte, wie ich als Gräzist überhaupt in einer Art innerer Anzeige bei jedem griechischen Wort aufhorchen muß, das ist schon eine zwanghafte Angelegenheit. Und ich dachte bei mir, wurde aber nicht laut, weil mir schon die Etymologie von *Konzession* keinen Beifall von meinem Fahrer eingebracht hatte, dachte also bei mir, daß diese Konzessionen, die wegen Olympia ausgegeben worden sind, eigentlich *Parachorese* heißen hätten müssen, wenn sie sich schon den Griechen verdanken. Die Griechen haben freilich zu jenem Ereignis, aus dessen Grund die Innsbrucker Taxis verdoppelt wurden, wenig beigetragen, denn Winterspiele hat es im antiken Griechenland bestimmt nicht gegeben. Die alten Griechen hätten es als ein Sakrileg und als Entweihung oder griechisch gesprochen, als eine *Blasphemie,* von *blasphemein* »schmähen, lästern«, als eine Gotteslästerung also, empfunden, wenn sie vom Olymp, dem der Schnee durchaus nicht fremd ist – Schnee und »ewiges Eis« – »abgefahren« wären, per Slalom, gewunden also oder in der Direttissima wie beim Abfahrtslauf oder kompromißhaft sozusagen wie beim Riesenslalom. Riesenslalom bedeutet übrigens nicht, wie ein Sport- und Sprachunkundiger vielleicht meint, daß hier Riesen, ähnlich den griechischen Heroen oder Giganten, die neben den Göttern und den Musen den Helikon und den Olymp bevölkerten, am Werk, am Fahr-Werk seien; das »Riesen« in »Riesenslalom« bezieht sich vielmehr auf die geringere Anzahl der Kurven, die durch Slalomstangen angezeigt werden. So hat denn nach dem Ende der olympischen Götter auch vom Olymp ein Riesenslalom oder auch eine Riesen-Abfahrt stattgefunden. Man darf aber gern wie Friedrich Hölderlin, der verhinderte evangelische Pfarrer oder Pastor, auch dem Verlust der griechischen Götterwelt nachtrauern, wie ja jeder Religionswandel auch ein Religionsverlust ist. Und bei einer »Religion innerhalb der Grenzen der bloßen Vernunft«, wie sie Immanuel Kant, der große Idealist und Aufklärer, in seiner bekannten Schrift »propagiert«, handelt es sich wohl auch um eine sehr dürftige, eben »entblößte« oder auch »bloßgestellte« Religion. Religion aber braucht den saftigen Boden des Geheimnisses, nicht den trockenen Grund der Vernünftelei.

Für jene Winterolympiade also, sagte mein Taxler, hätte der Innsbrucker Magistrat die Konzessionen verdoppelt. Da sagte ich zu meinem Taxler, *Olympiade* bedeute ursprünglich den Zeitraum von vier Jahren zwischen den Olympischen Spielen, was aber machen die damals neu zugelassenen, also konzessionierten Taxis in der Zwischenzeit? Sie sagen es, sagte der Fahrer, die Magistrate handeln sehr kurzsichtig. Ich mußte meinem Fahrer damals recht geben, obwohl ich die Erfahrung gemacht habe, daß viele Taxifahrer auch große Mauler sind und den Städten, in denen sie unterwegs sind, nicht immer nur zur Ehre gereichen. Ich habe, gerade was das Politische betrifft, auch schon hanebüchene

Reden und manchen Stumpfsinn gehört. Das gesunde Volksempfinden ist oft eine schwere Krankheit!

Und geärgert habe ich mich manchmal auch über die Ortsunkenntnis der Taxifahrer. So habe ich einmal mein Fahrziel nach dem Einsteigen als »Alte Universität« angegeben, wo heute der Sitz der Akademie der Wissenschaften ist und wo ich manchmal zu tun hatte. Der Fahrer wiederholte meinen Wunsch, aber ohne das »Alte«. Da hätte ich eigentlich schon aufhorchen und Verdacht schöpfen müssen. Und so kam es denn, daß er mich zur Universität am Ring beförderte, und als ich protestierte, weil ich zur *Alten* und nicht zur *Neuen* Universität wollte, wie es mich eben immer zum Alten und weniger zum Neuen hinzieht, da wurde er auch noch ungnädig, ja patzig und sagte, es gebe in Wien nur *eine* Universität, was damals insofern stimmte, als die Hochschulen damals »nur« Hochschulen waren, aber noch nicht nobilitiert und geadelt und im Titel zu »Universitäten« erhoben worden waren, es gab also noch die »*Hochschule* für Bodenkultur« und die »*Hochschule* für Welthandel« und die »Technische *Hochschule*« et cetera. Als ich aber ausdrücklich die *Alte* Universität verlangte, deutete der Fahrer auf die neue, graue Uni und sagte, die sei alt genug und ich solle ihm die hundertzwanzig Schilling geben und seine Droschke bitte verlassen.

Ein anderer Taxifahrer erzählte mir einmal, daß die Taxifahrer zum Teil selbst schuld an der wunderbaren Vermehrung der Konzessionen, nicht nur zu Olympiazeiten, seien, weil in vielen von ihnen der Hang zur Selbständigkeit liege und schlummere, bis die Krankheit ausbreche und den unselbständigen Lohnabhängigen, der bei einer Firma, einem Taxiunternehmer begonnen hat, der Hafer steche und er alsbald in eigener Regie und auf eigene Rechnung und Verantwortung fahren wolle. Und einige machten sich nicht nur selbständig, weil sie sich dächten, was der Chef kann, das kann ich auch, sondern sie stellten gleich auch einen anderen Fahrer ein und an, ließen also einen anderen für sich arbeiten, so wie sie früher für einen anderen gearbeitet hätten, würden also vom Arbeitnehmer zum Arbeitgeber. Natürlich hätten viele, sagte der Taxler, der es wissen mußte, Illusionen über die Selbständigkeit und Flausen in ihrem kapitalistischen Kopf. Und manchmal sei auch schon einer des Herumärgerns mit seinem Angestellten und vor allem der Schikanen der Behörden, insbesondere der Steuerbehörde und des Finanzamtes überdrüssig geworden und den Weg zurückgegangen, von der Selbständigkeit zur Unselbständigkeit, wenn ihn der alte Chef wieder genommen hat. Auch müsse man bedenken, sagte der Taxler, daß ja nicht nur die konzessionierten Taxis unterwegs seien, daß sich also nicht nur die »zugelassenen« Mietwagenfahrer auf den Standplätzen drängeln, sondern daß es ja auch viele Schwarzfahrer gebe, unangemeldete Beförderer also, die nicht nur auf eigene Rechnung, sondern sozusagen ganz ohne Rechnung fahren, Geisterfahrer des Fuhrgewerbes, blinde Passagiere, nein blinde *Kapitäne* der Landstraße und vor allem der Stadtstraßen.

Vom Riesenfuhrpark der Behörden ganz abgesehen. Es käme ja den Staat weit billiger, wenn er Taxifahrer statt eigene Herrschaftschauffeure beschäftigen würde oder wenn er wenigstens die teuren Autos, diese Riesenschlitten der Marke Mercedes, nicht selbst kaufen, sondern nur leasen würde. Der eigene Fuhrpark sei absolut unrationell und verdanke sich einzig der Renommiersucht der Politiker. Die Politiker sagten, der Staat müsse Flagge zeigen und etwas von sich hermachen, er müsse Würde darstellen und ausstrahlen, und das ließe sich am besten mit einem Mercedes 600 bewerkstelligen. Es sei ihm auch schon aufgefallen,

daß die kleinsten Staaten die größten Staatskarossen kauften, das entspreche offensichtlich einem Minderwertigkeitskomplex. Es sei grotesk, wenn die Politiker aus kleinen afrikanischen Staaten die größten Karossen betrieben. Nichts gegen die Afrikaner, sagte der Taxler, aber es sei schwer zu ertragen und eigentlich nicht anzuschauen, wenn ein Stammeshäuptling mit einer großen schwarzen Limousine, die womöglich mit Entwicklungshilfegeldern gekauft wurde, durch die Sahelzone chauffiert oder von seinem Chauffeur durch Dürregebiete in Zentralafrika kutschiert werde. Wahrscheinlich schaue der Oberste gar nicht hinaus, und die Einheimischen und die Hungernden können von draußen durch die stark getönten Scheiben im Innern auch wenig sehen. Natürlich regte sich allenthalben, in Afrika und in Europa, Widerstand gegen die politische Protzerei. Die hohen Herren ließen sich freilich dort, wo es wirklich brenne, an sich ungern blicken. Meistens hielten sie sich in der Schweiz und in ihren Chalets in St. Moritz auf oder seien auf Kur oder zur Behandlung in Genf. Zur Nachbehandlung in Gstaad.
Früher hat man gern gesagt, wenn etwas in dieser Welt nicht stimmig war, wenn himmelschreiende Ungereimtheiten oder Ungerechtigkeiten ruchbar geworden sind, etwas sei ein *Skandal.* Heute sagen diejenigen, die den Skandal liefern, etwas »mache kein Bild«. Oft heißt es auch, die Medien hätten »ein Zerrbild« gezeichnet. Alles aber, was die Politiker eingestehen und zugeben, ist, daß sie sagen, es sei eine *falsche Optik* oder auch es sei eine *schiefe Optik* entstanden. Der Ausdruck »schiefe Optik« ist ein Euphemismus, ein schönfärberischer Ausdruck für *Skandal*, zu deutsch Ärgernis. Die schiefe Optik sei also »entstanden«, heißt die Redensart, als habe es sich um einen *anonymen* Vorgang gehandelt, ein naturgegebenes und naturgesetz-

liches *Phänomen.* Ein Phänomen ist ja seiner Etymologie nach einfach etwas, was »erscheint« oder »erschienen« ist. So wie eine Sonnenfinsternis. Wenn aber in Zeiten des sogenannten Sparpakets ein Ministerium schwarze Limousinen im Dutzend bestellt, so handelt es sich um kein anonymes und naturgesetzliches Phänomen, um keine Mondfinsternis und keinen Vulkanausbruch, sondern um etwas von Menschenhand Erzeugtes, um von Menschenhand unterschriebene Geschäftsverträge. *Minister* heißt eigentlich »Diener« und ein *Ministerium* müßte sich so gesehen als »Dienstleistungsbetrieb« verstehen. Es haben sich aber auch schon Minister »bedient«, wie man weiß. Ich selbst beteilige mich, wie wohl die Mehrheit der normal denkenden und vernünftig handelnden Menschen, nicht an diesem Spiel: Ihr dort oben, wir hier unten! und an der allgemeinen Politikverdrossenheit, der ständigen Raunzerei und Miesepeterei. Ich glaube auch nicht an die »anständigen Leute« oder die »fleißigen Leute«. Wir sind alle ein bißchen anständig und ein bißchen unanständig, fleißig beim Jammern und ein wenig faul beim Abstellen von Mißständen. Oft habe ich freilich den Eindruck, daß die Wiener Mundart schon von ihrem Ton her, der Aussprache etwa der Vokale, der Zwielaute (griechisch Diphthonge) von Mißmut oder Raunzerei imprägniert ist. Man kann in dieser Mundart gar niemanden oder irgend etwas loben. Die Wiener Mundart ist schon rein phonetisch auf Abfälligkeit gestimmt, auf Überheblichkeit auch gegenüber der Provinz, auf Besserwisserei gegenüber den Hintersassen in den Bundesländern, die von den Wienern bekanntlich »die Gscherten« genannt werden, was einmal »die Bauern« bedeutet hat.

So ist ja bekannt, daß die Wiener früher von dem alten oberösterreichischen Autokennzeichen, das bekanntlich mit »O« für »Oberösterreich« begann, wegen der Gestalt dieses

»O« von einer »Erdäpfelnummer« sprachen. »Schau dir diesen Gscherten mit der Erdäpfelnummer an.« Einmal habe ich aber einem Taxler, der in dieser Weise über einen »Gscherten« mit seiner Erdäpfelnummer gemotzt hat, obwohl es mich als Kärntner nichts angeht, gesagt, daß das »O« in Wien offenbar neuerdings in großem Ansehen stehe, sonst hätten die Wiener Zentralisten unseren Staatsrundfunk nicht ORF genannt, und sonst hätte man nicht aus der alten ÖMV, der »Österreichischen Mineralölverwaltung«, eine »Osterreichische Mineralölverwaltung« gemacht. Oder bedeutet OMV vielleicht »Oberösterreichische Mineralölverwaltung«? Das habe ich damals einem Taxler zu bedenken gegeben. Im übrigen, habe ich vorhin gesagt, beteilige ich mich nicht an den Wiener Taxler- und Hausmeisterraunzereien über die Politik, über Staat und Kirche, Caritas und Ausländer. Denn, so wie es betrieben wird, ist es ein »Deppensport«, was nicht heißt, daß in jenen Quengeleien nicht oft ein Körnchen, ja ein gehöriges Korn Wahrheit steckt. Ich höre mir die Auslassungen der Wiener Taxler an und denke mir mein Teil. Ich trete als Osterreicher hin, denk mir mein Teil und laß die andern reden. Aber ich höre gern zu, nicht nur meinem Bruder Franz, sondern durchaus auch den Taxifahrern.

Mit besonderem Vergnügen erinnere ich mich etwa daran, daß einmal ein Taxler seinen Stand mit dem sogenannten »ältesten Gewerbe der Welt« verglichen hat. Die Konzession sei eine Konzession zur Prostitution. Und so wie es auf jenem Gebiet viele »Schwarze« gebe, also Geheimprostituierte, so gebe es eben auch im Fuhrgewerbe viele »blinde Kapitäne«, wie er sagte. Nicht alle Taxler haben den »Deckel«. Ich wurde belehrt, daß der »Deckel« jenes Dokument ist, das die Gesundheitsbehörde des Magistrats den registrierten »Dirnen« – wie es früher hieß – nach der obligaten monatlichen Untersuchung ausstellt, das Unbedenklichkeitszeugnis sozusagen, das zur Fortführung des Gewerbes berechtigt. Es stellte sich später freilich heraus, daß dieser Taxler seinen Stand nicht von ungefähr mit Zuhälterei und Prostitution in Beziehung setzte. Er schien sich auf beiden »Gebieten« hervorragend auszukennen. So wie er seine Heimatstadt Wien »wie seine Westentasche« kannte, also alle Straßen und Gassen, so kannte er auch alle entsprechenden Plätze und Lokale. Ohne daß man fragen oder Neugierde zeigen mußte, bekam man vieles, ja alles mitgeteilt, was die einzelnen Damen wo und wann oder für wie lange kosten und was in den einschlägigen Lokalen an Programm geboten wird. Er hatte auf dem Armaturenbrett auch ein kleines Reklameschildchen für ein Etablissement namens ORCHIDEE. Ich fragte ihn, ob er von dieser »Orchidee« etwas bekomme, wenn er in seinem Auto dafür Reklame mache. Wo denken Sie hin, sagte er entrüstet.

Ja, wo dachte ich hin: Natürlich setzte sich wieder »mein griechisches Hirn« in Bewegung, und ich mußte schmunzeln bei dem Gedanken an das *Etymon,* die »Wurzel« der Pflanze *Orchidee,* in deren Name bekanntlich – oder nur für den Griechischkenner »bekanntlich« – griechisch *orchis* für deutsch »Hoden« steckt. Welch hohes ästhetisches Ansehen hat doch die Orchidee und welch »niedrigen« Namen, ohne daß es die Leute wissen. Auf deutsch heißt eine bestimmte Art von Orchideen in schöner Zweideutigkeit »Knabenkraut«. Es ist ein Vergnügen zu sehen, wie jemand, der sprachlich nicht perfekt ist, bei der Bezeichnung seines Etablissements sozusagen *instinktiv* auf den richtigen Namen kommt. Deine Sprache verrät dich ja, sagen die Mägde zu Petrus im Hof des Hohenpriesters – gemeint war: als Galiläer. Hier hat die Sprache etwas verhüllt, dem Kundigen aber einen Wink gegeben und einiges enthüllt. Zugleich war der Name »Orchidee« für jene Bar auch wieder irreführend, weil der erwähnte Hintersinn bei der Bezeichnung jenes Stripteaselokals keine Rolle gespielt haben kann, denn es handelte sich ganz offensichtlich nicht um die den Griechen, vor allem den Lehrern der Akademie und der Peripathetischen Schule nachgesagte »Knabenliebe«, sondern ganz offensichtlich ausschließlich um eine Institution der *Heterosexualität,* wiederum griechisch gesprochen! Man wollte einfach nur die schöne Frau mit einer prächtigen Blume vergleichen. Das war ja gut oder jedenfalls gut gemeint, wenn es auch in der »Tiefenstruktur« ein wenig mißlungen war. Es ging buchstäblich in die Hose. Hetären wurden schließlich auch schon im Altertum und in allen Kulturen mit Blumennamen bedacht und »geschmückt«. Der Name soll der Person zur Ehre gereichen, wenn auch das Gewerbe ein wenig anrüchig sein mag oder gar »unehrlich«, wie man im Mittelalter gesagt hat, dem aber die Bordelle auch nicht unbekannt waren.

So sah ich gleich, daß es keinen Sinn gehabt hätte, mit meinem Chauffeur über meine müßigen philologischen Gedanken über die Herkunft und die »eigentliche« Bedeutung von *Orchidee* und mein Erstaunen, daß es sich dabei um kein Päderastenlokal handelte, obwohl der Name in diese Richtung deutete, zu sprechen, und so schwieg ich. Mit Sprachen, außer vielleicht mit dem Englischen, der besonderen Form des Ottakringerischen Englisch vermutlich, hatte der Taxler sicher nichts am Hut. Und hätte ich ihm gesagt, daß ich ein Griechischbegeisterter bin, so hätte er mich vermutlich, wie es mir schon passiert ist, vielsagend von der Seite angesehen oder vielleicht wie ein Lehrer mit dem Zeigefinger gedroht und gesagt: Sie Schlimmer! Denn »Griechisch« wie etwa auch »Französisch« ist im Volksmund nicht nur und sogar nicht mehr zuerst ein Name für eine Sprache,

sondern für »eine bestimmte Art zu verkehren«, wenn das Wort »Verkehr« hier im übertragenen Sinn verwendet werden kann. Heute würde sich nicht einmal ein Dichter vom Rang eines Friedrich Dürrenmatt ein Buch mit dem Titel »Grieche sucht Griechin« zu veröffentlichen trauen, weil es als *obszönes* Inserat empfunden würde. Denn neuerdings spielt das Wort »griechisch« in den Inseraten der Kleinanzeigen der Boulevardzeitungen eine wichtige Rolle, es geht aber jeder fehl, der meint, in diesen Inseraten werde Nachhilfeunterricht in der griechischen, der altgriechischen Sprache angeboten.
Der erwähnte Satyriast unseres Lehrkörpers, immer zu Herrenwitzen und dummen Späßen aufgelegt, ging im Konferenzzimmer einmal an meinen Platz herbei, wo ich Schularbeitenhefte korrigierte und mich mit den Sinnlosigkeiten der Schüler-Übersetzungen von Xenophons »Anabasis« abplagte, um zugunsten der Schüler wenigstens noch einen Funken Richtigkeit und wenn schon nicht Sinn, so doch Neben- oder Hintersinn zu entdecken und auf eine positive Note zu kommen, ging also an mir vorbei und sagte vernehmlich: Griechisch ist im Arsch. Womit wohl alles gesagt war. Da sah ich wieder einmal, daß wir vernünftig Denkenden uns kaum eine Vorstellung machen können, wie sich eine schmutzige Phantasie zu den absurdesten Wahnideen und Obsessionen versteigen kann. Den Religiosus in unserem Lehrkörper belästigte der Satyr ebenfalls öfters mit dummen anzüglichen Späßen. So fragte er ihn einmal, ob er die Missionarsstellung bevorzuge. Worauf der schlagfertige Religionslehrer sagte: *Anathema sis.* Der Satyr spürte den Schlag aber wahrscheinlich nicht, weil er nichts verstand. Besser hätte vielleicht gepaßt: *Vade retro Satanas.* Das hätte der Sexist und Satyriast möglicherweise besser verstanden.

Als sich der Taxler, der sein Gewerbe mit dem ältesten Gewerbe der Welt verglich, in Fahrt geredet hatte, wurde ich wieder einmal eines Umstandes gewahr, der mir schon öfter begegnet ist: Daß nämlich, in der Terminologie Max Frischs gesprochen, viele Brandstifter wie Biedermänner reden. So wie ja immer wieder Feuerwehrmänner Brände legen und zündeln. Gerade junge Feuerwehrmänner haben schon manches Haus entflammt. Es liegt also alles, das Gute und das Schlechte, näher beisammen, als man denkt. Und wenn ein Taxifahrer besonders über die Zuhälter schimpft und sich das Maul zerreißt, dann kann es sein, daß er nicht über die Zuhälter und die Zuhälterei an sich schimpft, sondern daß er über die Konkurrenz wettert und daß er auf die Mitbewerber böse ist. So wie sich angeblich auch Prostituierte, wenn sie aufeinander böse sind, Prostituierte schimpfen. Jugoslawen schimpfen einander Jugo oder Tschusch, Türken nennen sich Türken, die Wiener nennen sich gegenseitig Schlawiener oder auch nur Wiener oder »Riesenwiener vom Schwein«! Doch es soll nicht ganz verschwiegen werden, daß manche Sünder schließlich fromm werden, oft sogar bigott und päpstlicher als der Papst. Natürlich wirkt es komisch, wenn jemand sein Lebtag lang venerisch gefehlt hat und dann, wenn ihm die Natur diese Sünden nicht mehr nahelegt oder erlaubt, moralisch wird und zu wettern anfängt. Es heißt: Die Katze läßt das Mausen nicht. Man muß sich also rechtzeitig entrüsten, sonst hat die Entrüstung keine Glaubwürdigkeit mehr.
Nicht nur von Franz weiß ich, sondern auch aus eigenen Erfahrungen mit Chauffeuren, deren ich als Nichtführerscheinbesitzer nicht wenige kenne, daß alle Fahrer ihr Fahrerdasein meistens als nicht von Dauer und als eine Zwischen- und Übergangslösung, als eine Verlegenheitsbeschäftigung ansehen. Nur die alten Taxler haben natürlich diese

Illusionen nicht mehr. Sie wissen, daß sie sind, was sie sind. Es ist ja nun wirklich verständlich, daß ein Mensch im Leutetransportieren nicht leicht seinen Lebenssinn finden kann. Wie soll einer darin sein Traumziel, beruflich gesehen, erblicken? Von der Bezahlung ganz abgesehen, Reichtümer sind damit bekanntlich nicht zu erwerben. Ein Haus wird sich davon kaum einer bauen oder kaufen können. Er wird bescheiden als Mieter wohnen müssen, vielleicht sogar nur als Untermieter.

Manchmal »jobben« Studenten nebenbei als Taxifahrer. Ich habe die Erfahrung gemacht, daß sogar sehr viele Taxifahrer nebenberufliche Studenten oder daß sehr viele Studenten nebenberufliche Taxichauffeure sind, so muß man sagen, obwohl sich das »Studententum« von Taxifahrern oft auch schon als vorgeblich und als Angabe, als bloße Behauptung erwiesen hat. Schutzbehauptung, könnte man sagen, wenn man wüßte, worin der Schutz der Behauptung bestehen könnte. In vielen Fällen wird das behauptete Studium einfach bloß eine Maßnahme zur Imageverbesserung sein. Man will nicht das sein, was man ist, man will mehr scheinen als sein. Denn ich habe bei meinen vielen Taxifahrten schon manchmal einem angeblichen Studenten auf den Zahn gefühlt und einige Fragen gestellt, deren mangelhafte Beantwortung mir das Studium als ein Scheinstudium und als Fiktion erscheinen ließ. Es verhält sich mit einigen dieser Studenten wohl ähnlich wie mit jenen Studenten, die einem an der Wohnungstür Zeitschriften anbieten und verkaufen. Wenn mir jemand an der Tür Zeitschriftenabonnements anbietet oder aufnötigt und sagt, er sei ein Student, und er sei auf diese Abschlüsse angewiesen, dann sage ich, ich gebe ihm lieber eine Spende, also ein kleines einmaliges Stipendium, als die Unterschrift für ein Abonnement, das man dann nie mehr los wird, weil man die einzig vorgesehene

Stunde im Jahr, in der eine Kündigung möglich wäre und ausgesprochen werden kann, regelmäßig übersieht und dann ein Abonnement für die Ewigkeit und den Papierkorb hat.

Einmal aber – und das ist die Ausnahme meines Lebens – bin ich in einem Wiener Taxi wirklich und wahrhaftig von einem Studenten, und zwar einem der Klassischen Philologie, gefahren worden. Heureka! Es war eine Lust, mit diesem Studenten über Fragen der Antike zu sprechen, uns beiden bekannte Literatur zu zitieren, Meinungen über Übersetzungen von Homer und Aristophanes, Pindar oder Platon auszutauschen, Studienpläne und Curricula, den Lesekanon des humanistischen Gymnasiums zu diskutieren. Wie gern wäre ich mit diesem jungen Gelehrten nicht bloß vom Südbahnhof zur Alten Universität gefahren, ich wäre mit ihm gern bis Innsbruck oder Prag gereist, dann wäre er auf seine finanzielle und ich auf meine ideelle Rechnung gekommen. Der Taxistudent hat natürlich auch gewußt, daß es und wo es eine Alte Universität gibt. Einen Aufkleber der Orchideenbar aber habe ich bei ihm nicht gesehen. Er hatte wohl andere Interessen.

Wenn jemand wie mein Nebenberufschauffeur im Hauptberuf ein sogenanntes *Orchideenfach* studiert, dann hat er andere Interessen als jene, für die die Nachtbar »Orchidee« gestanden haben mag. Obwohl man sich auch über ernsthafte Wissenschaftler diesbezüglich keine falschen Vorstellungen machen darf. Es wurden auch schon Professoren der Archäologie in Bordellen gesichtet, und auch Dekane der Theologischen Fakultäten trifft man nachts nicht nur bei der *Nokturn,* der nächtlichen Anbetung. Nehmen wir zu ihren Gunsten an, daß sie schlafen, den Schlaf des Gerechten schlafen. Ja, die Sünde scheut das Licht. Wichtiger als über das Allzumenschliche an akademisch hochgestellten

Personen zu spekulieren, ist es, ein Wort über den abwertenden Ausdruck »Orchideenfach« zu sagen. Praktiker und Technokraten haben allen sogenannten unpraktischen und nicht technischen Fächern diesen Abnamen gegeben, als handle es sich bei ihnen allen bloß um Beiwerk und Schmuck, um Luxus und »Überbau«, nicht weiter notwendige Beschäftigungen und Tätigkeiten.

Heute, wo der Materialismus frecher und frecher wird, wo sich alles rechnen muß und alles auf Gewinnmaximierung und Kostensenkung aus ist, wo »gespart werden muß« und darum Sparpakete geschnürt werden, wird auch sehr gern an der falschen Stelle gespart. Und die Frage »Wozu brauchen wir das?« ist allgegenwärtig, und sie wird vor allem den Geisteswissenschaftlern gestellt. Ich treffe immer wieder Menschen, die alles streng nach dem sogenannten produktiven und unproduktiven Sektor dividieren und dem unproduktiven Sektor mit ihren platten Nützlichkeits- und Rationalitätsdummheiten begegnen. Und sie kommen sich besonders schlau und witzig vor, wenn sie – fälschlicherweise – sagen, nur der siegreiche Kapitalismus könne sich den unproduktiven Sektor und die Orchideenfächer an den Universitäten leisten. Sie sehen also nur diesen Einweg, diese Einbahnstraße der Finanzierung und der Dotierung von der Wirtschaft her zur »zweiten Welt« der Geistes- und Kulturwissenschaftlichen Fakultät hin. Sie fühlen sich als die großen Sponsoren, Mäzene und Gönner. Natürlich wird jeder Geisteswissenschaftler wie auch jeder ausübende Künstler froh sein, wenn einer seiner Bücher liest oder seine Bilder kauft. Wenn sich aber ein Reicher ein großartiges Bild kauft und an die Wand hängt, dann ist es sehr die Frage, wer der eigentlich Beschenkte ist.

Ein besonderer Bereich ist freilich der Dienstleistungssektor. Es gibt ganz hartgesottene Utilitaristen, also kapitalisti-

sche und materialistische Nützlichkeitsfanatiker, die auch die meisten Berufe dieses Sektors für entbehrlich halten. Sie machen sich auch auf diesem Gebiet alles selbst, essen Konservennahrung und schneiden sich die Haare selbst. Genaugenommen, sagen sie, braucht es überhaupt keine Friseure, man kann sich die Haare selbst schneiden, wenn man sie nicht ohnedies schon verloren hat. Sie sagen, früher sei das Hauptgeschäft der Friseure das Rasieren gewesen, die Friseure waren also weniger Friseure als Barbiere, weniger Coiffeure auch als Scherer und Schaber. Heute lasse sich kein Mann mehr beim Dienstleister den Bart scheren oder rasieren. Man rasiert sich selbst, elektrisch und automatisch. Nur die Toten, wenn sie aufgebahrt werden oder wie früher aufgebahrt worden sind, wurden oder werden vom »Anstaltsfriseur« diesbezüglich »behandelt«. Alles andere erklären diese Nützlichkeitsrabiaten als Luxus. Wenn aber einer das ganze Friseurgewerbe für ein »Orchideenfach« hält und wenn sich dieser Standpunkt durchsetzen möchte, würden wir »schön ausschauen«. Wenn die Haarkünstler etwa bei den Damen ihre Kunststücke unterließen, wieviel ärmer wäre die Welt, wie unansehnlich, mag auch manche Frisur mit Recht als »verrückt« bezeichnet werden! Aber auch diese Übertreibungen gehören zu unserem Leben, es ist gut, daß einer den Scheitel links, der andere in der Mitte, der dritte rechts trägt und der vierte keinen Scheitel kennt. Die Alternative zu dieser Vielfalt wäre wirklich und buchstäblich das ästhetische »Fiasko«.
Ich kenne aus meiner Jugend noch den Ausdruck »Fiasko« beziehungsweise als eine Verballhornung und Nebenform zu diesem das »Fiesko« beziehungsweise »Fieschko« – für eine »Frisur«, nein, keine Frisur, sondern für eine Glatze, die die Mutter den Buben geschnitten hat. Meine Brüder etwa gingen noch mit der sogenannten Fieschko zur Schule,

vor allem bei der Einschulung und in den unteren Klassen. Ich selbst war als der Jüngere froh, daß dieser Brauch inzwischen abgekommen war und ich eine »normale« Bubenfrisur behalten durfte. Die Wörterbücher belehren einen, daß das Wort »Fiasko«, das italienische Wort *fiasco* – »blutsverwandt« mit dem deutschen »Flasche« – aus der Welt des Theaters kommt und eine katastrophale Aufführung bezeichnet, die man heute vielleicht als »Flop« bezeichnen würde. »Die Flasche machen« hieß als Theaterredewendung soviel wie »Bauchfleck« oder »Bruchlandung« oder »Blamage«. Von der Übertragung des *Fiasko* auf eine Frisur wissen die Wörterbücher bedauerlicherweise nichts, es ist also noch nicht bis zu ihnen vorgedrungen. Meine eigenen Forschungen nun haben ergeben, daß *Fiasko* für eine Frisur davon abgeleitet ist, daß beim Schneiden einer solchen Frisur ein Topf, für den *fiasco* neben »Flasche« ebenfalls steht, eine Rolle spielt, der dem »Delinquenten« aufs Haupt gesetzt wird. Die darunter herausragenden und herunterhängenden, die »überstehenden« Haare werden mit der Schere abgeschnitten, was dann wirklich eine Art Topffrisur, einen »Pilzkopf« vielleicht auch, ergibt. Das Ergebnis einer solchen Coiffure jedenfalls hat der österreichische Volksmund früher *Fiasko* genannt. Ein wirkliches Fiasko aber wäre das Leben ohne die Friseure und ohne die Indogermanisten, die Archäologen und Gräzisten. Die Utilitaristen wissen es nur nicht. Wir werden es noch erleben, wohin es führt, wenn alles abgeschafft wird, »was sich nicht rechnet«, und alles weggeschnitten, was übersteht … Am Schluß werden wohl die »Abschaffer« selbst abgeschafft, weil sie sich auch nicht mehr rechnen. *Principiis obsta!* Wehret den Anfängen!

Bruder Franz hatte, wiewohl als Chauffeur selbst »Dienstleister«, ebenfalls keine hohe Meinung vom Dienstlei-

stungsgewerbe. Weil er als nüchterner und ein wenig resignierter Mensch von sich selbst keine hohe Meinung hatte, bevor er, wie schon bemerkt, »konvertrierte«.
Wenn er so vor sich hin dachte, was er gerne tat, dann sagte er oft, die übertriebene Mobilität der Jetztzeit führe geradewegs »in den Stau«, also in die »Unbeweglichkeit«. Wenn alle fahren, fährt bald keiner mehr, weil nichts mehr geht. Im übrigen müsse er auch daran denken, daß er durch Fahren Umwelt zerstöre, weshalb man immer den Nutzen gegen den möglichen Schaden abwägen solle. Wenn ich dem Franz bei seinen Überlegungen so zuhörte, dachte ich, daß es wieder einmal die Fragen der klassischen Poetik waren, die er sich stellte, und die man auch auf seinem Gebiet wie auf so vielen anderen anwenden und bedenken könnte: *Quis, quid, ubi, quibus auxiliis, cur, quomodo, quando,* also auf deutsch: Wer, was, wo, womit, warum, wie und wann? Und ich dachte den *Casus* bei mir weiter und zu Ende und kam zu dem Schluß, daß, wenn man die ständig rigoroser werdenden Kriterien des Franz anwendete, kaum eine Fahrt einer solchen Prüfung standhielte.
Natürlich hatte Franz immer besonders drastische Beispiele von »Perversionen« von Dienstleistungen vor Augen. So sagte er einmal zu mir: Was soll man denn, lieber Bruder, davon halten, wenn im Sinne deines immer zitierten *Quis, quid, ubi* ein armer Fahrer etwa seinen Herrn, einen »an sich« verheirateten neureichen Unternehmer im christlichen Abendland, einen »Spitzenverdiener« in Österreich, mit einem wirklich »sündteuren« Auto, einem Benzinfresser der Spitzenklasse, mit überhöhter Geschwindigkeit (Strafmandate spielen keine Rolle) hundert Kilometer über Land ins Bordell von »Babylon« fährt, und das vielleicht noch am Karfreitag, um auch die Frage *quando* zu beantworten… Auf einer solchen Fahrt, sagte Franz, »ist kein Segen nicht

drauf«. Das sei vielleicht ein konstruiertes Beispiel, sagte Franz, aber fast alle »Kutschereien«, die von Dienstleistern »getätigt« werden, hätten einen Pferdefuß. Und daß nur edle Motive zusammenkämen, sei halt sehr selten. Mancher Chauffeur fragt sich, sagt mein Bruder, was will mein Herr dort, wo ich ihn hinbringen soll? Und mancher denkt sich nicht nur: Was sucht mein Chef dort?, sondern denkt sich auch: Was hat er dort verloren? Eigentlich denkt sich sogar mancher vor Antritt einer solchen suspekten Fahrt nicht: Was hat er dort verloren?, sondern: Was will er dort verlieren? Und oft wäre es besser gewesen, einer hätte die Fahrt nicht angetreten, weil er auf jener Fahrt wirklich etwas verloren hat, nämlich die Ehre. Franz sagt, er sei keineswegs ein Schelm, der sich bei allem etwas Böses denke, im Sinne der Redewendung: *Wie der Schelm denkt, so ist er* oder auch des Wahrspruchs auf dem Hosenband des Hosenbandordens: *Honni soit qui mal y pense* – verachtet sei, wer Arges dabei denkt. Er habe also keine Neigung, immer in eine bestimmte Richtung zu denken. Aber ganz abweisen könne man nach einem längeren Berufsleben in dieser Branche diese Gedanken eben auch nicht. Es sei halt »naheliegend«, sagt Franz.

An dieser Stelle konnte ich meinem lieben Bruder freilich nicht ersparen, etwas zu dem von ihm im Gespräch verwendeten Wort »Schelm« beziehungsweise »Schalk« zu sagen. *Schelm* scheint ja eine Nebenform zu *Schalk* zu sein, obwohl sich die Wissenschaft darin nicht sicher ist. Die Unsicherheit resultiert zum Teil daraus, daß *Schelm* in alter Zeit eine viel schlechtere Bedeutung als heute, *Schalk* aber eine deutlich bessere Bedeutung als heute gehabt hat. *Schelm* hieß nicht nur das Aas selbst, sondern auch der Aasverwerter, also der Abdecker. In *Schelm* steckt also viel Verfaultes und eine gröbere Portion Verwesung. Der

Schelm stinkt in der alten Literatur wie ein Aas. *Schalk* aber hieß einfach »Knecht«, der vor allem mit den Pferden befaßte Diener oder »Dienstleister«. Dafür spricht auch der alte Ausdruck *Marschalk,* »Pferdeknecht«, heute *Marschall.* Weit hat es der Marschall gebracht, obwohl das Pferd in seinem Namen, das alte *mar* (Mähre, Schindmähre) seinerseits abgewirtschaftet hat. Und wenn heute ein Marschall ein Pferd besteigt, dann sicher keine Mähre oder gar Schindmähre, das Pferd des Schinders also, des Wasenmeisters oder Abdeckers. Auch in *Seneschall* steckt *Schal(k).* Der heutige Fahrer oder Chauffeur ist also demzufolge der Nachfahre des Schalks, des Roßknechts, nur daß der Schalk im Mittelalter das Pferd bloß gefüttert und geputzt, also »gewartet« hat, wie man heute sagen würde. Reiten mußte der Herr selbst. Das Reiten blieb keinem, auch dem Kaiser nicht, erspart, mag er auch von Begleitern, also anderen Reitern umgeben gewesen sein und in der Schwadron geritten sein, mit einem Rittmeister und Kavallieren. Aber wenn Karl der Große nach Rom wollte, weil es ihn in die Ewige Stadt gezogen hat oder weil ihn der Papst um einen Besuch gebeten hat, dann mußte er satteln lassen und aufsitzen und losreiten, ohne Steigbügel, ohne Sporen übrigens, die wurden erst vierhundert Jahre später erfunden. Es war also früher alles anders als heute. Es war früher alles so wie heute im Film. Die Filmstudios in Hollywood haben ähnliche Stallungen und einen vergleichbaren Pferdebestand wie damals die kaiserlichen Hofhaltungen in Paderborn, Ingelheim oder Aachen. Metro-Goldwyn-Mayer hat ähnlich viele, wenn nicht mehr Pferde, als seinerzeit der Bischof von Bamberg besessen hat. Und dort, wo sie heute die Cowboy- und Western-Filme drehen, gibt es auch ähnlich viele Schalke und Schelme wie im Mittelalter.

Ir marschalk was Dancwart... heißt es in der 25. Aventiure des Nibelungenliedes, das überschrieben ist: »Wie die Könige zu den Hunnen fuhren.« Dieses 25. Kapitel oder »Abenteuer« des Nibelungenliedes ist das Reisekapitel schlechthin und ein Lehrstück für jeden Reiseinteressierten. Es soll sich aber bitte kein Fahrer an Hagen, dem grimmen Hagen von Tronje, ein Beispiel nehmen, was den Transport von Herrschaften und gekrönten Häuptern betrifft. Ich selbst habe das Nibelungenlied nie für die »Ilias der Deutschen« gehalten und habe meine Kollegen, die Deutsch unterrichtet haben, immer von solchen Vergleichen Abstand zu nehmen gebeten. Verglichen mit Homer ist das Nibelungenlied hölzern, wenn ich auch gern zugebe, daß gerade in dieser merkwürdigen Hölzernheit oder auch Holzschnitthaftigkeit ein eigener Reiz liegt. Es ist dies ein Reiz, wie er etwa auch von Werken des sogenannten Bauernbarock ausgeht, die man am besten ja auch nicht mit den Bauten Fischers von Erlach oder den Gemälden des Kremser-Schmidt vergleichen soll, womit man der herrlichen und herzlichen Eigentümlichkeit der Werke des Bauernbarock nämlich keinen Gefallen tut. Aber was soll's – wenn die Herren Germanisten den Homervergleich so gerne bringen und schon gebetsmühlenhaft in den Klassen seit Generationen wiederholen, so hat er mit dem Alter zwar nicht an Richtigkeit, aber doch an Tradition und Ehrwürdigkeit gewonnen. Aus diesem 25. Abenteuer kann man aber nicht nur über Dankwart, den Marschall, etwas erfahren, sondern auch einiges über einen Schurken, einen Schuft und Bösewicht par excellence.

Es hat mich immer ein wenig amüsiert, wenn die Herren Germanisten, die deutschen Philologen, den Siegfried-Mörder Hagen neuerdings unter großen Verrenkungen und spitzfindigen Anstrengungen *exkulpieren*, das heißt auf deutsch »entschuldigen«. Es entspricht geradezu einer Automatik, daß die Botschaft der alten klassischen Literatur immer wieder umgedeutet wird und daß die herkömmlichen Interpretationen von den Epigonen alsbald eine »Abfuhr« erteilt bekommen, um es in der Sprache der Fahrer, der Fergen, der Fährmänner und Schiffsleute und auch der Säumer der 25. Aventiure zu sagen. Wenn mir nun einer daherkommt und sagt, der Hagen sei ja gar kein so schlechter Mensch gewesen, er habe aus Loyalität und Lehnstreue gegenüber seinem König Gunther und gegenüber seiner Königin Brünhild ehrenhaft und tapfer gehandelt und so fort, dann bitte ich die Herrn Germanisten immer, sich doch bittschön das 25. Kapitel anzusehen und dann erst weiterzureden. Das ist doch ein ganz besonderes Lehrstück über Bosheit und Schäbigkeit und Häßlichkeit und Grausamkeit. Heute hat die Grausamkeit in der Kunst ja wieder Saison, und es geht tatsächlich blutrünstig zu in verschiedenen Stücken, die ich mir gar nicht ansehen mag. Hagen aber im 25. Abenteuer steht alldem nicht nach, wenn er es nicht überbietet! Daß er den Donauweibchen, den »Meerweibern«, die Kleider konfisziert, die sie am Ufer der hochwasserführenden Donau, in der sie ein Bad nehmen, abgelegt haben, mag man noch unter Bosheit durchgehen lassen, obwohl es bei einem solchen »Pfänderspiel« auch auf die Freiwilligkeit der Mitspieler und vor allem der Mitspielerinnen ankommt. Denn die Nacktheit erzeugt bekanntlich Scham oder hat einmal Scham erzeugt. Die Meerweiber des Nibelungenliedes muß man sich eben als Weiber, das heißt ältere Frauen, vorstellen, unter denen die Neigung zur Entblößung zwecks Schaustellung nicht groß gewesen sein wird. Und so bieten die Meerweiber im Tauschgeschäft gegen die von Hagen »beschlagnahmten« Kleider auch etwas Besonderes an, nämlich das, was sie wirklich hervorragend können, nämlich Weissagen. Nachdem sie nun Hagen den Untergang der Burgunden bei den Hunnen prognostizierten, rastet dieser vollständig aus. Die Meerweiber sagen voraus, daß nur einer vom ganzen Zug der Nibelungen die »Ausfahrt« überlebt, nämlich der Kaplan des Königs. Daran erinnert sich Hagen später bei der Überfuhr und Überfahrt auf der Fähre über die Donau und nachdem er den Kaplan »bei seinem Weihgeräte«, *bî dem kappelsoume,* gefunden hat, packt er ihn und wirft ihn im weiten Bogen in die Donau. Im Gewand schwimmt man bekanntlich schwer, im Meßgewand zu schwimmen aber ist ein Kunststück besonderer Art, und es braucht ein Wunder, daß der Kleriker, der außerdem noch als Nichtschwimmer bezeichnet ist, gerettet wird. Ein geistlicher Nichtschwimmer in vollem Ornat in einem reißenden hochwasserführenden Strom – da kann man die Größe dieser Errettung erahnen! Und es reicht Hagen nicht, den Priester, den »armen Pfaffen«, bloß ins Wasser zu werfen, er hilft noch mit dem Ruder nach, »stieß ihn immer wieder zu Grund«, das heißt unter die Wasseroberfläche. Nachdem der Priester durch ein Wunder das Ufer erreicht hat, schüttelt er sich in seinem Kleid, seinem priesterlichen Kleid. Man kann gar nicht anders, wenn man die Stelle vom Priester am Ufer liest, als an einen Hund, einen armen Hund zu denken, der dem Wasser entsteigt und sich die Nässe aus dem Fell schüttelt.

Ist dem neuerdings »guten« Hagen der Mord am Kleriker mißlungen, so hat er vorher freilich schon den Fergen, den Herrn der Überfuhr, nachdem er ihn durch eine List vom anderen Ufer herübergeholt hatte, erschlagen und geköpft und sein abgeschlagenes Haupt in den Fluß geworfen. Vielleicht war der Ferge ein wenig stolz, aber ist dies ein Grund, mit einem Menschen so zu verfahren? Und man kann leicht verstehen, daß ein Fahrer oder Ferge, der von einem Passagier so hineingelegt und belogen wird wie der Ferge des Nibelungenlieds, der Mann des Landesherrn Else, die Überfuhr verweigert hatte und einen solchen Lügner und Betrüger nicht transportieren wollte. Die Fergen haben sich von alters her ihre Gäste genau angeschaut. Flüsse und Ströme haben einmal natürliche Grenzen und Barrieren dargestellt, und dementsprechend waren jene Stellen, wo übergefahren wurde, sei es ursprünglich mit einem floßartigen Boot oder später mit einer Überfuhr an einem Leitseil, das über eine Rolle über ein das Wasser überspannendes Standseil läuft, immer *neuralgische* Stellen oder *neuralgische* Punkte.

Neuralgisch kommt aus dem Griechischen, und kein Mensch kann einem pensionierten Griechischlehrer verdenken, wenn er dazu ein Sterbenswörtlein sagen möchte. *Neuron* heißt »Nerv«, und *Algos* heißt »Schmerz«. Neuralgische Punkte sind somit dem ursprünglichen Wortsinn nach »Schmerzpunkte«. *Neuralgie* ist ein medizinischer Ausdruck für den anfallsartig auftretenden Nervenschmerz, den wir Gesunden Gott sei Dank nicht kennen. Fähren nun oder Überfuhren waren in metaphorischer Ausdrucksweise solche neuralgische Punkte. Ein neuralgischer Punkt ganz besonderer Art und in doppeltem Sinn ist für den Pfaffen im Nibelungenlied die Donauüberfuhr geworden. Es ist von den Schmerzen des guten geistlichen Mannes die Rede, die ihm an jenem neuralgischen Punkt zuteil geworden sind. Neuralgisch heißt einfach auch kritisch, das freilich auch griechisch ist und mit *krinein* »prüfen, erproben« zusammenhängt und mit *Krise* verwandt ist. Die Fergen haben die Leute angeschaut, die hinüberwollten. Oft war die Stelle der Überfuhr zugleich die Mautstelle, und an den beiden Ufern herrschte ein jeweils eigenes anderes Regiment. Dann kam zur Gebühr für die Überfuhr auch noch die Maut. Die Fergen haben sich nicht nur die überfuhrwilligen Menschen angeschaut, sondern auch ihr Gepäck, ihre »Fahrnis«, also ihre Mobilien, aber auch etwa die Tiere, die sie bei sich gehabt haben. Und nicht anders als an den heutigen Staatsgrenzen, wo nicht jeder sofort seinen Kofferraum aufmacht, hat auch in der Vorzeit mancher seinen Beutel oder seine Truhe oder seine Steige nicht freiwillig und bereitwillig geöffnet. Der Ferge war darum immer auch Polizist, also eine »öffentliche« Person, eine Ordnungsmacht, ein *Organ,* womit wir freilich auch wieder tief ins Griechische eintauchen.

Der langen Rede kurzer Sinn: Übersetzen war in mehrfacher Hinsicht etwas Besonderes und oft auch etwas besonders Gefährliches. Kein Ferge wird normalerweise bei *abnormen* Zuständen, das heißt etwa bei Hochwasser, wie es im 25. Abenteuer des Nibelungenliedes herrscht, übergesetzt haben. Hochwasser und Niedrigwasser setzten die Überfuhr außer Betrieb. Bei Niedrigwasser kam freilich oft eine Sandbank zutage, und es entstand interimistisch eine Furt, die das direkte Durchwaten oder Durchreiten erlaubte und ermöglichte. Mein Bruder Franz sagte einmal, als ich das Fergenkapitel anschnitt und bei einem Treffen der Groß-Familie zur Sprache brachte, die Fergen hätten es in Katastrophenzeiten offenbar gut gehabt, weil sie dann die Fähre haben ruhen lassen. Sie hätten es besser gehabt als die Fahrer heutzutage, von denen die Herren Politiker gerade in Katastrophenzeiten verlangten, daß sie unverzüglich zum Schauplatz und zum Ort des Geschehens führen. Kein Politiker könne es sich leisten, eine Katastrophe, etwa ein Hochwasser, eine Lawine oder eine Mure, zu ignorieren. Der Landeshauptmann tut gut daran, wenn nicht gleich vor der Mure, so doch vor dem Fernsehen am Schauplatz zu sein und zu schauen und nachzuschauen, was er tun kann. Mein Bruder Franz erzählt, daß viele seiner Fahrten solche Feuerwehrfahrten gewesen seien und er dementsprechend oft auch gehalten war, »schneller als die Feuerwehr« zu fahren. Katastrophen sind ihrerseits Situationen, in denen eine Grenze überschritten wird, Flüsse über die Ufer treten oder Feuer eine Grenze, etwa die der Feuerstelle, des Herdes, überspringt. Auch Krankheiten sind solche Grenzüberschreitungen. Im gesunden Organismus spielen die Organe zusammen, arbeiten einander zu, ergänzen sich und unterstützen sich. Im Krankheitsfall aber spielt plötzlich ein Organ, etwa eine Niere oder die Leber, verrückt, arbeitet zu schnell oder zu langsam oder überhaupt nicht und bringt darum alle anderen Mitspieler und Partner im organischen Ensemble durcheinander oder auch gegeneinander auf. Der Magen geht dann dem Darm an die Nieren, die Milz spuckt Gift und Galle ins Blut, die Lunge nervt das Zwerchfell und so fort. Und am Schluß wird es auch dem Herzen zu bunt und zu dumm, und weil das Blut die Funktion des Fergen vernachlässigt oder verweigert und nicht mehr richtig Sauerstoff transportiert, geht schließlich alles drunter und drüber und durcheinander und kreuz und quer. Jetzt wartet Charon schon in seinem Boot.

Grenzen! Und warten mag nach alter Vorstellung auch der *patripompos,* der Vater des Menschen, der seinen Sohn oder seine Tochter drüben »einführt« und als der Anwalt seines Kindes fungiert. Nachdem aber bekanntlich niemand von jenem Ort, der ja gerade der »Ort ohne Wiederkehr« genannt wird, zurückgekommen ist, kann man nicht wissen, wie es war und wie es sein wird und ob etwas sein wird. *Patripompos* enthält übrigens das Wort für den Vater, *pater*, und das Wort für den Seelenführer, *pompos,* der ja auch in unseren Wörtern »Pomp« oder dem österreichischen Wort

»Pompfüneberer« vorkommt, das seinerseits den Bestattungsarbeiter bezeichnet.

Das oben erwähnte Wort »Marschall« erinnert, was seine Bedeutungsentwicklung, das heißt Bedeutungsverbesserung betrifft, vielleicht wieder an den Chauffeur, der, wie schon erwähnt, auch einmal bloß den Heizer, aber heute immerhin einen Herrenfahrer bezeichnet, wenn das Renommee des »Herrenfahrers« auch mehr im »Herrn« liegt, den er fährt, als in ihm selbst. »Er bleibt ein Narr sein Leben lang«. Diesen Satz habe ich von meinem Bruder nicht nur einmal gehört. Und fährt der Chauffeur, der Schalk also, der Knecht, einen Marschall oder einen anderen militärisch oder zivil dekorierten Herrn, so hat er nach dem Sinn seiner Fahrten nicht zu fragen. Und wenn der Weg zu einer Mätresse oder Hetäre führt, so geht ihn das auch nichts an. Für ihn gelten die drei Affentugenden, nichts hören, nichts sehen, nichts sagen. Nur fahren!
Mein Bruder hat mir erzählt, man habe krampfhaft, aber nicht immer erfolgreich versucht, die Fahrer partei- oder couleurmäßig auf ihre Herren abzustimmen, Partnerlook sozusagen. Er sei eine rühmliche Ausnahme. Es sollte in Österreich bei den Fahrern der gleiche Proporz wie in den Regierungen der Bundesländer herrschen. Man hat sich also dahin geeinigt, daß – wann immer möglich – die Roten von Roten, die Schwarzen von Schwarzen und die Blauen von Blauen gefahren werden, die Grünen von Grünen, wenn die nicht entsprechend ihrer Ideologie überhaupt das Fahrrad benützen. Man hat gesagt, es sei einem Schwarzen nicht zuzumuten, daß er von einem Sozialisten gefahren wird, und einem Sozialisten nicht, daß er von einem Konservativen gefahren wird. Bei der Fahrweise von roten oder schwarzen oder blauen Fahrern gibt es wohl kaum Unterschiede. Viel-

leicht verfährt ein konservativer Fahrer konservativer, also ein wenig defensiver, achtet die Tradition etwas genauer, während ein roter Chauffeur wahrscheinlich revolutionärer unterwegs ist. Rechts muß entsprechend unserer Verkehrsordnung natürlich auch der Rote, also der Linke fahren. Links fahren bei Rechtsregel wäre bereits Anarchismus. Rein fahrerisch ist also sicher nicht viel Unterschied, sicher gibt es schnelle und forsche Fahrer und weniger flinke, rücksichtslosere und vorsichtigere, aber alle müssen sie bei Rot an der Ampel stehenbleiben, und bei Grün dürfen sie fahren. Der Unterschied liegt freilich in den Gesinnungen. Der schwarze Fahrer (nicht der Schwarzfahrer!) eines schwarzen Herrn wird schon aus weltanschaulicher Solidarität zu diesem halten und sicher alles das, was er an Telephonaten über das Autotelephon, das ja heute ständig in Betrieb ist, mitbekommt und mitanhören muß, still in seinem Herzen bewahren und nicht gleich der Konkurrenz mitteilen. Und sollte es sich einmal bei einem Fahrziel um eine nicht ganz lupenreine Adresse handeln, so wird der »homochrome« Fahrer ein unverfängliches Ziel in der Nähe des eigentlichen und suspekten anzugeben wissen, wenn er gefragt werden sollte. Mein Bruder hat freilich einmal gesagt, sie sollten doch im Parlament endlich nicht nur eine Milchbar einrichten, wie geschehen (wo es freilich auch andere Getränke geben soll...), sondern auch eine Sauna, dann müßten die Abgeordneten oder ihre Fahrer nicht so viel lügen, und sie könnten immer sagen, sie seien im Parlament oder seien im Parlament gewesen oder werden im Parlament sein, wenn sie in die Sauna gehen. Und sollte einmal ein Staatssekretär bei einer wichtigen Sitzung fehlen, weil er, wie auch geschehen, in der Sauna schwitzt, dann könnte man ihn bei Bedarf aus dem Schwitzkasten holen, er könnte im Badetuch am Rednerpult Auskunft erteilen und dann weiter dünsten. Du bist ein Schalk, sagte ich manchmal zu Bruder Franz, wenn er solche sarkastischen Vorschläge machte. Ich weiß, sagte er dann, ich bin ein Schalk, ein Narr, heißt das in deiner Sprache. Und ich sag dir, sagt Franz, daß uns unsere Herren zu Narren gemacht haben. Eine Narretei aber sei ja schon die »Proportionierung« des Personals. Die Gewerkschaft müßte die Mitglieder und auch »ihre Nichtmitglieder« vor diesen Zumutungen schützen, leider sei es aber in der Gewerkschaft selbst nicht anders, es reicht nicht, daß einer ein Gewerkschafter ist, er muß sich noch zusätzlich als »Roter« oder »Schwarzer« deklarieren. Dabei sei es unerheblich, ob ein gewerkschaftlich, also sozial denkender und handelnder Mensch seine Motivationen aus einem christlichen Humanismus oder aus einer »sozialistischen« Weltanschauung, also aus der Solidarität mit den Schwächeren ableitet. Er sei Christ oder Freimaurer.

Ein Unterschied müßte freilich darin bestehen, daß der Schwarze den Sonntag als den Tag des Herrn absolut »heiligt« und achtet und wenigstens an diesem Tag »Ruhe gibt«. Die schwarzen Fahrer wissen davon aber ein anderes und kein Kirchenlied zu singen. Der Sonntag ist in einem ganz anderen, schlechteren Sinn »der Tag des Herrn«. An diesem Tag halten die Verbände und Vereine dieses Lagers ihre Bälle ab, und der Fahrer muß seinen Herrn vom frühen Nachmittag an bis Mitternacht von einer Tanzveranstaltung zur anderen bringen. Franz sagt, der schwarze Politiker müsse an einem solchen Tag tanzen, »bis er schwarz wird«. Der Schwarze muß an so einem Sonntag viele Sünden abbüßen. Einmal soll sich ein christlichsozialer Politiker an einem solchen Tag verplaudert und zu seinem Fahrer gesagt haben, er halte die ganze Tanzerei bald nicht mehr aus, da würde er ja noch lieber in die Kirche gehen. Es dringt also offenbar doch manches nach außen. Die Welt sei schlecht, sagt mein Bruder Franz, und wer sich selbst auf Grund des Idealismus seiner »theoretischen« Weltanschauung für gut halte oder sich besser dünke als der andere, weil seine Ideologie edler und ethisch höherstehend sei, sei ein Heuchler und ein »falscher Hund«, wie Franz ein wenig drastisch formuliert.

*Nieder*schmetternd und deprimierend sei ja auch manches, was über den Klerus und nicht nur über den *niederen* Klerus in letzter Zeit hochgekommen sei... Ich muß ihm recht geben, es ist selbst für mich schwer, immer mitzukommen, auch wenn ich mich gern an die alte Maxime halte: *Sentire cum ecclesia,* »mit der Kirche fühlen«. Aber ist dieses Mitgefühl nicht oft schon eine *compassio,* also ein Mitleiden, ein Kreuzweg? Oder ist auch der bereits wieder ein Heuchler, der solches von sich sagt? Der Teufel schläft nicht, man kann nicht genug achtgeben und aufpassen. Kaum glaubt man, etwas moralisch Anspruchsvolles gesagt oder gar getan zu haben, wird man bei der Motiverforschung auch schon wieder auf Sekundärmotive und weniger ansehnliche Beweggründe aufmerksam. Bei Ludwig Thoma habe ich einmal den denkwürdigen Satz gelesen: »Die Kerzenzieher sind sehr katholisch, indem daß ihre Hauptkundschaft die Kirche ist.« Und so ist auch sicher mancher Fahrer rot oder schwarz geworden, weil er fahren, das heißt eine Arbeit wollte, und nicht, weil ihn »Das Kapital« von Karl Marx oder die Bibel dazu gebracht haben. Und auch wenn alle großen Lehrgebäude und Theorien einstürzen, so wird doch weitergefahren... Die Karawane zieht weiter. Die Hunde bellen, die Karawane zieht weiter.

Ja, die Fahrer kennen alle Wege und Abwege, Irrwege und Umwege ihrer Herren, nur einen Weg geht der Herr allein. Der Herr geht diesen Weg einmal wöchentlich am Abend, wenn es dunkel wird, er stellt den Mantelkragen auf, zieht

den Hut fester ins Gesicht und stapft los. Er geht bedächtig und in sich gekehrt, grüßt nicht rechts noch links, es sei denn, es grüßt ihn jemand, der ihn trotz seiner »Unscheinbarkeit« und alles Aufsehen vermeidenden Gangart erkannt hat. Dann grüßt er verhalten zurück. Schließlich ist er in einer Seitengasse bei einem Haus ohne Aufschrift angelangt und tritt ungesäumt ein. In jenem unscheinbaren Haus in der Seitengasse ohne Aufschrift trifft der hohe Herr andere hohe Herrn, seinesgleichen also, man könnte auch sagen seine Brüder. Und obwohl alle seine Brüder ebenfalls Chauffeure haben, haben sie ebenfalls alle diese und ihre Autos daheimgelassen. Wären sie alle mit ihren Dienstautos gekommen, so stünde nun die ganze Seitengasse zugeparkt mit den schweren Limousinen mit den niedrigen Kennzeichen, und der Vorplatz gliche, wie so oft bei offiziellen Treffen, einer sogenannten Wagenburg. So zeigt sich, daß die größte Sicherheit für Funktions- und Geheimnisträger immer noch dann gegeben ist, wenn keine Sicherheitsleute anwesend sind. Franz sagt, Sicherheitsleute und Personenschutz zögen die Kriminellen oft geradezu an, so wie ja auch Geheimpolizisten sehr oft durch ihre Unscheinbarkeit auffallen. Sie benehmen sich so unauffällig, daß es auffällt. Von der Sicherheit aber abgesehen, fühlen sich die Herren heute an ihrem Jour fixe in ihrer Herrenrunde wohl.
Die Herren sind freilich auch hierin nicht konsequent. Franz sagt, er kenne *alle* Wege der hohen Herren und Herrschaften, der Herren selbst und ihres Anhanges. Denn er sei auch manche außertourliche Tour gefahren. Er habe den Hund der Familie des Landeshauptmanns zum Tierarzt gefahren. Er habe die »weitschichtigsten« Verwandten des Landeshauptmanns von der Bahn abgeholt. Er habe kleinere Möbeltransporte absolviert. Nicht zu vergessen die Enkelkinder, die in den Kindergarten mußten. Den Landes-

hauptmann aber oder die Seinen habe er überall hingebracht, nach Assisi und nach Babylon, nach Sodom und Gomorrha, in die Ewige Stadt und in zweifelhafte Ortschaften. Bis er es satt hatte. Der Krug geht so lange zum Brunnen, bis er bricht, sagt Franz, um noch bildlich anzufügen: Der Fahrer fährt so lange, bis er erbricht. Mancher Gefahrene habe wohl Akten studiert während der Fahrt. Franz habe aber einmal zu einem, der offenbar Pornographie studiert habe, gesagt: Schauen Sie lieber hinaus, damit Ihnen nicht schlecht wird!

Damit bin ich auch wieder beim Kern meiner Geschichte, beim *Nukleus* der Historie meines Bruders, nämlich seiner »Konversion« vom Herrenfahrer zum Rotkreuzfahrer. Mit diesem für ihn wichtigen »moralischen« Schritt hat er sich vordergründig vor allem Achtung und Bewunderung erworben. Damals hat eine nicht auflagenschwache Illustrierte eine große Reportage über den »Bekehrten« gebracht und Franz Groß zitiert, der seinen Umstieg vom Prominentenfahrer zum Krankentransporteur auf die einprägsame Formel gebracht hat: »Ich wollte nicht mehr länger den Großkopferten dienen, sondern in Zukunft den Ärmsten der Armen zur Verfügung stehen!« DER FAHRER ALS AUSSTEIGER, titelte eine andere Zeitung. VOM MERCEDES IN DEN AMBULANZWAGEN, hieß es wieder an anderer Stelle. Es muß wohl auch ein wenig daran gelegen haben, daß das Medienecho so groß war, daß Franz als langjähriger Landeshauptmannfahrer im Land eine Bekanntheit, ja fast schon ein wenig eine Berühmtheit war. Er hat fünf Landeshauptmänner gefahren und »überlebt«. Die Hauptleute haben also gewechselt, der Fahrer aber ist geblieben. Das ist das Gute, sagt Franz, wenn man sich keiner Wahl stellen muß.

Einmal gab es ein so kurzes Landeshauptmannzwischenspiel, einen so »interimistischen« oder »provisorischen«

Landeshauptmann, eine Eintagsfliege auf dem Hauptmannsessel sozusagen, daß der Landeshauptmannfahrer im Land draußen bei den Bürgermeistern der Gemeinden und den Sekretären weit bekannter und »geläufiger« war als der Landeshauptmann selbst. Wer kommt denn da mit dem Franz Groß, haben die Leute gefragt!

So hat natürlich auch der Sinneswandel dieses Fahrers, der außerdem auch Sprecher und Betriebsratsobmann der Chauffeure war, nicht nur Fahrer also, sondern auch Fahrer*führer* oder Fahrer*vertreter*, *Vor*fahrer sozusagen, einiges Aufsehen erregt. Zustimmung, ja Begeisterung und Bewunderung aber haben vor allem die Motive dieses Umsteigens gefunden. Die Landeshauptleute könnten ihn gern haben, sagte Franz in einem Interview, die hohen Herren könnten ihn vergessen, er könne nämlich keinen Sinn mehr darin finden, sie herumzukutschieren. Und so war – ein wenig erstaunlich bei einem unspektakulären Berufswechsel oder einer Veränderung im Tätigkeitsbild eines einfachen Arbeiters – im Falle des Franz sogar von »Demission« und eben auch von »Konversion« die Rede. Ein Fahrer war »zurückgetreten«.

Die Kirchenzeitung, die den Fall des Franz ebenfalls aufgriff, sprach sogar wörtlich von einem »Erweckungserlebnis«. Franz habe unterwegs, gerade auch bei den Fahrten in Erdbebengebiete, wie nach Friaul, und anderen Unglücksfällen zu viel Elend gesehen, als daß er zur Routine und zur Tagesordnung übergehen hätte können.

Er hat sein Leben geändert, wie es Rainer Maria Rilke in seinem Gedicht »Archaischer Torso Apollos« auf den Torso von Milet verlangt: »Du mußt dein Leben ändern«. – Die Griechen hätten eine solche Umkehr nach Einkehr eine *Metanoia* genannt. *Metanoeite* heißt es in der Bibel, und das heißt »Kehret um, tut Buße«. Und es ist sicherlich des Aufmerkens wert, daß das Wort »umkehren« ja auch aus dem Verkehrswesen genommen ist. Einer »Umkehr«, verkehrssprachlich gesprochen, geht eine Vorwärtsbewegung in eine falsche Richtung voraus, um es ebenfalls mit Verkehrswörtern zu sagen.

Das Leben ist eine Pilgerschaft und Wanderschaft, und das Leben ist ein Weg. Es entspricht dem von den Griechen geerbten synästhetischen und metaphorischen Denken, daß wir das Zeitliche gern räumlich ausdrücken, also Raum- und Bewegungswörter für das »Fortschreiten« und »Vergehen« der Zeit verwenden. Wer stirbt, ist »am Ziel«. Aber es sind nicht nur die alten Wörter der Bewegung und des Raumes, das Gehen und Fahren, Kommen und Reisen, mit denen wir auch die Lebens*zeit* bezeichnen und nominieren, es finden durchaus auch die neueren *Termini technici,* also die Fachwörter des Verkehrswesens, Verwendung. In diesem Sinn spricht man etwa von einer »Einbahnstraße«. Der Drogenkonsum sei eine Einbahnstraße, was bedeutet, daß der Drogenkonsument immer tiefer und tiefer ins Unglück hineinschreitet oder hineinschlittert und daß es schließlich kein Zurück gibt, ein Weg ohne Widerkehr. Die Griechen haben von einer *Aporie,* also einer »Ausweglosigkeit« gesprochen. *Poros* heißt der Weg, und dort, wo es keine gebahnten und auch keine ungebahnten Wege gibt, geht es *aporetisch* zu, mit einem sogenannten *Privativum* ausgedrückt.

Mein Bruder hat vor seiner *Metanoia* ein tiefes Gefühl der Vergeblichkeit und des Unbefriedigtseins, eine Frustration, wie es die Psychologie nennt, empfunden, und darum hat er zurückgeschaltet oder auch umgeschaltet und sich auf etwas anderes, Neues und in seinen Augen Besseres besonnen. Nun gibt es sicherlich viele Menschen, die mit ihrem bisherigen Lebenslauf, Lebensweg oder Lebensgang absolut nicht zufrieden, ja todunglücklich sind, privat und im Beruf, ohne daß sie eine Möglichkeit sehen, sich zu verändern, oft auch ohne daß sie eine Richtung erkennen könnten, in die zu gehen *verlohnender* wäre, *verlohnender* nicht im Sinne der Entlohnung und des Gehalts. Es sei alles Jacke wie Hose, heißt es in einer defätistischen Redewendung. Es ist alles sinnlos. Franz ist so gesehen der Glücksfall eines Menschen, der für sich etwas Besseres, »Lohnenderes« und Befriedigenderes gefunden hat. Er hat gewußt, *wie* er sein Leben ändern kann, das er ändern mußte.

Ich selbst bin kein Defätist, leide also nicht an jener Haltung, »die dadurch bestimmt ist, daß sie nirgends eine Aussicht auf irgendeine Art von Erfolg sieht«, wie der Defätismus im Lexikon definiert wird, bilde mir also ein, kein »Miesmacher« zu sein, wie der Defätist auf deutsch gern umschrieben wird, will aber gern eingestehen, daß ich die letzte Zeile im zitierten Gedicht von Rilke – »Du mußt dein Leben ändern« – nie ganz verstanden habe! Ich habe ehrlich hilfesuchend das Gedicht mit den vier Strophen, in denen der Torso ohne Kopf gleichwohl als ein Schauender (»in dem sein Schauen, nur zurückgeschraubt« – »wie ein Kandelaber«) »beschrieben« wird und dessen letzter Dreizeiler eben, mir unverständlich, schließt: »denn da ist keine Stelle, / die dich nicht sieht. Du mußt dein Leben ändern«, öfter Germanistenkollegen im Lehrkörper vorgelegt und um Interpretation und Erklärung gebeten. Aber ich habe sie nie bekommen. Und so ist das Gedicht für mich ein Rätsel geblieben. Es ist mir dunkel geblieben. Seinen Reiz hat es deswegen aber nicht verloren, im Gegenteil. Ich kann verstehen, daß ein Bild, etwa eine Darstellung und Illustration zur Bibel, etwa zum »Barmherzigen Samariter«, oder daß ein Gemälde wie jenes im Festsaal der Universität Marburg an der Lahn, das die heilige Elisabeth von Thüringen darstellt,

wie sie den Armen gibt oder wie sie den Boden des Spitals, das sie gestiftet hat, wie eine Putzfrau reinigt, ich kann also verstehen, daß ein Bild dieser Art von einer Wohltäterin oder einem Wohltäter der Menschheit, meinetwegen ein Bild des Albert Schweitzer in Lambarene oder der Mutter Teresa in Kalkutta, der heiligmäßigen Albanerin, zu einem Menschen *spricht* und ihn *anspricht* und ihn auffordert, es den Dargestellten gleichzutun, abzugehen und abzulassen vom bisherigen Weg der Bequemlichkeit und der Stumpfheit gegenüber der Not der Mitmenschen oder auch der Not der Kreatur, wie im Beispiel des heiligen Franz von Assisi, und auf etwas Neues, anderes und Besseres »einzugehen«. Du mußt dein Leben ändern! Daß ich aber aus dem zugegeben herrlichen, ebenmäßigen und ästhetischen Torso eines jungen Mannes, den man per Vermutung und wegen seiner Schönheit als Apoll zu bezeichnen sich angewöhnt hat, diese Lehre ziehen soll und daß es dies sein soll, was er mir sagen und nahelegen möchte: Du mußt dein Leben ändern – das will und will mir nicht in den Kopf. Und das gar nicht deswegen, weil es sich um einen der vielen Götter des Altertums handeln könnte. Ein solcher Torso ist ein handfester und buchstäblich schwerer Vorwurf an jene Barbaren, die im Namen einer neuen Religion an einer alten so häßlich und abscheulich gehandelt haben. Oder, harmloser ausgedrückt, es sind die beschädigten Altertümer ein Beweis für den schlechten Geschmack späterer Zeiten, die die Weltwunder der Antike »entsorgt« und ins Meer geworfen haben wie Bauschutt. Das hätte nicht sein sollen. Aber das ist offensichtlich bei Rilke nicht gemeint.
Wenn ich mich in meiner Verständnisnot an einen der neuen jungen Kollegen, wie sie alle oder alle zwei Jahre von der Universität an die Schule gekommen sind, gewendet habe, habe ich meist gar nichts erfahren. Mit Rilke wollten sie

nichts zu tun haben, er war ihnen zu »hochkulturell« und zu elitär, zu preziös, zu weltfremd und zu unpolitisch. Zu Rilke konnten und wollten sie nichts sagen. Ich hätte sie nach Bert Brecht oder überhaupt nach Wolf Biermann fragen müssen, dann hätte ich vielleicht etwas herausbekommen. Dabei hätte die Forderung nach Lebensänderung an und für sich bei dieser jungen Generation von Lehrern eigentlich Zustimmung und Sympathie bekommen müssen, weil sie ja mit dem Bestehenden und Seienden und Herrschenden und Vorherrschenden radikal unzufrieden waren. Es war also nur eine Frage, woher der Impuls zur Abwendung von herrschenden Lehren, woher der Anstoß zum Verzicht auf Anpassung kommt und genommen wird. Wo ist das Fundament dieses Arguments, wo ist das Fundament dieses »Fundamentalismus«? Wird es in irgendeiner heiligen Schrift, in der Bibel oder im Koran oder in der Mao-Bibel vorgeschrieben, oder wird es als kategorischer Imperativ anthropologisch aus dem Wesen des Menschen selbst hergeleitet? Man könnte also jeden und auch den Torso des Apoll oder Rainer Maria Rilke fragen: Wie kommst du dazu, so etwas von mir zu verlangen? Warum muß ich mein Leben ändern? Wohin soll ich mich wenden?

Es ist sehr die Frage, ob jemals die Betrachtung eines Bildes die Menschen verändert hat. Ich meine heute, in unserer ungläubigen Zeit. Im Mittelalter soll es viele Bekehrungen vor Bildern gegeben haben, vor wundertätigen Bildern, wie man sagt, Bildern also, die Wunder wirken. Und eine Bekehrung ist ein Wunder, daran gibt es nichts zu zweifeln und zu rütteln. Ob sich allerdings jemals einer nach der Betrachtung des Apollotorsos von Milet oder nach der Lektüre von Rilkes Sonett geändert hat, bleibt dahingestellt. Wie denn!?

Wenn freilich einmal einer wirklich sein Leben ändert wie mein Bruder Franz, dann erntet er dafür nicht nur Lob und

Anerkennung, wie ich ausgeführt habe, sondern natürlich auch im Gegenteil Verdacht und Mißbilligung. Vor allem was die Gründe einer solchen *Metanoia* betrifft, die behaupteten, angeblichen und genannten Gründe, diese werden für nur vorgegeben und vorgeschoben gehalten. Flugs werden die altruistischen und ethischen Motive einer solchen Lebensänderung angezweifelt. Die Leute denken sich und sagen, es müsse da noch etwas anderes dahinterstecken. Kein Mensch will sich durch eine solche radikale Veränderung seiner Lebensbahn verschlechtern, wahrscheinlich hat sich der *Mutant* eine finanzielle Verbesserung und Besserstellung durch diesen Wechsel versprochen und erwartet, das wird der wahre Grund dieser »Umkehr« gewesen sein. Oder es wird an der Freiwilligkeit einer solchen Entscheidung gezweifelt. Man wird den Betreffenden entlassen haben, er wird nicht selbst und freiwillig gekündigt haben, vielmehr wird er gekündigt worden sein! Man wird ihn hinausgeschmissen haben! Wenn jemand sein Leben lang oder doch während des Großteils seines Berufslebens den Landeshauptmann durch das Land kutschiert und chauffiert hat, dann wird er nicht plötzlich auf ein Rettungsauto umsteigen. Das wäre doch ein Abstieg, denken sich die Leute, das wäre doch sicher auch mit Einbußen verbunden, wo man doch weiß, daß die Politik heute das beste Geschäft ist, die Politik im engeren Sinne, aber sicher auch der Politikertransport, das Dienstleistungsgewerbe im Umkreis der Politik! Die Politiker sind *gefährdete* Personen, sagen die Leute, also bekommen die Leibwächter und Chauffeure der Politiker sicher Gefahrenzulagen und Erschwernisgratifikationen. So wie ein Politiker oft ein hohes Amt wie etwa ein Ministeramt nur kurze Zeit, nicht einmal eine ganze Legislaturperiode lang innehaben oder innegehabt haben muß, um eine saftige Politikerpension zu kassieren, so werden

sicher auch die Chauffeure solch hoher Politiker, wie sie die Landesfürsten sind, fürstlich entlohnt. Es wird ihr Schaden nicht gewesen sein, auch wenn sie nur ein Leichtgewicht von Politiker transportiert haben.
Man hat auch den Schritt meines Bruders beargwöhnt, und es sind mir einige unsinnige Vermutungen zu Ohren gekommen. Die unsinnigste war wohl die, welche darin gipfelte, daß man meinem Bruder eine Art Fahnenflucht , eine »Fahrerflucht« sozusagen, vorwarf. Er wird sich gefürchtet haben, gefährdete Personen zu befördern. Das klang in den Ohren mancher Menschen insofern plausibel, als damals weniger bei uns, aber im benachbarten Ausland bei einigen spektakulären Terrorangriffen nicht nur öffentliche Personen, wie Richter oder Staatsanwälte und Politiker, sondern mit ihnen auch ihre Fahrer oder auch Leibwächter umgekommen waren. Der Zufall wollte es, daß gerade damals, als mein Bruder »ernst machte«, auf einer süditalienischen Autobahn ein Höchstrichter und sein Fahrer in die Luft gesprengt wurden. Die Sprengladung, die die Verbrecher unter dem Auto angebracht und ferngezündet hatten, war so stark, daß nicht nur das Fahrzeug zerfetzt und die Insassen getötet wurden, sondern daß unter dem Auto ein acht Meter tiefer Krater aufgerissen wurde, groß wie eine Baugrube, in die man einen zweistöckigen Keller hineinbauen hätte können. Natürlich beginnt da der Mensch zu überlegen. Und es gibt besonders »gute« Menschen, die einem Aussteiger oder Umsteiger zwar keine ehrenhaften Gründe für seinen Schritt zutrauen, aber »gut« und großzügig genug sind, für den Schritt aus den oben erwähnten Gründen Verständnis aufzubringen und zu bekunden. Sie können sehr gut verstehen, daß sich jemand fürchtet und ängstigt und daß einer angesichts der sich häufenden »Unfälle« zu überlegen beginnt. Vielleicht denkt er auch bei

diesem Schritt vor allem an seine Familie, an die Frau und die Kinder und so fort.

Nun traf dies alles, wie ich als Bruder weiß, für Franz nicht zu. Er hatte andere Gründe. Sein Überdruß war echt. Er war wirklich ausgebrannt und suchte für den kürzeren Rest seines Berufslebens vor der Pension noch einmal ein *servitium*, einen Dienst, eine *diakonia,* griechisch gesprochen – und darum die *Metanoia.* Mensch werde wesentlich! Das aber hat nun nichts damit zu tun, daß er sich über den Fahr-Dienst in diesen Zeiten, die rauher und rauher wurden, oft beschwerte. Nicht nur wegen des Verkehrs war es schwer geworden, einen Weg durch den Dschungel der Städte zu finden, der Fahrer mußte in diesen sensiblen Zeiten der Terrorangst auch zum Polizisten, zum Geheimdienstmann und zum Kriminalisten werden. Der Fahrer mußte seinen Herrn nicht nur fahren, er mußte ihn auch schützen, ihn durch Routenwahl und Zeitplan, durch Kontrollanrufe und bestätigende Rückrufe vor fiktiven oder tatsächlichen bösen Feinden salvieren. Es gab plötzlich von seiten der Staatspolizei eine Menge Auflagen und Mandate für die Fahrer von Regierungsmitgliedern, an die sich die Chauffeure halten mußten. Und es half gar nichts, wenn der Politiker keine Angst hatte oder besonders leutselig und arglos war und seinen Fahrer von aller Vorsicht und Rücksicht suspendierte, weil er sich nicht vorstellen konnte, daß ihm jemand nach dem Leben trachtete, weil er sich für unendlich beliebt hielt und gern als »Landesvater« titulieren ließ; der Fahrer hatte seine Ordres, die in jedem Fall galten. Und der mächtige *Transportandus* hatte nicht die Macht, ihn davon zu dispensieren. Denn wenn etwas passiert, greift sich die Staatsmacht den Fahrer – wenn er noch »greifbar« ist und nicht vielleicht, wie der Fahrer des italienischen Höchstrichters, mit seinem Herrn umgekommen ist. Das, was in diesem Zusammen-

hang vordringlich beachtet werden mußte, war die erwähnte Routenwahl. Es war ein Katz- und Mausspiel, die potentiellen Feinde der Mächtigen mußten immer wieder durch ungewöhnliche Wege und Routen überrascht werden. Es galt nicht der kürzeste Weg als der gangbarste, vielmehr mußten Umwege gemacht werden. *Variatio delectat,* sagt der Lateiner. Du mit deinem Latein, sagte mein Bruder.
Eigentlich müßte es ja heißen: *Variatio salvat.* Oder: *Variatio adiuvat,* die veränderte Routenwahl »rettet« und »schützt« den Ministerpräsidenten, Minister oder Landeshauptmann vor den Terroristen. Denn »erfreulich«, *delectans,* ist dieses Katz- und Mausspiel ja nicht gerade. Mein Bruder hat manche Sicherheitsvorkehrungen freilich auch kritisiert und als übertrieben bezeichnet. Einmal hat er gesagt, es komme ihm vor, als möchten sich einige Politiker niedrigeren Ranges durch die Beschäftigung eines ganzen Heeres von Leibwächtern und das Bestehen auf besonderen Sicherheitsvorkehrungen nur wichtig machen und sich als »Staatsmänner« darstellen, wo sie in Wahrheit doch allenfalls »Staatsmännchen« vorstellten. Es gebe Bezirkshauptmänner, sagte Franz, die fürchteten sich mehr als UNO-Generalsekretäre. So lange es Politik gibt, und die gibt es ja wohl, so lange es Menschen und ein Zusammenleben gibt, gibt es freilich auch den Terror und das Attentat. Und der Schrecken der Attentäterei beginnt nicht erst mit Caesar. Der Mensch ist *qua* Mensch ein *zoon politikon. Zoon* heißt Lebewesen, es ist aber von einer schönen Bezüglichkeit, daß das Wort *zoon* heute eher an die Zoologie oder überhaupt den Zoo erinnert. Und so darf man auch an das lateinische Sprichwort denken: *Homo homini lupus,* der Mensch ist dem Menschen ein Wolf, auch wenn er es nicht bis zum Terroristen bringt, es gibt schließlich viele und subtilere Möglichkeiten von Obstruktion und Destruktion. Vergessen wir

nicht die alte, aber nicht ehrwürdige, sondern ganz im Gegenteil ehrunwürdige Intrige. *Tricae* nannten die Römer jene »Widerwärtigkeiten« vor den handfesten und manifesten Brutalitäten. Aktionen im Vorfeld des Schlachtfeldes...

Ein humanistisch gebildeter Mensch sieht vieles, was heute geschieht, vor dem Hintergrund von vergangenen Geschehnissen. Er ist ein Anhänger des Analogiedenkens. Er findet das Aktuelle *präfiguriert* im Vorhergegangenen und Gewesenen. Oder er sieht überhaupt gleich alles vor dem Hintergrund der griechischen Mythologie! Ich muß gestehen, daß das letztere für mich zutrifft. Wenn ich also von einem Menschen höre, der sich zwischen zwei Lebensentwürfen entscheidet, dann kann ich gar nicht anders: Es fällt mir unweigerlich Herkules oder Herakles, wie die Griechen sagen, »Herkules am Scheidewege« ein. Wie oft habe ich jene Passage aus den »Erinnerungen an Sokrates« von Xenophon mit Schülern gelesen, manchmal auch bei Schularbeiten übersetzen lassen. Xenophon läßt dort Sokrates eine Geschichte des Sophisten Prodikos erzählen, der im fünften vorchristlichen Jahrhundert gelebt hat: Dem Jüngling Herakles begegnen an einem »Scheideweg«, also an einer Weggabelung, einem sogenannten Zwiesel, zwei Frauen. Die eine Frau ist die »Lust«, die andere die »Tugend«. Beide nun loben sich selbst und machen die jeweils andere schlecht. Sie praktizieren und handhaben also gerade das, was man Positiv- und Negativwerbung, genauer Offensiv- und Defensivwerbung, nennt, betreiben Eigenlob und Eigenreklame und Denunziation und Schlechtmachen der Mitbewerberin und Kontrahentin.
Herakles entscheidet sich für die Tugend und gegen die Lust. Dieser Tölpel, sagte einmal ein Schüler, und ich konnte ihm nicht nur widersprechen, weil Herkules ja nun

in vielem, was in den Mythen überliefert wird, nicht besonders klug oder schlau erscheint. Daß er im Wahnsinn, in den ihn seine große Feindin Hera, deren Namen er eigentlich trägt, gestürzt hat, die eigenen Kinder umbringt, kann als tragisch gelten, manchmal handelt er aber, wie man es von Muskelmännern mit ausdruckslosen Gesichtern, wie er oft dargestellt wurde, leider erwarten und gewärtigen muß, unsensibel und grob, »unintellektuell« und unintelligent, kann man vielleicht auch sagen. Eine lustlose Tugend, sagt man gern, kann man keinem Menschen zumuten, eine Askese, die nur Mühe macht, ist schwer erträglich. Der Asket muß also aus seiner Zurückhaltung Gewinn ziehen, er muß etwas davon haben, daß er sich nichts vergönnt. Den Zölibat muß man genießen, nicht erleiden, hat einmal ein Theologieprofessor gesagt, um dies zu illustrieren. Die Tugend um der Tugend willen ist schrecklich. Vom »Schrecken der Tugend« ist dementsprechend zu Recht in »Dantons Tod« im Zusammenhang mit Robespierre die Rede. Die lasterhaften und liederlichen Menschen sind nicht nur oft sympathischer als die Tugendbolde und Gerechten oder Selbstgerechten, sie sind vielleicht sogar moralischer und ethisch höherstehend. Weil nun die Gegnerin der Tugend die Lust ist – die Fleischeslust allein ist damit freilich nicht gemeint, aber durchaus mitgemeint – hat einmal ein Schüler in einer siebenten Klasse vorlaut gesagt, Herkules hätte sich nicht nur *am*, sondern auch *für* den »Scheideweg« entscheiden sollen! Da merkte ich erst, daß die Schüler mit dem Wort »Scheideweg« gar nichts mehr anfangen konnten und »Scheide« nicht mehr als Homonym realisierten. Wenn man den Lebensweg des Herkules, wie man ihn aus vielen unterschiedlichen Quellen zusammensetzen und zusammenstellen kann, genauer bedenkt, kann man durchaus zu der Ansicht kommen, daß der Held – mit meinem unverständigen

Schüler gesprochen – wirklich weniger den Tugend- als den »Scheideweg« gegangen sei. Seine erste Frau ist wohl Megara, die Tochter des Königs Kreon von Theben. Nachdem diese Ehe in die Krise kommt, was nicht wundernimmt, weil Herakles seine und Megaras Kinder im von Hera geschickten Wahnsinn getötet hat, »scheidet«, das heißt trennt er sich von Megara und gewinnt nach Ableistung der ihm vom Delphischen Orakel als Sühne auferlegten zwölf Arbeiten, Iole, die Tochter des Königs von Oichalia, Eurytos. Dieser hatte seine Tochter als Preis in einem Bogenwettkampf ausgesetzt, verweigerte sie jedoch Herakles wegen dessen Vorleben. Später ist auch davon die Rede, daß Omphale, die Königin von Lydien, Herakles geliebt, ja geheiratet habe. Die nächste Frau des Herakles ist wohl Deianeira, die Tochter des Oineus, des Königs von Kalydon, die ihm am Ende ungewollt den Tod bereitet. Als dann Herakles schließlich in den Olymp aufgenommen wird, versöhnt sich Hera endlich mit ihm und adoptiert ihn. Zugleich heiratet Herakles die Tochter Heras, nämlich Hebe. So scheint jedenfalls der »Tugendweg« des Herakles nicht im Sinne der späteren Defensivethik nur »lustlos« gewesen zu sein. Er hat nicht nur gut gehandelt, sondern es sich, freilich selten genug, auch »gut gehen lassen«. Wenn man den Lebensweg des Herakles unter dem Gesichtspunkt einer christlichen, das heißt einer nichtgriechischen Ethik betrachtet, kann man leicht zu dem Schluß kommen, daß er von jenem Tugendweg, den ihm die personifizierte Tugend am sogenannten Scheideweg vorgezeichnet und anempfohlen hat und für den er sich entschieden hat, später wieder abgewichen ist. Seine Aufnahme in den Olymp freilich beweist, daß er bei allen Irrtümern und Untaten, die er beging, letztlich doch als ein Gerechter gegolten hat. Gerecht war Herakles auf seinem Weg, dem steinigen Pfad im Sinne der Verse des

Hesiod, die Xenophon in seinen »Erinnerungen an Sokrates« zitiert: »Ja, das Geringe und Schlechte das kann man in Haufen erhalten / Ohne Bemühn, schön eben der Weg, ganz nahe, da wohnt es / Vor die Vollendung jedoch haben Schweiß die unsterblichen Götter / Hingesetzt; steil steigend und lang ist der Pfad, der dorthin führt, / Und voller Steine zuerst; doch hast du die Höhe gewonnen, / Wird es leicht, auf ihm weiter zu gehn, so schwierig er anfing.« Und Xenophon zitiert nicht nur Hesiod in diesem Zusammenhang, sondern auch zwei Verse von Epicharm, einem Komödiendichter aus Syrakus von 500 vor Christus: »Nur um Mühen verkaufen uns die Götter das Gute«, heißt es in einem, und im anderen: »Taugenichts, nicht das Weiche suche, damit du nicht das Harte bekommst.«

Jene Frau, die für die Tugend steht, wird bei Xenophon, oder eigentlich bei Prodikos, den Xenophon zitiert oder Sokrates zitieren läßt, so beschrieben: »Die eine war würdig und edel anzusehen. Ihren Körper schmückte Reinheit, ihre Augen Scham, ihre ganze Haltung war Sittsamkeit, ihr Kleid war weiß.« Diese, wie man eingestehen muß, bläßliche und ein wenig langweilige Person steht also für die *Arete,* wie die Griechen die Tugend nennen. Ihre Gegenspielerin, die Lust, die *Hedone,* griechisch gesagt, ist deutlich farbiger, lebendiger und »menschlicher«: »Die andere aber war genährt bis zur Wohlbeleibtheit und weichlichen Fülle. Sie war geschminkt, so daß sie ein helleres und röteres Aussehen zu haben schien, als es der Wirklichkeit entsprach. Die Augen hatte sie weit aufgeschlagen, das Kleid war aus feinem Stoff, so daß ihre Schönheit ungehindert durchschimmerte. Sie betrachtete sich oft selber, sie achtete aber auch darauf, ob jemand anders sie ansehe. Oft schaute sie sogar auf ihren Schatten.« Und so sieht der Himmel aus, den die »Kakia« dem Herakles in Aussicht stellt: »Zuerst einmal wirst du dich nicht um Kriege und Geschäfte kümmern. Dafür wirst du die ganze Zeit darüber nachdenken, was du Angenehmes an Speise oder Trank findest. Oder du wirst dir überlegen, was du sehen oder hören willst, um dich damit zu ergötzen, und was du riechen oder berühren willst, oder mit welchen Knaben du verkehren willst, um am meisten Freude zu haben...« Die Gegenspielerin, die Tugend, will Herakles zu patriotischen Taten stimulieren: »Wenn du begehrst, von irgendeinem Staat geehrt zu werden, so mußt du diesem Staat nützlich sein.« »Schweiß und Tränen« verspricht sie ihm: »Von dem, was schön und gut ist, geben die Götter nämlich den Menschen nichts ohne Anstrengung und ernsthaftes Bemühn.« Die alte Leier, sagte einmal ein Schüler der siebten Klasse, als ich diese Passage im Unterricht mit »meinen Gräzisten« durchnahm. Mein griechischer Text war im übrigen gereinigt gewesen, so wie auch Gustav Schwab diesen Mythos in seinen »Sagen des klassischen Altertums« gereinigt und von allem Anstößigen, »in unseren Augen« Anstößigen oder sagen wir »Fremden« gereinigt und gesäubert hat. Kein Wort steht etwa in der Nacherzählung Schwabs davon, daß die Glückseligkeit dem Herakles Knaben verspricht. Und dementsprechend hat er auch jene Passage unterdrückt und beiseitegelassen, wo die Tugend in ihrer Denunziation des Lasters auf diesen Punkt zu sprechen kommt: »Den Liebesgenuß erzwingst du, bevor du danach Bedürfnis hast, indem du dir alles mögliche ausdenkst und Männer statt Frauen benützt.« Kein Wort davon bei Schwab! Das wollte er nicht gelesen haben!: »So erziehst du deine Freunde, daß du sie nachts schändest und am Tag ruhen läßt.« Dabei wäre es dem guten Schwab sicher ein leichtes gewesen, mit einer etwas vageren und zweideutigen oder offeneren Formulierung den alten Sinn zu transportieren und »herüberzubringen«, ohne den harten Kern zu berühren, also auf dem Wege der Sprachregelung den Text zu entschärfen, ohne ihn ganz zu kastrieren und zu negieren. Doch Schwab hat das Anstößige abgestoßen. Er ist seinerseits wie Herakles verfahren, als er den Stall des Augias, des Königs von Elis, säuberte, indem er die Mauern des Stalles durchbrach und den riesigen Haufen Mist, der sich dort angesammelt hatte und der die ganze Gegend verpestete, so daß eine Wolke von Fliegen den Himmel verdunkelte, mit Hilfe des Flusses Alpheios, den er kurzerhand durch die Ställe leitete, einfach fortspülte. Oft habe ich mir, um dies an dieser Stelle *ad propositum* nur zu erwähnen, ohne allzuweit abzuschweifen, oft habe ich mir gedacht, wenn mir einer meiner bäuerlichen Verwandten seine Landwirtschaft und seine Ställe und vor allem die moderne »Schwemmentmistung« zeigte, diesen neuesten Schrei der modernen Tierhaltung, das hätten die Agraringenieure auch von Herakles lernen können: *Nihil novum sub sole*, habe ich bei mir oft mit dem Prediger Salomonis gedacht, wenn ich sah, wie eine Schleuse geöffnet und ein Bächlein durch die Schweineställe geleitet wurde, das den Mist verflüssigte und mit fortnahm.

An das Ausmisten des Augiasstalles, eine der zwölf Arbeiten des Herakles, mußte ich aber vor allem denken, wenn ich immer wieder bei den pädagogischen Autoren wie Schwab erlebte, wie sie selektiv ihrem rigorosen *Modus recipiendi* huldigten und, um erzieherisch zu wirken, die allgegenwärtige griechische Pädophilie eliminierten.

Man kann es drehen und wenden, wie man will, unser, auch das von uns Griechischlehrern vermittelte Bild Altgriechenlands ist sehr selektiv, das heißt auswählend. Und doch geht es wohl darum, daß wir die Geschichte nach Möglichkeit nicht verfälschen durch Weglassen, wie es ganz offensichtlich bei Mythennacherzählungen geschieht.

Ad fontes! sagen die Lateiner, schauen wir auf die Quellen, lassen wir die Quellen sprechen oder sprudeln, leiten wir nicht den Strom der Geschichte um. Auch wenn uns die Fremdheit des Vergangenen nicht gefällt oder auch weh tut und schmerzt. Das Fremde muß befremden dürfen, es soll nicht nachträglich erträglich gemacht und assimiliert werden! Natürlich ist das alles leichter gesagt als getan. Und es gibt immer gute Gründe, etwas wegzulassen. Wenn in den gereinigten Schulausgaben »etwas«, und zwar »das Gewisse«, weggelassen wurde, das Erotische nämlich, dann wurde dies immer mit Pädagogik und Didaktik begründet, der Eros mußte dem *Usus Delphini*, dem »Unterrichtsgebrauch«, dem pädagogischen Eros, weichen, eigentlich dem pädagogischen Ethos. Es mußte der Lesestoff wie ein Stück Stoff bearbeitet, das heißt zurechtgeschnitten werden, damit er in jene Form gebracht wurde, die ins Bild paßte. Sonst hieß es: Für den Unterrichtsgebrauch nicht geeignet. Sicher wird jede Rezeption selektiv sein und fokussieren, sich auf etwas Bestimmtes konzentrieren und anderes eher am Rande lassen. Wie selektiv war etwa gerade die Renaissance in der Rezeption des Altertums und der Antike! Erst später und gewissermaßen in der »Rezeption der Rezeption«, bei der Motivforschung also, wenn die Gründe für die Auswahlen erforscht werden, wird auch die Qualität des Unterbelichteten oder Ausgeblendeten angestrahlt, erklärt und erhellt, und es wird auch klar und deutlich, wieso man mit diesem oder jenem »nichts anfangen« konnte. Bei Schwabs Weglassungen ist der Grund überdeutlich, und es braucht keine große analytische Spitzfindigkeit, ihn zu ermitteln. Es war, wie man weiß, die neue christliche Ethik, die nicht nur der praktizierten Homosexualität, sondern auch der harmloseren Variante den Garaus machte oder dies mindestens theoretisch wollte und erstrebte, wenn sich freilich die Regungen der Natur, auch die dunkleren und zerstörerischen, nicht per Dekret abstellen und reglementieren und unterdrücken lassen. Und so weiß man, wenn man Schwabs Geschichte von »Herkules am Scheidewege« liest, eigentlich nicht genau, was man sich unter dem Laster außer Faulheit und Völlerei vorstellen soll, während die Tugend deutlich wird. Sie besteht in einem tätigen, politischen Leben, vor allem im Kampf fürs Vaterland.

Es hat mich, obwohl ich *casibus eroticis* kein Grieche bin und war, freilich am Griechentum immer fasziniert, daß es im Gegensatz zum Römertum deutlich weniger martialisch und militärisch war. Der *Agon* spielt bei den Griechen eine andere Rolle als das *Certamen* bei den Römern. Die Griechen hatten es mehr mit der List, der Lust und der Liebe, auch mit den Spitzfindigkeiten der Philosophie zu tun. Überspitzt gesagt: Homer ist lustiger als Vergil. Bei allem Respekt vor Vergil, vor allem vor seinen Bukolika und Georgika, haben mich die neun oder eigentlich zehn der zwölf Bücher der »Aeneis«, in denen gekämpft und gekämpft und nichts als gekämpft wird, oft doch sehr ermüdet. Wie dürftig ist etwa und wie kurz die »Liebesgeschichte« mit Lavinia im zwölften Buch. Und wie kursorisch und »vorübergehend« auch jene mit Dido, eine *Episode,* griechisch gesprochen. Griechisch *epeisodion* heißt wörtlich »das Hinzukommende« und hat als Fachausdruck der Dramaturgie, als Bühnenwort die »unerhebliche Begebenheit«, im besonderen etwa ein eingeschobenes Chorlied oder einen zusätzlichen Dialogteil bezeichnet. So ist der von Venus geschickte Amor, der in der Gestalt von Aeneas' Sohn Ascanius der Dido erscheint, in der »Aeneis« eine episodische, sehr unwesentliche und nebensächliche Figur. Wer sich aber auf Vergils Kämpfe bis hin zum so bezeichneten »Endkampf« (*pugna ultima*) zwischen Aeneas und Turnus

einläßt, wird am Schluß ziemlich erschöpft sein, er wird vielleicht selbst wie einige in den Scharen von Kombattanten, die aufgeboten werden, wanken und sich kaum noch auf den Beinen halten können. Der Leser gleicht vielleicht am Schluß selbst einer der Gestalten, wie sie neuerdings in Filmen bei Kämpfen gezeigt werden, die auf morastigen Kampfstätten in den Schlamm des Grundes einsinken und sich hineinwühlen, die sich im schließlich waffenlosen Handgemenge wirklich eine Schlammschlacht liefern, sich durch den Brei und die teigartigen Erdmassen wühlen wie Insekten, die sich winden, wie Fliegen auf der Leimrute oder eine Hummel im Honigglas. Zäh, mit einem Wort, äußerst zäh und klebrig. Eines wird so freilich deutlich: Das Leben ist ein Kampf. Es heißt nicht umsonst Lebens*kampf*. Auch für uns, die wir nicht Rom gründen müssen, ist das Leben ein Kampf.
Verwöhnt wird freilich der eher kampfunlustige heutige Leser der »Aeneis« des Vergil durch hohe Kunst, auch durch den sogenannten »mythologischen Apparat«. Jupiter selbst wird am Beginn des Buches 10 als der permanenten Attacken überdrüssig und müde gezeigt. Es scheint fast, als würde er sich um den ganzen »Fall« Aeneas nicht mehr kümmern und den Dingen einfach ihren Lauf lassen wollen. Erst Venus, seine Tochter, überredet ihn zum »Weitermachen«, und sie bittet ihn um die Gunst, er möge sie und ihren Sohn Aeneas noch ein Stück gewähren lassen. Versöhnt wird man, sagte ich, durch Kunst und die Vergleiche und Bilder, durch Naturbeschreibungen auch. Wenn vor den Kämpfen die Sonne aufgeht, wenn von der Nacht und der Dunkelheit der Wälder oder dem Morgengrauen die Rede ist, dann ist alles prächtig, prächtig auch im Schattigen und im Dämmerlicht. Bis wieder die Pfeile fliegen und den Himmel am hellichten Tag verdunkeln.

Nachdem Jupiters Schelte für die Götter droben »im Sternenpalast« wegen des andauernden Kampfes in Latium zwischen den Rutulern und den Teukrern, also den Trojanern, am Beginn des zehnten Buches nichts fruchtet und zu keinem Ergebnis führt, heißt es: »Mächtige Himmelsbewohner, warum nur wandelt sich wieder euch der Entschluß, was streitet ihr also feindlichen Herzens...« Am Ende des letzten, des zwölften Buches macht der allmächtige Vater Jupiter bei Juno, seiner Schwester und Gattin, der Schirmherrin und Patronin des Turnus, des Rutulerfürsten und Widersachers des Aeneas, und neben Venus, der Mutter des Aeneas, die Hauptkriegstreiberin und Anstifterin zu Kampf und Unfrieden, noch einmal einen Versuch zur Güte. Jupiter spricht zu Juno also: »Du bist Jupiters Schwester, der zweite Sproß des Saturnus / Grolles Wogen bewegst du darum so gewaltig im Herzen. / Aber wohlan, nun laß das vergeblich begonnene Wüten...« Juno gibt sich dann geschlagen, und sie gibt sich mit wenig zufrieden. So sagt ihr der »Himmelsvater«, ihr Mann und Bruder Jupiter, zu, daß es auch nach der Vermählung von Aeneas mit Lavinia, der Tochter des Königs Latinus und seiner Frau Amata, beim Namen *Latiner* bleiben wird und der Name Trojas, des ihr verhaßten Troja, nie mehr auferstehen werde. Erst dann gibt sie auf und verläßt die Wolke, von der sie voll Kampfeswut auf den Schauplatz hinuntergesehen hat: »So entschwand sie dem Himmelsraum und verließ ihre Wolke.« Jetzt ist Turnus endgültig verloren. Und das Ende des Liedes ist wie das ganze Lied und Epos martialisch, ja die Klimax der Martialität. Obwohl Aeneas, nachdem Turnus seine Niederlage und vor allem den Verlust Lavinias eingesehen und einbekannt hat (»Dein ist Lavinia nun als Gemahlin«, sagt er), bereits milde gestimmt ist und den unterworfenen und sich unterwerfenden Gegner schonen will, sieht er »zum Unglück das Wehrgehenk des Pallas hoch auf der Schulter« des Turnus. »Ihn« (den Mitstreiter des Aeneas) »hatte Turnus besiegt und mit tödlicher Waffe niedergestreckt«. Nun gibt es kein Halten mehr! »Als Aeneas dies Mahnmal des grimmigen Schmerzes, die Beute, / nahe vor Augen sah, da rief er, lodernd vor Wut und / schrecklich im Zorn: ›Sollst du mir jetzt, mit den Waffen der Meinen / prunkend entkommen? Pallas erschlägt dich hier mit dem Hiebe, / Pallas nimmt an deinem, des Frevlers, Blute nun Rache.‹ / Also wütend stößt er tief sein Schwert in die Brust ihm, / dem aber sinken im Todesfrost die Glieder dahin, sein / Leben fährt, aufstöhnend, voll Unmut hinab zu den Schatten.«

Als ich, nachdenkend über meinen Bruder Franz und sein »Aussteigen« oder »Umsteigen« vom Herrenchauffeur zum Rotkreuzfahrer, mir auch andere Biographien von sogenannten Aussteigern ansah, kam ich alsbald zu einer gewissen Typologie der Veränderungen von Lebensbahnen. Grob gesprochen und *dichotomisch,* also gegensätzlich, gedacht, kann es sich dabei entweder um eine Veränderung in die Richtung *H* für *Harmonie* oder in die Richtung *A* für *Agon*, also Kampf handeln. Plausibler und verständlicher ist wohl das erste, daß nämlich einer, der einen harten oder gefährlichen Beruf hat, sich eine harmlosere und ruhigere, auch friedlichere Beschäftigung wünscht oder sucht. Ein Chirurg etwa, der in einem Unfallkrankenhaus tagein, tagaus und vor allem nachtein, nachtaus *Verunfallte*, also Unfallopfer von schweren Verkehrsunfällen, womöglich junge Menschen nach sogenannten Discounfällen, operieren oder, wie man mit einem Ausdruck aus einem anderen, friedlicheren Beruf, nämlich dem des Schneiders, sagt: *zusammenflicken* muß, ist natürlich auf das äußerste belastet und gefordert. Und es ist verständlich, wenn sich ein solcher

Mensch einen »ruhigeren Job« wünscht. Mancher Operateur hat sich auch schon gedacht und gewünscht, er stünde nicht ganz vorne am *Operandus,* sondern wie die Schwester in der zweiten Reihe und könnte statt der Hauptarbeit bloß die Zureich- und Hilfsarbeit tun, auf Anweisung und Befehl agieren. Mancher hat sich so aus der Eigenverantwortlichkeit schon in die Fremdbestimmtheit gewünscht. Dabei geht es nicht so sehr um das Befehleerteilen oder Befehleentgegennehmen. Die wirklich schwerwiegenden Entscheidungen, die auf Leben und Tod, muß der Operateur selbst treffen. Hier gilt wirklich: Der Chef ist einsam. Und warum sollte nicht ein solcher Einsamer dieser Einsamkeit entfliehen wollen oder sich eine solche Flucht zumindest wünschen? Oft empfinden bis an die Grenze der Belastbarkeit belastete »Professionisten«, ihren Berufsalltag als eine Tretmühle, aus der es kein Entrinnen gibt. Und sie haben als ferne Hoffnung auf Erleichterung nur die Pension, den sogenannten Ruhestand, in Sicht. Der Ruhestand ist in jedem Fall eine solche Veränderung im Sinne des *H*, der griechischen *Harmonie.* Oft wird einem freilich der Ruhestand dann dadurch vergällt, daß einem die Gesundheit »abgeht« und einem das Wohlbefinden »vergeht«. Und es ist schon mancher große Medizinprofessor und Primar, Abteilungsvorstand oder Krankenhauschef, kaum daß er den »wohlverdienten Ruhestand« erreicht hat, vom Arzt zum Patienten geworden! Das ist nun weiß Gott keine wünschenswerte Veränderung. Und sicher hätte mancher Arzt lieber weiter selbst operiert, als vielleicht nun operiert werden zu müssen. Es ist besser, Hilfe zu leisten, als auf die Hilfe anderer angewiesen zu sein, zu retten als gerettet werden zu müssen. Und selbst hat sich bekanntlich noch kein noch so großer Arzt operieren können. Ähnlich belastende Berufe wie den Arzt gibt es sicher mehrere. Gott sei

Dank gibt es aber Menschen, die Belastungen und »Kampf« brauchen, um ruhig zu werden, wie sie andererseits die Ruhe nervös macht. Es soll ja auch Generäle geben, die der Friede unruhig macht. Sie brauchen das Kämpfen und Kriegführen – eine ganz andere »Unruhe« als die Unruhe des Arztes – und fühlen sich im Frieden unbehaglich und überflüssig. Das kann auch kein Manöver kompensieren, Manöver sind nur Übungen für den Ernstfall, für den Ernstfall aber haben sie geübt, für den Tag X sind sie »gerüstet«. Auch Katastropheneinsätze sind kein gleichwertiger, vollwertiger Ersatz für den Krieg. Und so hat es durchaus im Laufe der Geschichte schon viele vom Zaun gebrochene Kriege, Angriffskriege aus Übermut gegeben. Oft wurde auf einen Vorwand hin der Kampf eröffnet. Ein nichtiger Grund wurde als Kriegsgrund, als *Casus belli,* wie die Römer gesagt haben, ausgegeben. Es ist ja auch eine Frage, ob das »Wehrgehenk« des Pallas an der Schulter des Turnus den Aeneas zum Abschlachten des Gegners berechtigt hat. Hätte Aeneas den Turnus nicht einfach »abmontieren« können, »entrüsten« – ihn also entwaffnen, und verlangen, daß er die Kriegsbeute, die *cingula notis bullis,* den Gürtel des Pallas also »mit den bekannten Buckeln (*bulla, bullae,* »Blase«, »Buckel«, »Kapsel«), diesen genoppten Gürtel also, zurückgebe? Und ihn dann laufen lassen. Man hätte durchaus auch Verständnis, wenn ihn, Turnus, Aeneas dabei ein wenig gedemütigt und erniedrigt hätte, weil Turnus ihn ja auch in seinem Rede-*Agon*, seiner »Reizrede« nicht gerade zimperlich behandelt hat.
Wie dem nun immer bei den Militärs sei, ob sie kampflustig oder feindselig oder gar mordsüchtig sind oder den Kampf nur einfach auf sich nehmen, was den Lebenskampf, diesen Kampf im übertragenen Sinn, betrifft, so hat schon mancher oder manche, zermürbt durch einen lebenslangen Streß, im

Sinne der Juno in der »Aeneis«, im besonderen des Verses 818 im zwölften Buch, gesagt: Mir reicht es, ich habe genug vom Kämpfen. Ich will nicht mehr. Bis hierher und nicht weiter. Danke, es genügt! Lateinisch gesagt: *Et nunc cedo equidem pugnasque exosa relinquo.* In der Übersetzung von Johannes Götte: »Und jetzt weiche ich denn, verlasse voll Abscheu die Kämpfe!« *Pugnas exosa relinquo,* sagt die Kampfmüde. *Pugnas exosus relinquo,* sagt der Mann. Eskapismus! Eskapismus?

Heute spricht die Psychologie vom Burnout-Syndrom, etwa bei Managern. Der an diesem Syndrom Leidende ist »ausgebrannt«, wie es die Übersetzung des englischen *burn out* zum Ausdruck bringt. *Syndrom* von griechisch *syn,* »zusammen«, und *dromos,* »der Lauf«, spricht von sich aus an, daß bei einem solchen »Krankheitsbild« mehrere Faktoren zusammenkommen. Beim »Ausgebrannten« ist es oft die berufliche und die private Sphäre. Wenn etwa einer von seinem Beruf über Gebühr beansprucht wird, so daß man auch oft sagt, er sei »mit seiner Arbeit verheiratet«, dann kollidiert diese Ehe nicht selten mit den Erfordernissen einer anderen, der wirklichen Ehe. Wer als sogenannter Workaholic seine ganze Zeit dem Job und dem Beruf widmet, hat naturgegebenermaßen keine Zeit für eine Familie. Es gibt sogar Pädagogen, die sich von der Pädagogik so sehr okkupieren, zu deutsch »besetzen« lassen, daß sie auf die Erziehung der eigenen Kinder vergessen! Und es gibt ein vielsagendes Sprichwort: Die Kinder des Lehrers und der Hund des Pfarrers sind am schlechtesten erzogen. So »verbrennt« und verzehrt sich mancher auch für Unwichtiges, oft etwa für ein Hobby, eine Nebensache, und vergißt auf die Hauptsache! Wohin man blickt, sieht man, daß Nebensachen zur Hauptsache gemacht werden. Eine *Diastrophie,* wie die Griechen, eine *Perversion,* wie die Lateiner sagen.

Die eine Flucht führt, wie gesagt, vom Lauten ins Leise, dem *agon*, der *mache* oder dem *polemos,* dem Kampf also, zu Ruhe. Es gibt, wenn man auf die Änderungen von Lebensbahnen sieht, freilich auch den Fall, daß einer von einer an sich schon bequemen und gemächlichen Beschäftigung in eine noch bequemere und gemächlichere flieht. Es gibt den Ausdruck: »Er schiebt eine ruhige Kugel.« Und für viele ist diese ruhige Kugel sozusagen die Sonne über ihrer Lebensbahn. Sie sollten bedenken, daß Herakles, bevor er sich mit Hebe im Himmel zur himmlischen Ruhe gesetzt, die bekannten zwölf »Arbeiten« verrichtet hat: Die Erlegung des Nemeischen Löwen, der Kampf mit der Lernäischen Hydra, das Einfangen der Keryneischen Hindin, das Einfangen des Erymanthischen Ebers, die Reinigung der Augiasställe, der Kampf mit den Stymphalischen Vögeln, das Einfangen des Kretischen Stiers, die Erringung der menschenfressenden Rosse des Diomedes, die Erbeutung des Gürtels der Amazonenkönigin Hippolyte, die Erbeutung der Rinder des Geryoneus, die Erringung der goldenen Äpfel der Hesperiden, die Entführung des Unterwelthundes Zerberus. Viel *mache, agon* und *polemos* vor der ruhigen Kugel …

In Österreich gibt es den Ausdruck »Tachinierer«, dessen Herkunft unsicher ist, und der Faulenzer oder Drückeberger bedeutet. Zum Tachinierer gehören selbstverständlich die Krankheiten, die eingebildeten vor allem, die ihn am Erbringen einer Leistung hindern. Lieber flieht er in die Krankheit als in die Arbeit, er macht sich müde mit Jammern.

Wenn jemand vom Frontdienst und vom brutalen Kampf wegstrebt und das Ruhige sucht, muß er oft den Beruf und den Arbeitgeber wechseln, das heißt, sich einen neuen Arbeitgeber suchen, was in Zeiten wie diesen bekanntlich schwerfällt, vor allem auch, wenn es sich um einen älteren Arbeitnehmer handelt. So führt das Aussteigen oder Umsteigen eines »mittelalterlichen« Menschen nicht selten direkt in die Pension oder Frühpension. Es gibt freilich auch große Dienstleistungsbereiche, wo ein solcher Wechsel innerhalb desselben Berufes möglich ist. Wenn meinetwegen ein Polizist den Streifendienst satt hat oder auch nicht mehr aushält und ertragen kann, dann kann er von der Straße in die Schreibstube wechseln. Der Weg der »Amtsmüden« bei Polizei und Gendarmerie führt vom Außendienst in den Innendienst, man könnte, mit den martialischen Römern gesprochen, auch sagen von der Front in die Etappe. Dann braucht er nicht mehr Unfälle aufzunehmen oder auch Randalierer oder Gewalttäter oder Amokläufer zu verhaften oder gar Bankräuber oder Kidnapper unschädlich zu machen. Dann kann er sich an einen Schreibtisch setzen oder auch im Archiv Papiere ordnen oder Strafmandate ausfertigen und Post erledigen. Für diese Arbeit braucht er auch keinen Revolver mehr und keinen Gummiknüppel. Oft sieht man in einem Kommissariat einen an einer Schreibmaschine und weiß sofort: Hier handelt es sich um einen, der ursprünglich Streifendienst gemacht und jetzt zum Innendienst gekommen ist. Schon wie er den Zeigefinger der rechten Hand über der Tastatur der Schreibmaschine kreisen läßt, macht deutlich, daß dieser Finger früher am Abzug einer Schußwaffe tätig war und nun branchenfremd eingesetzt wird. Vom Tatmenschen zum Schreibtischtäter.

Vom Lauten ins Stillere führt sicher auch der Weg vom Arbeiter zum Arbeitervertreter, vom Handarbeiter zum Funktionär, vom Werktätigen zum Gewerkschafter. Neuerdings werden freilich jene Gewerkschaftsvertreter, die noch selbst als Schlosser oder Drucker und Setzer gearbeitet haben und erst später umgestiegen sind, um die Schlosser und Setzer zu vertreten – sie im sogenannten »Arbeitskampf« zu unterstützen –, immer weniger. Es sitzen in den Arbeitsämtern und Gewerkschaftssekretariaten heute auch viele, die von der Matura weg hier eingestiegen sind. Natürlich kann man von diesen neuen Arbeitervertretern nicht mehr die gleiche Kenntnis der Arbeitswelt erwarten wie von den früheren. Und so wird ihnen denn auch oft – und vielleicht gar nicht immer zu Unrecht – vorgeworfen, sie seien halt ein wenig »abgehoben« und stünden zu sehr »über den Dingen«. Mein Bruder Franz hat oft gesagt, es sei gar nicht so sehr die mangelnde Erfahrung mit praktischen Berufen, die solche jungen Funktionäre so theoretisch erscheinen lasse, sondern die »mangelnde Erfahrung mit einem durchschnittlich niedrigen Gehalt«. Wer im Monat 40.000 Schilling verdiene, könne sich sehr schwer in einen »hineindenken«, der nur 15.000 Schilling verdient. Das sei das eigentliche Problem. Durch ihre höheren, ja zum Teil exorbitant hohen Gehälter hätten sich die Arbeitervertreter von den Arbeitern entfernt. Es sei gar nicht einfach, bei diesen Verhältnissen nicht den Glauben an die »Solidarität«, die oberste und heiligste Tugend der alten Arbeiterbewegung, zu verlieren. Und wenn es den Arbeitervertretern des neuen Typs vielleicht noch gelingt, die Arbeiter glaubwürdig zu vertreten – wer vertritt die Arbeitslosen? Dieses Personal, sagt Franz, hat keine Personalvertreter. Sollen vielleicht Arbeitslose Arbeitslose vertreten?

Doch ich halte mich zu lange bei dieser Gruppe von Umsteigern, der H-Gruppe, wie ich sie genannt habe, auf. Denn der Fall meines Bruders ist der konträre. Er hatte es früher, als er den Landeshauptmann und die Mitglieder der Landesregierung fuhr, ruhiger als jetzt, wo er mit Blaulicht und Folgetonhorn Kranke und Verletzte, manchmal auch Gebärende, deren Wehen bereits eingesetzt haben, zu den

Spitälern und Kliniken transportiert. Als Ambulanzfahrer hat Franz die Sicherheit des Stationären verlassen und sich in die Fährnisse des Unsteten begeben. Ich hatte es als ein Kompliment für diesen Gesinnungswandel und diesen Berufswechsel verstanden, als ich dem lieben Bruder bei einem unserer ersten Familienzusammenkünfte nach seiner »Konversion« das Wort *Ambulanz* von seiner Etymologie her erklärte und dartat, daß das lateinische Wort *ambulare* »herumgehen« bedeutet und wahrscheinlich mit dem griechischen *alaomai,* »umherirren«, ja auch mit *alyein,* »außer sich sein«, »planlos umherirren«, das auch im Fremdwort *Halluzination* vorkommt, verwandt ist. Franz hat sich für meinen guten Willen bedankt, doch nur müde gelächelt.
Er hat dann aber gesagt, daß eines der Hauptprobleme in seinem neuen Beruf tatsächlich die Orientierung sei und daß sie leider nicht erst einmal hilflos in der Gegend herumgefahren seien, weil ihnen irgendwelche Passanten falsche oder ungenaue Auskünfte erteilt hätten. Das sei natürlich früher, wie weiter oben schon erwähnt, einfacher gewesen. Wenn ihm der Landeshauptmann gesagt habe: Morgen fahren wir nach Wien ins Bundeskanzleramt, dann habe er natürlich den Weg gekannt. Auch das Festspielhaus in Salzburg oder den Dom in Linz habe er ohne Stadtplan und Landkarte gefunden. Wenn aber jetzt ein alter Mensch, der offenbar seine Zähne verlegt und sehr undeutlich artikuliert hat, für sich oder einen Angehörigen die Rettung bestellt und einen nie, auch noch nie in korrekter Aussprache gehörten Ortsnamen genannt hat, dann seien die Schwierigkeiten auf der Hand gelegen. Wohin soll ich mich wenden?
Es sei ihm erst in seinem jetzigen Beruf bewußt geworden, wie wenige Menschen einem nach dem Weg Fragenden gute Auskünfte erteilen können. Oft habe er einen Mann oder eine Frau nach dem Weg gefragt, und obwohl der oder die

betreffende die Ortschaft oder das Haus gekannt haben, konnten sie den Weg nicht erklären. Bei sogenannten einfachen Menschen sei das Hauptproblem, daß sie sich in den Fragenden, der womöglich noch nie in dieser verlassenen Gegend gewesen sei, einfach nicht hineindenken können und daß sie das erfragte Unbekannte auf etwas anderes, dem Fragenden genauso Unbekanntes beziehen. Fahren Sie bis zum Fischerwirt und dann rechts. Ja, guter Mann, gute Frau, wo ist denn der Fischerwirt? Entfernungen werden absurd über- oder unterschätzt und Weggabelungen, Scheidewege, »übergangen«. Oft rät ihm oder ihnen, wenn sie wie üblich zu zweit mit dem Rettungswagen fahren, einer auch eine Abkürzung. Auf Abkürzungsvorschläge aber geht Franz grundsätzlich nicht mehr ein. Abkürzungen kann der Ortskundige nehmen, dem Fremden werden Abkürzungen zu Irrwegen. Und Franz sagte, er habe in seiner kurzen Zeit als Ambulanzfahrer schon mehr Irrfahrten als »dein Odysseus« hinter sich. Und die meisten Irrfahrten seien aus »Abkürzungen« entstanden, zu denen ihnen besonders schlaue Auskunftgeber geraten haben. Man könne froh sein, wenn man draußen auf dem Land beim Abholen von Kranken auf einen guten, kompetenten und sprachmächtigen Auskunftgeber stoße. Viele Auskunftgeber redeten zu viel, andere wieder zu wenig. Und immer wieder frage man einen, »der nicht von hier« ist. Es sei oft wie verhext, und man wende sich mit einer traumwandlerischen Sicherheit an Ortsfremde, an Urlauber oder gerade eben erst Zugereiste.

Mein Bruder sagt, er habe einmal einen Film über den sogenannten Sauwald in Oberösterreich gesehen, dessen Quintessenz gewesen sei, daß die Bewohner jener Gegend, die Sauwälder sozusagen, über den Sauwald kaum Auskunft geben konnten und alle Gefragten die Fragenden in eine an-

dere Richtung geschickt haben. Man spreche mit Recht von »Ortsblindheit«. Er habe damals diesen Film für übertrieben gehalten, heute aber wisse er, daß in diesem Film ein wahrer Kern, ja ein großes Korn Wahrheit gelegen sei. Wir sind alle und immer im Sauwald unterwegs.
Es gibt auch viele Leute, die nicht wissen, in welchem Landesviertel sie nun genau leben. So wissen die wenigsten Linzer, daß sie eigentlich Hausruckviertler sind, und immer wieder meinen Menschen, der Innbach müsse so wie der Inn selbst durch das Innviertel fließen. Aber er tut es keineswegs. Der Innbach ist der Hauptfluß des Hausruckviertels.
Man erlebe, wenn man ortsunkundig sei und nach dem Weg frage, immer wieder die reinsten Schildbürgerszenen. Oft müsse er auch an den Eulenspiegel denken, der einem Mann, der ihn nach dem Weg oder vielmehr nach der Länge eines Weges in eine Stadt fragte, einfach geantwortet habe: Geh! Der Frager habe das anfangs als eine unfreundliche Auskunftsunwilligkeit angesehen, sei aber schließlich wirklich gegangen. Erst dann, als Eulenspiegel den Schritt und das Tempo des Gehenden gesehen habe, habe er ihm die Zeitspanne nachgerufen, die er brauchen werde, wenn er weiterhin in diesem Tempo ausschreite! Es sind, sagte mein Bruder, auch heute noch Schelme unterwegs und Leute zu Späßen aufgelegt, auch wenn diese Menschen freilich durch das Rettungsauto, das Folgetonhorn und das Blaulicht an den Ernst der Situation erinnert würden. Am einfachsten sei es noch immer, Verkehrsunfallopfer zu finden. Wenn gemeldet werde auf der B 9 oder der A 7 auf der Höhe von Kilometer soundsoviel seien zwei Autos zusammengefahren, dann sei für die Rettung der Fall klar. Einmal aber habe er draußen auf dem Land nach der Frau Sowieso gefragt. Was willst du denn von der Frau, fragte der Einheimische. In die Geburtsstation muß ich sie bringen, sagte der Bruder, wenn

es dich auch nichts angeht! Der Gefragte lachte auf, was die Sowieso willst in die Klinik bringen, nein, das kann nicht sein, sagte er, die hat doch gar keinen Mann. – Darüber kann ich mit dir jetzt aber nicht diskutieren, sagte Franz zu jenem Einheimischen.

Wohin soll ich mich wenden... Am besten wende man sich laut Franz, wenn man im Zweifel über den Weg ist, an einen Lehrer. Jedenfalls habe das früher gegolten, als die Lehrer alle auch in ihrem Schulort gewohnt haben. Heute sei das ja leider nicht mehr der Fall, und so könne es einem passieren, wenn man bei einem Lehrer halte, der mit einer Klasse wandernd unterwegs ist, daß einem dieser, nach dem Weg zu dieser oder jener Ortschaft oder diesem oder jenem Haus gefragt, antworte: Ich bin leider auch nicht von hier. Die Zahl der in dieser Weise verständnislosen Lehrer häufe sich leider. So wie die Arbeiter vom Land in die Fabriken in der Stadt auspendeln, pendeln heute die Lehrer aus der Stadt auf das Land. Sie wollten an und für sich einen Posten in der Stadt, aber weil die Posten dort leider alle besetzt waren oder sind, nehmen sie »zur Not« auch eine Stelle auf dem Land an, aber nur vorübergehend. Sobald sie in die Stadt zurück und in einer städtischen Schule unterkommen können, atmen sie auf, und schneller als die Feuerwehr oder die Rettung sind sie zurück in der Stadt. Früher war das anders, die Lehrer haben alle gekannt und alles gewußt. Natürlich macht es kein gutes Bild, wenn der Lehrer neben seinen Schülern sein Nichtwissen einbekennen muß, und handle es sich auch nur um den Weg, nach dem ihn ein Rettungsfahrer fragt.

Ein ganz besonders verläßlicher Ansprechpartner für Wegauskünfte war früher natürlich der Pfarrer oder Kaplan des Ortes. Der Pfarrer wußte gewissermaßen schon von Berufs wegen, wo die Menschen wohnen, die gesunden und die kranken. Und der Pfarrer war seinerzeit als der schwarze Mann in seinem Talar auch nicht zu verfehlen, er war, was seine Tracht und seine Kleidung betrifft, leichter auszumachen als heute ein Polizist in Uniform. Früher hat die Geistlichkeit ja auch immer die Kranken in der Gemeinde besucht, um ihnen Trost zu spenden und sie auch seelsorgerisch zu betreuen. Heute haben sich diese »Versehgänge« wie auch die Krankenbesuche fast schon aufgehört. Hat man jedenfalls einen Pfarrer nach einer oder einem Kranken in seiner Pfarrei gefragt, so hat man mit der kenntnisreichsten und verläßlichsten Auskunft rechnen können. Oft ist der Priester auch gleich in die »Rettung« zugestiegen und mitgefahren.

Bekanntlich wurde früher in den Sterbebüchern und in den Pfarrmatriken auch gern verzeichnet, ob ein Verstorbener auch noch »versehen« wurde, sozusagen mit dem Nötigsten, der Wegzehrung, dem heiligen Brot, versehen und für die letzte Reise gestärkt. Und wehe den Angehörigen, wenn der Pfarrer in das Sterbebuch hineinschreiben hat müssen: *Non provideri potuit.* »Konnte nicht versehen werden.« *Providere* also hat in der lateinischen Theologie das »Versehen« bedeutet. Es ist bezeichnend, daß heute am Wort »versehen« eher die Bedeutung von Irrtum, »ein Versehen«, »aus Versehen«, dominiert und daß kaum jemand an jene alte Bedeutung denkt.

Heute haben freilich die meisten der kleinen Pfarreien keinen eigenen Pfarrer mehr, sie werden vielmehr von einer anderen Pfarre aus mitbetreut. So haben die kleinen Pfarreien nur noch sogenannte *Provisoren.* Der Pfarrer ist dann Pfarrer in A und Provisor in B, C und D. Und da der geistliche Herr nicht die Gabe der *Bilokation* besitzt, also nicht gleichzeitig an zwei oder mehreren Orten sein kann, trifft man in den kleinen Orten kaum oder nur per Zufall einmal einen Provisor an. Und man erkennt die Geistlichen von außen auch nicht mehr. Sie tragen Zivil, und das kleine Kreuzchen am Revers sieht man aus dem Auto heraus natürlich nicht, beschwerte sich Franz.

So sei heute nicht mehr der Schullehrer und nicht mehr der Pfarrer oder der Pfarrhof die erste Adresse für eine Wegauskunft, sondern die »Gemeinde« und der Gemeindesekretär. Heute sind die Gemeindesekretäre jene Menschen, an die sich der Fragende wenden soll. Im Gemeindeamt liegt auch das Personenstandsregister auf, in dem alle verzeichnet sind, die in der Gemarkung, wie es heißt, wohnhaft oder ansässig sind. Im Kataster findet man alle sogenannten Liegenschaften und alle Besitzer von Liegenschaften. Auch Auskünfte über Auszugsbauern, also im Ausgedinge Lebende, kann man aus den kommunalen Registern auszugsweise bekommen – einen Auszug über eine Auszugbäurin. Im übrigen, sagte Franz, habe er bereits in der kurzen Zeit als Rettungsfahrer eine untrügliche Witterung für jene Objekte auf dem Land entwickelt, in denen sich die abzuholenden alten Kranken oder kranken Alten befinden. Neben den herrschaftlichen Bauernhäusern oder überhaupt Herrenhäusern seien unansehnlichere Zuhäuser oder Inhäuser, wie die Auszughäuser in der Mundart auch genannt werden, denen er schon von außen und aus der Entfernung ansehe, daß es sich um sie und ihre Bewohner handle. Stehe neben einem solchen Auszughaus dann noch ein schwerer Wagen, etwa ein BMW oder ein Mercedes, dann wisse man, daß auch der Gemeindearzt im Haus ist und auf den Krankentransporter wartet.

Als mein Bruder Franz das Herrenfahren satt hatte und sich nach etwas anderem und besserem, keineswegs besser Bezahltem, umsah, war für ihn, wie gesagt, nicht das erwähnte *H* für *Harmonie* motivierend, sondern im Gegenteil das *A* für *Agon* – und das Bestreben, den wirklich Hilfsbedürftigen behilflich zu sein als »Retter«. Ein edles Motiv, das einen freilich auch vielen Verdächtigungen aussetzt. Denn es gehen sicher auch Abenteurer diesen Weg, denen ihr bisheriges Leben einfach zu langweilig und zu fade und zu abwechslungslos geworden ist. Sie fliehen also vor allem *von etwas weg* – und weniger *zu etwas hin.* Sie wollen dem Trott entkommen. Einer der größten österreichischen Maler in diesem Jahrhundert, Oskar Kokoschka, hat geschrieben, daß ihm der große Krieg, der Erste Weltkrieg nämlich, »gerade recht gekommen« sei und er sich sofort freiwillig an die Front gemeldet habe, weil er von allem Gesellschaftlichen abgrundtief angewidert und angeekelt war. Er wollte dort sein, wo es um etwas ging, wo es auf Leben und Tod ging. Vor allem aber wollte er weg vom Gewohnten und Gewöhnlichen. Das war sein Grund zu fragen: Wohin soll ich mich wenden?

Heute liest man immer wieder in der Zeitung, daß junge Leute zur Feuerwehr gehen, sich also ebenfalls »wohin wenden«. Sie wollen sich nützlich machen. Und sicher geht auch mancher junge Mensch deswegen zur Feuerwehr, weil dort etwas los ist, nämlich die Katastrophe, während in seinem Alltag wenig oder nichts los ist, das heißt, eine katastrophale Langeweile herrscht. Und immer wieder ist leider auch von jungen Feuerwehrmännern die Rede, »die etwas los machen«, die also etwa ein Schadensfeuer legen, damit sie mit den Kameraden dann groß ausrücken können und Abwechslung haben. Jetzt sind sie groß in Fahrt. Und oft hat sich ein junger Feuerwehrmann gerade bei der Löscharbeit durch Übereifer verdächtig gemacht. Die Lust, mit der er bei der an sich guten Sache war, hat ihn suspekt gemacht. Wir Gesunden können uns in einen solchen krankhaften Menschen kaum hineindenken.

Ich muß auch gestehen, daß ich mich nicht einmal in meinen Bruder Franz hineindenken konnte. Ich war zwar anders als andere davon überzeugt, daß es ausschließlich oder doch überwiegend ehrenhafte Gründe waren, die ihn zu seinem Schritt bewogen haben, doch war mir persönlich die Ruhe zu heilig, als daß ich es ihm gleichtun wollte. Vielleicht ist es aber so, daß gewisse Menschen nur zur Ruhe kommen und Ruhe finden, auch vor ihrem Gewissen, wenn sie sich zuvor ins Getümmel gestürzt oder in den Wirbel begeben und der Not ausgesetzt haben. Vielleicht suchen alle jenes Erfreuliche, das die Hedone dem Herkules am Scheideweg offeriert, einige aber auf dem direkten Weg oder gar in der Superdirettissima, ohne jeden Umweg und ohne Umschweife, indem sie jede und auch die geringste Anstrengung scheuen, während die anderen zuvor tätig sein und sich plagen wollen, Schweiß vergießen. Denn sicher ist auch, daß jene, die sich etwa körperlich müde gemacht haben, die Berge bestiegen oder Gewaltmärsche hinter sich gebracht haben, besser schlafen als die Faulen, die kaum aus den Betten kommen und Tag und Nacht herumlümmeln. *Per aspera ad astra,* heißt ein altes lateinisches Sprichwort. Wohin soll ich mich wenden?

Wie oft habe ich uns Lehrer versagen sehen, wenn die jungen Menschen in den Schulen diese Frage unablässig gestellt, einige auch in der äußersten Not der Orientierungssuche herausgerufen hatten, geschrien, ja gebrüllt! Und keiner hat ihnen geantwortet, und nur wenige haben ihnen auch nur die Andeutung eines Weges oder Ausweges vermittelt. Vielleicht hat manch einer den jungen Leuten etwas vorgesagt, sie mit Rezepten abgespeist und ihnen schöne Geschichten, wie die von Herkules, erzählt, aber *vorgelebt* haben wir den jungen Menschen, die uns als Schüler anvertraut gewesen sind, wenig bis nichts. Es hat mich immer sehr betroffen gemacht, wenn ich jene, die große pädagogische Theorien entwickelt haben, *in vivo,* etwa in der Erziehung der eigenen Kinder oder als Klassenvorstände in der »Führung« einer Klasse so kläglich versagen habe sehen. Nicht nur die Rettungsfahrer, die nach dem Weg fragen, auch die Schüler sind verlassen, wenn sie sich auf die Lehrer verlassen.

Vielleicht müssen wir nur unsere Ratlosigkeit einbekennen und jene vorläufigen Antworten geben, die wir guten Gewissens und Wissens geben können. Ein Kollege, ebenfalls Griechischlehrer, hat immer gesagt, er wisse nicht, wie man in dieser Zeit der geheimen Erzieher und Verführer noch Kinder erziehen solle. Er sagte aber auch, er wisse nicht, wie man erziehen solle, aber das Wort erziehen, *paideuein,* könne er konjugieren. Mit diesem Wissen könne er dienen.

Du mußt dein Leben ändern? Wohin soll ich mich wenden? *Metanoeite,* »kehret um«, wo ist der Archimedische Punkt, an dem man den Hebel ansetzen kann? Leider sind wir in allen Disziplinen beim Kern der Relativitätstheorie angekommen. Es fehlt am Absoluten und Definitiven.

Als ich einmal einem ehemaligen Kollegen gegenüber vielleicht ein wenig schwärmerisch von meinem Bruder Franz erzählt und im Zusammenhang seines »Umstiegs« die erwähnte Vokabel *Metanoia* verwendete, sah mich dieser skeptisch an. Er fragte mich, ob ich mich mit diesem theologischen Wort nicht ein wenig vergriffen hätte. Er selbst sei gegenüber alten und neuen und neualten Werten sehr unsicher geworden. Und manche *Metanoia* habe sich auch schon als *Paranoia* herausgestellt. Als er meine Betroffenheit bemerkte, sagte er entschuldigend, ich solle seine Freimütigkeit nicht mißverstehen. Auf keinen Fall wolle er die Entscheidung meines Bruders in Frage stellen, er spreche bloß im allgemeinen.

Wir alle, mein Bruder Karl und ich, die Schwestern, die Schwäger und die Schwägerin, Karls Frau, die ganze Groß-Familie, waren bei unserem Symposion am Ostermontag vorigen Jahres auf die neuesten Berichte des Franz als Rettungsfahrer schon sehr gespannt. Inzwischen hatte sich Franz nach seinem Stellungswechsel in seinem neuen Beruf sicher eingelebt, und er hatte viel Erzählenswertes erlebt. Und sicher würde er sich nicht lange bitten lassen und Anekdoten zum besten geben. *Berufswechsel* darf ich genaugenommen ja nicht sagen, denn Franz ist Fahrer geblieben. Gewechselt hat in seinem Fall nur die »Fracht«, das Transportgut. Früher Landeshauptmänner (wenn er gut gelaunt und übermütig aufgelegt war, versprach er sich gern und sagte »Hampelmänner«!) und neuerdings »Krankengut« als Transportgut. Franz Groß hat, so gesehen, bloß die Fahrbahn gewechselt.
Wir saßen also an jenem Ostermontag einträchtig in Karls Wohnung, die einem Rotationsprinzip entsprechend diesmal wieder den Treffpunkt und Versammlungsort für unser Symposion bildete, tranken Kaffee und aßen Kuchen und warteten auf Franz, den *Narrator.* Wir rechneten jeden Augenblick damit, daß sich die Türe öffnete, Franz die Wohnung beträte, sich bei der Schwägerin für seine Verspätung entschuldigte, dann aber bei uns am Tisch seinen Platz einnähme und alsbald seiner Rolle als Unterhalter gerecht würde. Es dauerte aber diesmal offenbar, und so kam ein Gespräch ohne ihn zustande. Vielleicht lag es am Schauplatz und am »Ort des Geschehens«, Karls Wohnung nämlich, daß Karl, der Wohnungsinhaber, diesmal selbst zur Hauptperson wurde. Karl, groß in Fahrt. So gesehen war die Verspätung des Franz gleichsam ein Glück, weil auf diese Weise eben Karl einmal zur Geltung kam, was ich ihm herzlich vergönnte. Denn ich selbst hatte keine Lust, meine »Gräzis-

men« und »philologischen Obsessionen« ins Gespräch zu bringen und als der akademische Außenseiter mit dem merkwürdigen und absonderlichen Beruf das Symposion zu dominieren. Und wie ich es schon angedeutet habe, hielt ich mich gerade Karl gegenüber mit meinen Interessen zurück und stellte mich ganz auf ihn ein. Ich stellte mich wieder so sehr auf ihn ein, daß ich sogar die (falsche) Aussprache von Fremdwörtern, wie sie für ihn nicht untypisch war, übernahm. So entsprach es meinem Familiensinn. Ich wollte mit ihm *auf einer Ebene* verkehren. Denn hätte ich die meist medizinischen Ausdrücke womöglich auch noch forciert und prononciert anders und richtig »intoniert«, so hätte er das vielleicht oder sicher als Deklassierung oder gar Verächtlichmachung empfunden, als wollte ich ihn an seinen Mangel an Bildung erinnern und meinen Status hervorkehren. Und so sprach auch ich wie Karl vom *Dermatologen* als *Dematologen,* als es eben, wie erwähnt, *thematologisch* um Hautkrankheiten, die Berufskrankheiten der Wäschermädel und heutigen Putzereiangestellten ging. Ich hielt für den Hausgebrauch gewisse Wörter und die abweichende Aussprache gewisser Wörter, vor allem Fremdwörter, in »Evidenz«, um sie entsprechend der heute so bezeichneten »inneren Mehrsprachigkeit« in der entsprechenden familiären Situation »abzurufen« und anzuwenden.

Diesmal war freilich nicht so sehr das Krankheitsthema bei Karl angesagt, sondern das Selbständigwerdensthema. Es war rührend zu hören, wie er nun endgültig von dem Gedanken Abschied nahm, selbständig zu werden, das heißt als freier Unternehmer einen eigenen Wäschereibetrieb in einer aussichtsreichen Neubaugegend oder anrainenden Siedlung zu errichten und so reich zu werden. Karl war nun immerhin auch über fünfzig Jahre alt, und so gesehen war es wohl auch an der Zeit, sich von gewissen Plänen, Projekten und Illusionen, die ihn in seinem bisherigen Leben begleitet hatten, zu lösen. Er hatte wohl einsehen müssen, daß es definitiv nicht »geklappt« hatte. Damit war freilich das Gespräch keineswegs beendet, denn nun konnte man immerhin über die Gründe für das lebenslängliche »Fallieren« nachdenken und sprechen und auch Schuld zuweisen. Es entsprach Karls Naturell, daß er die Schuld nicht vor allem bei sich selbst und seiner Unentschlossenheit oder einem Mangel an Initiative und Durchsetzungsvermögen suchte, sondern vor allem »im System«. So inszenierte er anhand seines kleinen Falles, seiner vielen Eingaben und Ansuchen an Behörden und Kammern, den Magistrat und die Innung eine weitgehende Systemkritik. Mir war nun freilich immer klar gewesen, daß ein solcher Mensch wie der um etwas über zehn Jahre jüngere Karl, der ein solcher Tüftler, auch Gemütsmensch, vor allem aber, von den wirklichen berufsbedingten Krankheiten abgesehen, *Hypochonder* war, sich nicht als Initiator und Betreiber eines selbständigen Wirtschaftsunternehmens eignete. Dafür fehlte ihm die Härte, namentlich in dieser Zeit des sogenannten, ja tatsächlichen Brutalkapitalismus. Karls Hauptproblem war in jenen zehn Jahren, in denen er sich intensiver um einen eigenen Betrieb bemühte, die Koordination seiner Bemühungen um diese Gründung. Er hielt sozusagen nicht die richtige Reihenfolge ein. Hatte er etwa ein geeignetes Objekt gefunden, so war die Finanzierung nicht vorhanden, die Bausparkredite waren noch nicht fällig, die Sicherstellungen nicht gewährleistet, die Gewährleistungen nicht akkordiert. War aber dieser Punkt, der fiskalische und monetäre, geklärt, so war ihm das Objekt inzwischen entschwunden, weil eine Bank selbst zugeschlagen und an jener Stelle oder in jenem Haus, das Karl im Auge gehabt hatte, eine ihrer vielen Filialen errichtet hatte. Vielleicht hatte Karl selbst in seiner Ungeschicklichkeit die Bank, bei der er um Kredite einkam, auf jenes günstige Objekt aufmerksam gemacht, und sie hatte das Geld, statt es unserem Bruder zu leihen, lieber selbst investiert...

Nebenher gingen auch sein Bemühen um die fachliche Weiter- und Fortbildung und das Bemühen um die »Meisterschaft« in Meisterkursen. So besuchte er im Wirtschaftsförderungsinstitut Abendkurse, um sich in Buchführung, Lohnverrechnung, aber auch in Chemie und Physik und im eigentlichen Fach zu perfektionieren. Sogar Psychologie und Menschenkunde standen auf seinem Lehrplan, weil er offenbar mit einigen Angestellten und Untergebenen rechnete, mit denen er als Arbeitgeber möglichst ohne Konflikte zu Rande und auskommen mußte. Wie motiviere ich die Mitarbeiter, die präsumtiven, hieß die entsprechende Frage. Von hier war es nicht mehr weit zur Gruppendynamik, die er als eines der zuständigen Hauptfächer für die psychologischen Fragen der Zusammenarbeit und der betrieblichen Interaktionen ebenfalls zu studieren begann. Diese Gruppendynamikkurse an der Abendschule wurden sogar von Universitätsdozenten gehalten, was Karl mir, dem Altakademiker, gegenüber besonders herausstrich. Sie wurden von Dozenten gehalten, und sie kosteten ein »Schweinegeld«, wie Karl sagte! Natürlich fehlte ihm, dem kleinen Angestellten, dieses Geld dann wieder am kommerziellen Ende seines Projektes.

So wie ich Karl verstand, nahmen jene Gruppendynamikdozenten für ihre Ratschläge, aber auch für viele biedere und hausverständige »Einsichten« und »Weisheiten« den armen Ahnungslosen nicht wenig Geld ab. Als der Persönlichkeitstrainer von Karl vor den anderen Seminarteilnehmern, also *coram publico,* wie die Lateiner sagen, gewisse

»Bekenntnisse« und »Enthüllungen« aus der Privatsphäre erwartete und fordernd verlangte, ein *Outing*, wie es heute heißt, also ein »Herausgehen«, war für Karl das Ende seines Dortseins angebrochen. Karl sagte, man habe von ihm Schamlosigkeiten und Unverschämtheiten verlangt, der Trainer aber sagte, nachdem Karl deshalb seine Teilnahme am Kurs aufgekündigt und den Kurs abgebrochen hatte, es sei doch nur darum gegangen, eine innere Betriebssituation nachzuspielen. Karl hätte sich nur in der Annahme des Spiels und in Vorwegnahme seines Planes als Chef und Arbeitgeber vorne hinstellen müssen, und die anderen Seminarteilnehmer hätten die Rolle von Untergebenen, Lohnabhängigen und Arbeitnehmern übernommen. Das Geschäftsleben hätte das Thema bilden sollen, wenn natürlich in solchen Spielen auch das Verdeckte und Verschwiegene und »Geheime«, das Untergründige thematisiert und hervor- und heraufgeholt wird. Natürlich kann es in einem solchen Spiel vorkommen, daß ein sich benachteiligt oder schikaniert fühlender »Untergebener«, den Spielregeln nach, seinen »Chef« fragt, ob etwas mit seinem Sexualleben nicht in Ordnung sei, weil er sich ihm gegenüber so ekelhaft benehme und in der Firma herumbrülle. Karl sagte freilich, daß der Gruppendynamiker seine Seminarteilnehmer immer in diesem Sinne indoktriniert habe. Ständig habe er den Satz gesagt und wiederholt: Mißtraue jedem nichtsexuellen Gedanken! Mißtraue jedem nichtsexuellen Gedanken! So sei es kein Wunder gewesen, wenn das »Gespräch« immer auf das »Thema Nummer eins« gekommen sei. So war Karl jedenfalls auch diesen Umweg gegangen, hatte sich aber dergestalt von seinem eigentlichen Vorhaben eher entfernt als sich ihm genähert. Vielleicht hat man ihn dabei auch weniger als einen Aussteiger akzeptiert, als als Aufsteiger decouvriert und »aufgeblättert«, als einen

Parvenü hingestellt. Jedenfalls habe ich mir diesen Reim auf Karls Erzählungen gemacht. Sicher ist, daß man ihn zu seinem großen Plan und Schritt nicht ermuntert und ermutigt, sondern im Gegenteil ihm die Schneid genommen, den Star gestochen und den Zahn gezogen hat.

Natürlich hat durch die vielen Abendkurse und andere »Unternehmungen«, seine Leistung in seinem Betrieb, dem Betrieb seiner Arbeitgeberin nämlich, gelitten, was sehr bald aufgefallen ist und zu Beanstandungen geführt hat. Seine Chefin konnte sich diesen Abfall nicht erklären, da Karl seine Bemühungen um eine Betriebsgründung selbstverständlich geheimgehalten hatte und erst damit herauskommen wollte, wenn sie sicher war und nahe bevorstand. So machte sich Karls Chefin auf seine dauernde Müdigkeit und gewisse Fehler in der Hantierung oder Verwechslungen bei der Behandlung der verschiedenen Textilien einen eigenen und leider falschen Reim. Und als er einmal irgendein Leinenzeug irrtümlich mit Pelz-Mitteln und ein anderes Mal einen wertvollen Afghanen mit aggressiven Loden-Purifikaten traktierte, so daß sich der Afghane wie unter Schmerzen sozusagen krümmte, die Farbe verlor und »einging«, also schrumpfte, fragte die Chefin ihren Mitarbeiter Karl Groß, ob er letzte Nacht getrunken habe. Sie könne sich das Nachlassen seiner Leistung nur mit Alkoholismus erklären. Oder mit familiären Problemen, sagte sie, Ehe- und Familienprobleme könne sie sich auch als Grund für diesen Niedergang vorstellen. Da schrillten bei Karl natürlich alle Alarmglocken. Womöglich verliere ich diesen sicheren Posten und gewinne keinen neuen und erreiche nicht das Ziel meiner Träume und Wünsche, die Betriebsgründung, was dann?

Und er beschloß in dieser prekären Situation zwar nicht, seine Bemühungen um seinen Lebenstraum gleich aufzuge-

ben, aber doch ein wenig zurückzuschalten, um es in der Sprache des Fahrers Franz zu sagen, das Tempo keinesfalls mehr zu forcieren, sondern zu drosseln und zurückzunehmen, langsamer und noch leiser zu treten. Einen Augenblick lang war Karl bei jener Beanstandung durch die Chefin auch versucht, sich auf seine Krankheiten und Allergien auszureden, schwieg aber dann lieber, in der wohl richtigen Annahme, daß auch dies kein gutes Bild und keinen günstigen Eindruck gemacht hätte. Andererseits hatte Karl gerade diese Beanstandung auch wieder in seinen Plänen bestärkt. Hatte er auch immer und immer noch Zweifel an seinen Unternehmerfähigkeiten, so war ihm durch diesen Rüffel doch die Flucht aus dem aktuellen Untergeben- und Abhängigsein erstrebenswert erschienen. War so gesehen auch das Aus- und Aufsteigen nicht sicherer geworden, so doch lohnender und erstrebenswerter. Ein Akt der Befreiung! Ich hatte aber wohl in meiner beamtenhaften Zögerlichkeit früher einmal den Karl auf die Zweideutigkeit von »frei« und »Freiheit« bei solchen »Freisetzungen« oder auch Kündigungen durch den Arbeitnehmer hingewiesen. Es ist mir immer als zynisch erschienen, die Arbeitslosen als »Freigesetzte« und die Kündigungen als »Freisetzungen« zu bezeichnen. Vor der »Befreiung« sehen, wo man bleibt!
Viel habe ich gerade über jene Wörter nachgedacht, die aus dem Bereich der Reinigung kommen könnten und auf den Arbeitsmarkt angewendet wurden: »Saubere Lösung«, »Bereinigung der Unternehmensstruktur«, »Flurbereinigung«... Es werden immer wieder solche Reinheitswörter für das schmutzige Geschäft der Beseitigung von »Mitarbeitern« verwendet. Die Wirtschaft ist ein wenig sorglos beim Gebrauch solcher verräterischen *Euphemismen*, wie die Griechen sagen, oder vielmehr ist die Wirtschaft sorgsam und gewissermaßen sorgfältig. Das ist Sprachregelung: Gute

Namen für das Schlechte. Ein Arbeitnehmer braucht »Nehmerqualitäten«. Er muß also etwas einstecken können, wenn die Geschäftsleitung »austeilt«, aber es ist sicher noch besser, eine Arbeit zu haben, als »freigesetzt« zu sein.
So hat jedenfalls die Beanstandung Karls durch seine Chefin zu einer Art Klärung bei Karl geführt. Es gab ein »reinigendes Gewitter«, und mein Bruder hatte die Zeichen der Zeit verstanden. Er wurde durch diese Zurechtweisung wirklich in die Wirklichkeit zurückgeholt. Es ist wohl selbstverständlich, daß ich, der pensionierte Griechischlehrer, bei dieser Gelegenheit an das griechische *katharizein,* »reinigen«, und an die gute alte *Katharsis* erinnert wurde, die Reinigung und Bereinigung der Leidenschaften durch die Tragödie. Das Publikum wird nach der Vorstellung der Aristotelischen Poetik durch das Drama »gereinigt«. Mitleid und Furcht, griechisch gesprochen *eleos* und *phobos* lösen Affekte aus und bewirken zugleich ihre Überwindung. Karl schauderte vielleicht nicht und wurde durch den »Auftritt« seiner Chefin auch nicht in Furcht und Schrecken gestürzt, in *metus* und *terror,* wie die Römer gesagt haben, aber doch stutzig. Er bekam einen Stoß und einen Anstoß! Er bekam einen Schuß vor den Bug, wie es in der Terminologie des Kampfes, der Seeschlacht diesmal, heißt, er bekam also keinen Treffer ab und nicht den Todesstoß, aber vielleicht einen Streifschuß. Und dieser Schuß bewirkte eine Art *Katharsis,* eine Reinigung.
Wie habe ich bei meinem ersten Griechenlandbesuch kurz nach dem Krieg gestaunt, als ich in Athen zum erstenmal auf einem Geschäftsschild über einem Portal in der Odos Lord Byron, der Lord-Byron-Straße also, das Wort KATHARISTERION angeschrieben fand. Ich trat damals in dieses Geschäft, weil ich selbst ein Reinigungsproblem hatte, und gab eine Jacke ab. Ich hatte mich mit dem Frühstücksei selbst

»befleckt« und verlangte nun nach *Katharsis*... Ich muß gestehen, daß das Erstaunen, griechisch gesprochen das *thaumazein,* beim Lesen altehrwürdiger philosophischer Menschheitswörter, über die die größten Geister der abendländischen Geschichte, wie Lessing, Herder und Goethe im Falle der Katharsis, viel nachgedacht und geschrieben haben, im heutigen profanen griechischen Alltag abgenommen hat; bei mir ist es nicht verschwunden, so alt und so »abgebrüht« ich auch werde. Und verschwunden ist Gott sei Dank auch nicht die Freude des Wiedererkennens. Die Wörter stehen bekanntlich nicht unter Denkmalschutz wie die Bauwerke der Akropolis, wie die Bauten in Delphi oder Korinth, und so kann heute jeder von »Philosophie« sprechen, auch wenn er damit bloß eine »banale Überlegung« bezeichnet. Von Unternehmensphilosophie ist die Rede. Im besten Fall heißt es etwa: »Die Philosophie, die dahinter steht...«, sei diese oder jene. Dann ist immerhin etwas Tieferes und Grundlegenderes als das Oberflächliche und Banale gemeint. Eine wahre »Liebe zur Weisheit und Wissenschaft«, ein humanes Ethos muß damit aber noch lange nicht gemeint sein.

Eine *macula,* ein Fleck, ein Mal war der Grund, daß ich damals ein *Katharisterion,* eine »Reinigung«, suchen und aufsuchen mußte. Ursprünglich betrafen Wörter wie *macula* das Physische, erst dann wurden sie philosophisch und theologisch, und aus dem Makel, dem Leberfleck oder dem Muttermal, aber auch aus dem Marmeladefleck wurde alsbald der »Schandfleck«. Und natürlich haben vor allem die Religionen die Reinheit, etwa beim Betreten von Gotteshäusern, Moscheen, Synagogen oder Kirchen, um nur von den drei monotheistischen Religionen zu sprechen, sehr wichtig genommen, im vordergründigen und im hintergründigen Sinn, im Sinne der *Hygiene*, um es griechisch zu

sagen, der körperlichen Sauberkeit, aber auch der seelischen Reinheit, die vor allem durch Enthaltsamkeit – ein Abstandnehmen von Beschmutzung – zustande kam. Die Seele und die Füße mußten rein sein. Einen Teil dieser Reinheit konnte man durch Waschung herstellen, und so sind auch immer in der Nähe aller Tempel und Moscheen, meist im Vorhof, Quellen und Brunnen. In wie viele solcher Brunnen habe ich im Laufe meines Wanderlebens, vor allem in Griechenland, meine müden Füße gestellt! Etwa bei den Athosklöstern. Aber davon soll hier nicht die Rede sein.
Die Rede sollte aber im Zusammenhang mit der Rede des Bruders Karl, der »Ersatzrede« für die Rede des noch nicht erschienenen Bruders Franz bei jener Zusammenkunft – die Rede sollte also hier davon sein, daß ein Reinigungsunternehmen wie jenes, das Karl beschäftigte, und ein Gotteshaus in gewisser Weise in Beziehung zueinander stehen: Sie verhalten sich zueinander wie Unterbau und Überbau. Und es kann schon sein, daß jener Reinheitswahn, der das Abendland, weniger das Morgenland und auch nicht den Vorhof des Morgenlandes, den Balkan oder die Levante, erfaßt hat, von der Religion, dem Christentum mitverantwortet wird, sozusagen *theogen* ist oder auch ein *Theologem* ist, ein verkanntes. Nicht nur sauber, sondern rein. Die eine Reinheit erreicht man durch Waschen, die andere durch Beichten. O süßer Pelikan, du höchstes Gut, wasch meine Seele rein mit deinem teuren Blut.
So gesehen ist es auch mehr als verständlich, daß jene, die heute die öffentliche Moral und unsere Gesellschaft, die abendländische Kultur in toto, radikal ablehnen, ihren Protest bei ihrem sogenannten Outfit beginnen lassen, bei der Reinheit ansetzen. Sie »tragen sich« betont schlampig, haben durchgetretene, nicht geputzte Schuhe an, unterlas-

sen vor allem das Zuschnüren der Schuhe, schleifen vielmehr die Schnürsenkel nach, wenn sie sie nicht überhaupt herausgerissen und weggeschmissen haben. Sie schneiden ihre Hosen ab und fransen den Saum aus, wischen ihre Hände an den Hosenröhrenschenkeln ab und legen überhaupt auf Fleckigkeit und Speckigkeit den höchsten Wert. Das Hemd tragen sie lose, stecken es also nicht in die Hose. Die Mädchen vermeiden alles Mädchenhafte, alles sogenannte Adrette, wie überhaupt das Geschlecht bei dieser »Mode« keine Rolle spielen darf! Die alte Rollenfixierung ist aufgehoben. So ziehen Mädchen gern die alten Klamotten ihrer Großväter oder Onkeln an.
Natürlich verdienen nicht nur Wäschereien und Reinigungen, sondern auch die Friseure nichts an diesen jungen Leuten. Wäschereien und Friseure sind ihnen Handlanger des Systems, die sie ablehnen, und Institutionen der Spießer. Spießig zu sein – das ist es, was sie vor allem verabscheuen, und ein Ausdruck von Spießigkeit ist ihnen alles Gebürstete und Gekämmte, Gescheitelte und Gereinigte, Gestylte und Geschniegelte. Natürlich ist den Klügeren unter den Aussteigern und Verweigerern nicht entgangen, daß diese Stillosigkeit ein neuer Stil ist, denn wer sich partout von einem anderen unterscheiden und abheben will, ist von diesem bestimmt – fremdbestimmt – und hat eigentlich nicht zu einer »eigenen« Art, zu einer »Eigenart« gefunden. Der Fleck, der Makel, der Schandfleck wird zum Ehrenzeichen; so verhält sich die neue Moral zur alten wie das *Negativ* zum *Positiv* in der *Photographie,* griechisch gesprochen. Ich brauche nicht noch das Piercen erwähnen, die neuen Haustiere Ratte und Maus, die Indianerfrisuren und Irokesenschnitte, die Rasierklingen etc. etc., um das Sittenbild zu vervollständigen, die Drogen und weiß Gott noch was.

Wenn wir, die Groß-Familie, wie damals, als wir auf Franz, den Erzähler und Aussteiger, warteten, den vom Aussteigertum Erzählenden, zusammensaßen, machten wir nicht nur den Eindruck, sondern wir waren eine *gutbürgerliche* Verwandtschaftsrunde, lauter brave, ordentliche, gestandene Leute, Männer, Frauen, Brüder, Schwestern, Schwäger und Schwägerinnen. Überall dort aber, wo sich eine solche Runde trifft, ist alsbald vom Gegenbild die Rede, denn von nichts spricht der Bürger lieber als vom Unbürgerlichen, der Ordentliche hat in der Unordnung sein Lieblingsthema. Nun waren oder sind gerade in jener Zeit, als wir uns trafen, beim »Warten auf Franz«, die Zeichen des Umbruchs, des »Paradigmenwechsels«, wie die Wissenschaft gern mit dem griechischen Wort für »Beispiel«, *Paradigma,* sagt, besonders drastisch und dramatisch. Gerade etwa hatte man die Abhaltung von Chaostagen in Salzburg ausgerufen und angekündigt, und das Bürgertum war voll von seiner Lieblingsbeschäftigung okkupiert, nämlich dem Fürchten. Ich erwähnte dies hier auch deshalb, weil es in Karls Überlegungen insofern eine Rolle spielte, als es ihm den Abschied von seinen Selbständigwerdenshoffnungen offenbar erleichterte. Wie soll einer in dieser Zeit des Schmutzes und der Ekeligkeit, des Auswurfs und des Wegwerfens, wo anständige Kleidung selbst von gar nicht unanständigen Leuten als »Fetzen« bezeichnet wird, eine Reinigung gründen und ein Putzereigeschäft eröffnen, wo sich die junge Generation anschickt, alles Saubere und Reine und gar nicht nur das Niedliche und Putzige »wegzuputzen«, wie ein bezeichnender Ausdruck in Österreich für das Beseitigen von Ordnungen, von Sachen, aber auch von Menschen lautet. »Wegputzen« als besonders rabiate Art des Vernichtens und Zerstörens. Ich ließ Karl reden, obwohl mir natürlich Friedrich Hölderlin in den Sinn kam, der den

unvergleichlichen Satz geschrieben hat: »Wo aber Gefahr ist, wächst das Rettende auch...«
Daß das Putzen in der Tat nicht nur den Schmutz beseitigt, sondern auch Schaden anrichten kann, ist uns zu wenig bewußt. Indem wir einen Teil unserer Umwelt, die Kleider in diesem Fall, reinigen und säubern, verunreinigen und verschmutzen wir einen anderen Teil, etwa die Flüsse, mit Waschmitteln. Denn genau besehen ist ja das Reinigen bloß ein Umverteilen des Schmutzes. Indem wir uns die Hände waschen, verlagern wir den Schmutz der Hände auf die Seifenlauge – eine Hand wäscht die andere. Der Schmutz löst sich nicht in nichts auf, sondern er löst sich nur von einem Träger ab und verbindet sich mit einem anderen, etwa dem Waschwasser. Dabei ist der eigentliche Schmutz harmlos; gefährlich sind vor allem jene scharfen chemischen Mittel, die die Konsistenz des Wassers verändern und es für den Schmutz aufnahmebereit machen sollen, die Spülmittel sind die eigentliche Gefahr, nicht die Speisereste an Besteck und Geschirr. Wer nun bei den Griechen das Denken in Analogien gelernt hat, der findet auch in der Welt des Geistes oder in der sogenannten Welt des Geistes einen ähnlichen Automatismus und Mechanismus: Immer, wenn Ordnung gemacht wird, wird eine neue Unordnung erzeugt. Alle Revolutionen haben den Keim zu dieser »Unreinheit« in sich. Die revolutionäre Sache läßt sich vielleicht ganz gut an, hat ihre »Erfolge« in der Beseitigung des alten verderbten Systems, macht aber dann womöglich noch gravierendere Fehler beim Aufbau ihres eigenen neuen Systems. Wie vielen, auch rechtschaffenen Menschen, hat nicht die Französische Revolution bitteres Unrecht zugefügt, wie viele gute Menschen hat die Russische oder Kommunistische Revolution ruiniert und vernichtet. Im kleineren gesehen könnte dies auch bedeuten, daß jemand, der *umsattelt,* wie unser

Bruder Franz umgesattelt oder die Fahrbahn gewechselt hat, vom Regen in die Traufe gerät, nicht mehr dieselben, aber andere und neue Fehler macht. Das wäre freilich eine zu pessimistische Sicht, denn ich gehe davon aus, daß es möglich ist, Fehler zu vermeiden und sich in diesem Sinn zu »bessern«, etwas besser zu machen.

Als Philologe kenne ich natürlich auch das Phänomen der »Schlimmbesserung«. Schlimmbesserung ist ein Fachausdruck in der Edition, in der Herausgeberkunde. Er bezeichnet jene Veränderungen an alten Texten, die die Veränderer in der Absicht der Verbesserung von unverstandenen Stellen bei der Abschrift vornehmen, die aber nicht zur Verbesserung, sondern zur Verschlechterung des Textes führen, weil etwas Anspruchsvolles durch etwas Anspruchsloses, etwas Raffiniertes durch etwas Triviales, etwas Diffiziles durch etwas Hausbackenes ersetzt wird. In so einem Fall entscheidet sich dann der Herausgeber eines alten Textes oft gegen seinen Textzeugen und setzt das Kompliziertere wieder in sein Recht ein, bevorzugt also die anspruchsvollere Variante. Man sagt auch gern, der Herausgeber entscheidet sich für die *lectio difficilior,* das heißt die schwierigere Lesart. Er entscheidet sich gegen die *lectio facilior,* die leichtere Lesart, die ein Abschreiber, der Hersteller irgendeiner Handschrift, gewählt hat. Welch denkwürdiger Umstand, daß das Wort »Reinigen« in der Philologie eine so große Rolle spielt. Immer wieder hatte ich es als Lehrer mit »gereinigten« Ausgaben zu tun. »Verbessert« und »vermehrt« und »gereinigt« waren laut Auskunft der Titelei die Neuauflagen der alten Texte. Natürlich wird man stutzig, wenn man *gereinigt* liest. Denn wenn man so viel »anstößig« findet und das moralisch »Anstößige« beseitigt und »bereinigt«, indem man es wegläßt, dann bleibt eigentlich nur noch ein Torso übrig, ein *Fragment*, wie die Lateiner sagen, ein Bruchstück, wie es im

Deutschen heißt. Wir kennen das Sprichwort: Den Teufel durch Beelzebub austreiben. Gerade so hält es die »Schlimmbesserung«. In den Wörterbüchern ist übrigens für »schlimmbessern« oder »verschlimmbessern« als ein Synonym »verballhornen« angegeben. Dieses Wort ist nach dem Buchdrucker Johann Ballhorn gebildet, in dessen Drukkerei im Jahr 1586 eine besonders fehlerhaft bearbeitete Ausgabe des Lübecker Rechtsbuches erschienen ist. Wer der eigentliche Bearbeiter und Schlimmbesserer ist, weiß man nicht, der Makel ist freilich am Verleger bzw. Buchdrucker hängen geblieben. Ballhorn ist so das Exempel für eine sogenannte traurige Berühmtheit geworden. Ist er aber eigentlich nicht vielmehr eine Symbolfigur ähnlich dem mythischen Sisyphos für die Vergeblichkeit allen menschlichen Strebens, das beim besten Willen zur Verbesserung und Vervollkommnung kaum nach vorne oder oben führt, sondern entweder auf der Stelle tritt, im Kreis fährt oder überhaupt zurückführt? Nicht nur eingefleischte Pessimisten sagen, daß es genaugenommen keinen Fortschritt gibt und wir uns alle in einem Tanz begriffen finden, dessen Schritte lauten: Fortschritt, Rückschritt, Wechselschritt ... Und die Lebensläufe von sogenannten »Umsteigern« oder auch »Aussteigern« führen auch nicht immer im Sinne der idealen »Spirale« Johann Wolfgang Goethes aufwärts und ins Klare und zum Licht! Manches Menschen Leben verändert sich permanent zum Schlechteren und sieht zuletzt wie eine einzige monströse Verballhornung aus ...!

Als Karl seine Pläne, selbständig zu werden, begrub, ging er davon aus, sich durch eine solche Veränderung nicht zu verschlechtern. Er wollte sich besserstellen, als er aber sah, daß er sich schlechterstellen würde, lebensstandardmäßig verschlechtern, eine bessere »Lebensqualität« gegen eine niedrigere und schlechtere eintauschen, zog er die Notbremse.

Er gab zwar nicht von einer Stunde zur anderen alle Anstrengungen und Bemühungen auf, besuchte noch den einen oder den anderen Abendkurs im Berufspädagogischen Institut und im Wirtschaftsförderungsinstitut, wartete auch noch auf diesen oder jenen behördlichen Bescheid, trat aber in allem deutlich langsamer und gerade so auf, daß seine reguläre Berufstätigkeit in der Wäscherei dadurch nicht mehr beeinträchtigt war und er keinen neuen Rüffel befürchten mußte. Nahm er sich früher am Vormittag manchmal eine Stunde frei, um in seine Wohnung zu eilen und ein Poststück persönlich entgegenzunehmen, ein eingeschriebenes Poststück oder ein Poststück mit Rückantwortschein, so eilte und pressierte es nun nicht mehr, und es reichte ihm, wenn er seine Post am Abend, erst nach Dienstschluß, zu Gesicht bekam. Und auch wenn ein eingeschriebenes Schreiben gekommen war, machte es ihm nichts mehr aus, wenn es der Briefträger wieder mitgenommen hatte und er später einmal persönlich im Amt erscheinen mußte, um sich nach Ausweisleistung das Paket oder den Brief aushändigen zu lassen. Eile mit Weile, war jetzt sein eher fatalistischer Standpunkt. Franz, der Fahrer, würde vielleicht gesagt haben: Karl »fuhr draus«. »Drausfahren« bedeutet in der Sprache der Fahrer »auslaufen lassen«. Der »Drausfahrer« vermeidet das abrupte Bremsen, die sogenannte Schnellbremsung. Von einem sagt man, er fährt »rund«, vom anderen »eckig« oder »kantig«. Und ähnlich »verfahren« die Menschen wohl auch hinsichtlich ihrer Lebensplanung und Lebensführung, auch in diesem Sinne gibt es Hektiker und Bedächtige. Karl war nun als Fünfzigjähriger ganz offensichtlich am »Drausfahren«, die Perspektive des Neuen war aber eher der Ruhestand, denn das Tempo, mit dem er seine noch nicht ad acta gelegten *Autonomie*-Bestrebungen, wie das Selbständigwerden im Griechischen heißt, neuerdings nach der erwähnten Beanstandung betrieb, das Tempo, das er vorlegte, war *argos,* das heißt »langsam«, und nicht *tachys,* »schnell«. Die »Laufzeit«, die »Halbwertszeit« der Lebensläufe, auch die Geschwindigkeit der Veränderung, des Umschwenkens und Abbiegens, des Umorientierens, der Neuanfänge, ist unterschiedlich. Die Menschen haben unterschiedliche innere Uhren und eigene und individuelle *Tachometer* und Fortschrittsparameter. Manche widersetzen sich überhaupt jedem Fortschritt, wenn sie auch das Voranschreiten der Zeit nicht aufhalten können, dann schreitet eben diese Zeit über sie hinweg, mit dem so bezeichneten »ehernen Gang des Schicksals«.

Die Verwandlung nannten die Griechen *Metamorphose,* die Veränderung aber *Metastase*! Ich habe dem Wort *Metastase,* das schon bei Galen eine medizinische Bedeutung angenommen hat und seit dem 19. Jahrhundert auf den Krebs, das *Karzinom,* angewendet wird und das »Tochtergeschwür« bezeichnet, die Veränderung und »Verlagerung« eines Krankheitsherdes im Körper des Menschen, ich habe wegen dieses unguten Sinnes – *onomasiologisch* gewissermaßen – der mit *Metastase* auch im alltäglichen Verstand bezeichneten Sache mißtraut und ihr nicht viel Gutes abgewinnen können, wie ich auch die vielen pädagogischen und didaktischen und schulpolitischen *Metastasen*, also Veränderungen, sehr kritisch gesehen habe, weil sie meistens weg von der guten alten Allgemeinbildung geführt und dem schalen und schnöden materialistischen Zeitgeist gehuldigt haben. Ganz grundsätzlich aber hielt ich *Metastasen* und *Metamorphosen* zum Besseren für möglich und Franzens »Konversion« oder *Metanoia*, wie gesagt, für einen gelungenen Fall von »Veränderung« – die Veränderung als Steigerung. Selbstverständlich könnte einer kommen und sagen, ich sei in Franzens Fall befangen, mein Blick sei verwandtschaftlich getrübt. Deshalb etwa sind ja nahe Blutsverwandte, »Verschwisterte und Verschwägerte«, bei Gericht als Zeugen nicht brauchbar. Dem könnte ich freilich entgegenhalten, daß ich den *Casus* meines zweiten Bruders, diese Bestrebungen um *Autarkie*, von Anfang an *kritischer*, um es griechisch zu sagen, gesehen habe. Leider hatte ich in diesem Fall, was die Aussichten betraf, recht behalten, wie sich bei unserer denkwürdigen Zusammenkunft am Ostermontag herausstellte. Und auch wenn Karl nun sagte, vergebens sei trotzdem nichts gewesen, die vielen Abendkurse in der Volkshochschule nicht und der ganze Briefverkehr mit den Behörden und Banken nicht, die Eingaben und Ansuchen, Bittgesuche und so fort – so betrachtete ich diese Einschätzung nun eher als einer Art Galgenhumor entsprungen. Jedenfalls kann ich mir eine sinnvollere und seelisch befriedigendere und erfüllendere Freizeitbeschäftigung und Abendunterhaltung vorstellen als Wirtschaftsförderungsinstitutskurse. Und wenn ich schon schreiben würde, dann wohl nicht Briefe an die Behörden und Ämter und Banken. Da würde ich lieber beim Schein einer Kerze an einem hübschen Schreibtisch einen guten Roman schreiben…

Einen alten Baum soll man nicht mehr umsetzen, sagte Karl im späteren Verlauf des Gespräches an jenem Ostermontag, als wir noch immer auf Franz gewartet haben. So waren wir also bei dieser Grundwahrheit oder auch Binsenweisheit gelandet! Aber Karl hatte sich ja selbst »verpflanzen« wollen. Heute werden jedoch die alten Bäume reihenweise umgesetzt oder eigentlich gereutet und umgehauen, die arbeitslosen Fünfzigjährigen sind nicht mehr »vermittelbar«, heißt es. War es bei Karl nicht so, daß er in seinem bisherigen Leben so verwurzelt war, biologisch gesprochen, daß er immer wieder andere gebeten, förmlich angebettelt hat, ihn »umzusetzen«, »umzutopfen«? Dabei wandte er sich auch an Unselbständige mit der Bitte, ihn selbständig zu machen. Er hätte sich am eigenen Schopf aus dem Sumpf ziehen müssen, in Wahrheit war er der eingefleischte, sozusagen der »geborene« Arbeitnehmer, durch jahrzehntelange Abhängigkeiten und Rücksichten nach Weisungen süchtig geworden.

Als wir nun schon so lange beisammengesessen waren und uns Karl angehört hatten, begannen wir allmählich zu zweifeln, ob Franz überhaupt noch kommen würde. Andererseits konnten wir uns nicht vorstellen, absolut nicht vorstellen, daß er auf unser Familientreffen an diesem »traditionsgeschwängerten Termin« vergessen haben sollte! Oder hatte er, der sich in den letzten Jahren beruflich so sehr *ver*ändert hatte, sich auch menschlich *ge*ändert, so daß er nun in einem solchen »Veteranentreffen«, einem derartigen Familiensymposion keinen Sinn mehr erblicken konnte? Hatte er alles schon gesagt und erzählt und war seiner Rolle überdrüssig geworden? Hieß seine Abwesenheit für uns, und war die Botschaft dieser Absenz: Ihr könnt mich, liebe Brüder und Schwestern, Schwäger und Schwägerinnen, alle gern haben? Wollte der Fahrer nicht mehr unser Gefährte sein? Aber hätte er andererseits dies nicht gesagt oder wenigstens Anzeichen und Signale einer Müdigkeit und eines Mißmutes und eines Überdrusses ausgesendet? Er aber blieb fern ohne Vorwarnung. Kein Telephonat! Da fing ich an, mich mit dem Gedanken vertraut zu machen, daß höhere Gewalt den Fahrer abgehalten und gehindert hatte, zu uns zu stoßen. Leider Gottes hatte ich, wie sich gegen sieben Uhr abends herausstellte, als ein Bote die Nachricht brachte, recht behalten. Jetzt war es traurige Gewißheit.